Miss deer

[鹿小姐书系]

君子难为

JUN ZI
NAN WEI

囧囧有妖 著

江苏凤凰文艺出版社
JIANGSU PHOENIX LITERATURE AND ART PUBLISHING, LTD

图书在版编目（CIP）数据

君子难为 / 囧囧有妖著. --南京：江苏凤凰文艺出版社，2019.10

ISBN 978-7-5594-4137-9

Ⅰ.①君… Ⅱ.①囧… Ⅲ.①长篇小说—中国—当代 Ⅳ.①I247.5

中国版本图书馆CIP数据核字（2019）第223179号

君子难为

囧囧有妖 著

责任编辑 丁小卉
特约编辑 月饼殿 周可爱
装帧设计 周 丽 李映龙
责任印制 刘 巍
出版发行 江苏凤凰文艺出版社
出版社地址 南京市中央路165号，邮编：210009
出版社网址 http://www.jswenyi.com
印 刷 湖南凌宇纸品有限公司
开 本 880mm×1230mm 1/32
字 数 250千字
印 张 9
版 次 2019年10月第1版 2019年10月第1次印刷
书 号 ISBN 978-7-5594-4137-9
定 价 38.80元

目录 CONTENTS

第一章

下了毒口

“顾行深，你知不知道昨天晚上发生了什么事？”宫小乔努力板着脸。

顾行深揉了揉头发，神清气爽，似乎睡得很好，慵懒地看着她：“嗯？什么事？”

“简直丧心病狂、天理难容！”宫小乔悲愤不已地握了握小拳头。

“喂？”

“小乔。”

“嗯。”宫小乔迷迷糊糊地应着。

“我想你了。”

“啊？”宫小乔惊住了！她没听错吧？

“我想见你。”

“啊？”宫小乔猛然惊醒，“现在？”

“嗯。”

“大爷，这都什么时候了！我看一下时间，凌晨三点，能别折腾我吗？”宫小乔心里七上八下的，顾行深是不是吃错什么药了？居然说想她！

“十分钟之内，你过来或者我去接你。”

“顾行深！算你狠！”

宫小乔躺在床上闭着眼睛，气沉丹田三十秒，终于忍住了仰天咆哮的冲动。紧接着，她翻身坐起，利落地起床穿衣。

浑蛋！大半夜的说些莫名其妙的话吓得她心神不宁。

宫小乔风风火火地赶到了公寓，她正准备掏钥匙开门，却一个踉跄，被一个不明物体绊倒了。

“哎哟，疼死我了！什么东西？”

宫小乔拿手电筒照了过去，那“东西”赫然是大半夜发神经折腾她的顾行深。

“原来不是东西。”宫小乔喃喃着爬起来。

“喂！顾行深，你搞什么鬼，大半夜的不进去，躺门口干什么？”宫小乔没好气地踢了他一脚。

要是顾行深这时候是清醒的，借她十个胆子她也不敢碰他一根头发丝儿，不过醉鬼嘛，就是拿来有仇报仇、有冤报冤的。

宫小乔正想多踹几脚泄愤，顾行深突然睁开眼睛，清亮的眸子没有一丝醉意，她吓了一跳，急忙收回脚："嘿，你这人醒了怎么不进去睡啊？天这么凉，小心感冒了！"

"没带钥匙。"顾行深说得一脸坦然，毫无罪恶感。

"没带钥匙？那你说你想我了，想见我！害我大半夜冒着被狗咬的危险翻窗跑过来！"宫小乔暴跳如雷。

"你没睡醒，听错了。"

"我听错了？"又被耍了，宫小乔怄得直挠墙。

"扶我起来。"顾行深揉了揉额角。

这浑蛋说得还真够理所当然的！

宫小乔没好气地瞪了他一眼："钥匙给你，我走了！"

结果，她刚转身，就听到身后传来痛苦的呻吟声。

顾行深曲起一条长腿，疲惫地倚墙靠着，眉头紧蹙，似乎很难受的样子。

"气死我了，干脆勒死他一了百了！"宫小乔心里这么想着，最后却还是把他扶进了屋里。

等把他抬到床上之后，她已经筋疲力尽，正准备起身去打盆水，却猝不及防地被他捞住腰身压了回去。

她将双手撑在他胸前，动弹不得，怒道："顾行深，你发什么酒疯！"

顾行深闭着眼睛，似乎睡着了。他的神情很柔和，不像平时那样冷漠、桀骜，薄唇微微抿着，长长的睫毛投下一排可爱的剪影。虽然她不想承认，但他真的是秀色可餐！

不过，相比他那张无辜的脸，他那只手放的位置实在是很欠揍。

"松手！"

"松不松？"

"再不松我咬你了！"

“我真咬了！”

“我告诉你，我刚被狗咬过的！”

然而，没等宫小乔下口，顾行深已经扣住她的后脑勺下了毒口。

第二天早晨。

宫小乔苦大仇深地看着死死搂着她，害得她一个晚上不得翻身的顾行深。

怎么办，她好想挠花他的脸！

他倒是睡得舒服，可怜她一夜未眠。好吧，其实她只是醒得比较早而已。

又等了半个多小时，顾行深的睫毛颤了颤，似乎要醒了。

宫小乔立即用喷火的眸子紧紧盯着他，准备等他一醒来就直接瞪死他。

他动了动，脑袋甚至在她胸前蹭了蹭，蹭了蹭，又蹭了蹭，然后他总算醒了。

啊啊啊！该死，这家伙刚睡醒的样子实在太招人喜欢了！

“顾行深，你知不知道昨天晚上发生了什么事？”宫小乔努力板着脸。

顾行深揉了揉头发，神清气爽，似乎睡得很好，慵懒地看着她：“嗯？什么事？”

“简直丧心病狂、天理难容！”宫小乔悲愤不已，握了握小拳头。

“你趁我喝醉占我便宜了？嗯，确实丧心病狂。”顾行深好整以暇地说。

“你……你颠倒黑白、是非不分！分明是你！”

“我什么？”

“你……”宫小乔想说什么又说不出口，脑海中忍不住回忆起昨晚他对自己做的事，越想脸越红，最后在自燃之前腾地坐起来，火急火燎地往外跑。

“我回学校了！”

临出门她又加了一句："下次再喝酒，我就把你丢出去！"

昨晚发生了什么，他当然知道。

他看着她长大，那丫头一直把自己当哥哥，搞不好甚至当成叔叔，昨晚他的举动或许吓坏她了吧！

看着她一日日变得明媚耀眼，看着她走出阴影，看着她身边献殷勤的男人一日日变多，他越来越烦躁，只觉得必须要做些什么才能平静下来。

"喂，昨晚那个是顾行深吧？"

宫小乔刚潜回宿舍，死党冷静立即一脸八卦地凑了过来。

"除了他还有谁！那家伙出门忘了带钥匙，居然三更半夜喊我过去给他开门。"

冷静摸摸她的脑袋："可怜的孩子，被压迫得真惨！对了，那条狗没有为难你吧？"

"没有，我早就跟它打好关系了。"

那条狗倒是没有为难她，可顾行深为难她了！

"嗯，不过，你一直到今天早上才回来，难道这期间没有发生什么事吗？"冷静眸子里透着精明的光。

"能发生什么事？大半夜的，我懒得来回跑，就在那儿睡了。"宫小乔一本正经地回答。

"小乔！魅色酒吧最近缺人，他们找我去，不过我最近很忙，你去吗？"这时，叶梦沁走过来问。

宫小乔读的是表演系，一个宿舍六个姑娘， 叶梦沁是表演系系花，是所有男生的梦中情人。

"啊，魅色啊！"宫小乔立马有些心动。

魅色是A市乃至全国一流的酒吧，档次很高，酒吧里大多是歌舞表演，定期安排舞台剧节目，并且水平颇高。

如果能去魅色兼职，也算是一个实习和历练的机会。

宫小乔从小就特别热爱表演，所以任何对她演技有提升的演出她都想去尝试。

“其他人呢？你们去吗？”宫小乔问。

话音刚落，几个人都愤愤地看着她：“你以为人人都跟你似的，平时那么用功，考试前都不用复习的！”

宫小乔觉得无语。

原来快期末考试了，她还真没注意到。

话说，她有很用功吗？

她只是心情不好的时候就喜欢看书、做试卷泄愤而已。

宫小乔睡在最里面的上铺，冷静睡她邻铺。

她准备睡觉的时候，冷静推了推她，问：“喂，你真的要去魅色？”

“很好的机会，我为什么不去？”昨晚没睡好，此刻她急需补眠。

“你家顾行深准你去那种地方吗？”

“跟他有什么关系？”一提顾行深她就心烦，烦得差点又忍不住爬起来去做试卷。

话说，她如今成绩这么好，真是有一大半要归功于顾行深。

第二天晚上。

宫小乔要去魅色酒吧，经过学校小树林的时候，发现草丛里团了一个不明物体。

她迅速平移过去，一脚踹上去，把那物体踹得“嗷”一声弹跳起来。

“唐誉，怎么又是你？你把A大当你家了是吧？有事没事就往这里跑！大晚上的，你在这里偷偷摸摸做什么变态的事？”宫小乔双手叉腰，一副要替天行道的神情。

唐誉眼泪汪汪地抬起头来，头发上还黏了几根枯草，一脸憔悴。

“你这黑眼圈是怎么回事？又被小静揍了？”

唐誉眼里含着泪，一副遇到知己的神情。

宫小乔蹲过去：“你没事干吗老去惹她？我不是跟你说了我们家小

静喜欢温柔优雅的绅士吗？你没事跟冷透学学，别整天在她面前上蹿下跳的，成熟稳重点行吗？别明知道她不喜欢你那么招摇地来学校找她，还偏要来；来还不算，非得把那骚包的破车也开来；把那骚包的破车开来也就算了，还站在那儿招蜂引蝶，你这不是找抽吗？”

“我才不要跟冷透那家伙一个德行呢！小乔，你就别损我了，我这次是真的没办法了。”唐誉哭丧着脸，“我妈非让我下个星期去相亲。”

“所以？”

“我妈给我两个选择，周末要不带一个女朋友回去，要不就去相亲。所以我又跟小静告白了。”

宫小乔了然地点头，伸手摸摸他蓬乱的脑袋：“可怜的孩子，难怪变成这样了。”

“小乔，怎么办？小静要是再不接受我，我真的要去相亲了。绝对不可以，我不能做对不起小静的事情！”

“唉！我该说你傻呢，还是该说你傻呢！”宫小乔叹气。

“小乔！”唐誉突然跳起来，殷切而希冀地望着她，那譬如小狗看到肉骨头的神情让她起了一层鸡皮疙瘩。

“干吗？”宫小乔退后一步，警惕地望着他。

“你陪我去见我妈吧！”

宫小乔立即弹开老远：“开什么玩笑！”

“只是假装我的女朋友而已，先让我躲过这一劫！你知道我妈有多可怕！保不准我周末相亲，隔天就会逼我结婚！我还年轻，我还不想死，除非是和小静一起。”

宫小乔扭头不看他：“你是能躲过一劫，我可就惨了。”

“你又没有男朋友，借我挡桃花有什么关系？”唐誉一副“你好小气”的神情。

宫小乔的脸黑了黑：“那也不行！姐是你想借就能借的吗？”

唐誉急忙哀求：“小乔，我想来想去只有你最合适。你跟小静关系那么好，就算让她知道了这件事，只要你去解释，她就一定会相信你。如果我找别的女人去，让她误会了，我就彻底没希望了。”

“你想太多了。”小乔怜悯地看他一眼，心想冷静才不会在乎这些呢。

“小乔妹妹，现在我的命就捏在你的手上，你要是不救我，星期天我就在你们寝室门口吊死以示清白！”

“那你现在就去死吧！”宫小乔一脚踹过去，“你本事大了，还学会以死相逼了！”

“小乔，乔姐，求你了！”宫小乔刚要走，就被他扯住了裤脚。

“你现在最好团成团，一边玩去。姐忙着呢，没空管你死活！”

“你要去哪儿，带我一起走啊！喂——”唐誉在后面扯着嗓子号。

魅色酒吧。

地方太大，加上光线昏暗，各种灯光闪得宫小乔头晕眼花。她撞翻了两三个服务员，问了四五个人，拐了六七个弯，才终于找到后台，殊不知自己的一举一动已经落在有心人的眼里。

“哎呀！你们猜我刚看到谁了？那不是顾老大家养的小狐狸吗？”沈乐天左拥右抱，眯着眼睛看向不远处迷路闯入狼群的小家伙。

“她刚进门我就看到了。”盛宇也是饶有兴趣的神情。在这种地方，宫小乔穿得跟高中生一样，迷迷糊糊地乱撞，还惹出那么大的动静，能不惹人注意吗？

“要不要通知老大？”沈乐天一副唯恐天下不乱的神情。

“阿透，你怎么看？”盛宇问。

两个人皆看向冷透。

冷透推了推眼镜：“先找经理过来打听清楚她在这里做什么。”

沈乐天立马弹了个响指，叫来服务员。

可怜的小服务员诚惶诚恐地走过来急切地问：“沈先生，请问您有什么吩咐？”

也难怪她这么小心翼翼，这里坐着的三个人都是S级别的公子哥，随便惹到哪个就别指望在A市混下去了。

几个金疙瘩经常过来这边玩儿，魅色恨不得把他们个个都当菩萨一样供起来。

“去叫你们经理过来。”

“是。”

不到半分钟，经理就跌跌撞撞地赶了过来：“沈少有什么吩咐，是对我们的服务有什么不满意吗？”

“刚才那只小狐狸是你这里的员工？”沈乐天问。

“小狐狸？”经理不解。

沈乐天煞有介事地思索了一下，然后换了一个词儿：“小兔子。”

“兔……兔子？”经理更蒙了。

盛宇白了一眼沈乐天：“刚才那个穿着白色T恤、牛仔裤，娃娃脸，看起来像高中生的女孩子。”

“哦哦。”经理这才恍然大悟，抹了一把汗，满脸殷勤地道，“她确实是我们这儿的员工。不过她今天是第一天上班，待会儿就会上台表演，几位要是喜欢，等下表演结束了，我叫她过来见一见。”

冷透蹙了蹙眉，问：“她陪客？”

“她只是表演话剧的演员，不负责陪酒，不过既然几位抬爱，自然是她的荣幸。”经理不遗余力地巴结道。

经理刚一离开，沈乐天立即兴奋地掏出手机：“不行，我一定得叫哥过来看看！”

“喂，哥，来魅色吗？哥几个都在。”

“不了，你们玩。”电话那边，顾行深一口回绝。

“真不来？有特别节目哦，很特别很特别哦！”

看着沈乐天贱兮兮的样子，冷透和盛宇皆扭头装不熟。

“没兴趣。”

“小狐狸在，你也不来？”

“嗯？”

沈乐天顿时知道有戏，眼珠子转了转，故意开口道："咱们刚看到她了，她在这边兼职，据说今晚要表演劲爆的钢管舞哦！"

顾行深："……"

打完电话，沈乐天心情颇好地坐在那儿跷着二郎腿，远远地看到一个人朝这边走来，却不是顾行深。

"哟！唐誉，你这新造型不错！"

"一般一般。"唐誉捂着一只眼睛，小声对一旁的服务员说，"去买一副墨镜过来。"然后他又转过头哀怨地瞅着冷透，"冷透，你妹也太欺负人了！"

"自己成天上赶着去让人欺负，怪谁？"冷透毫不留情地打击他。

"今晚人挺齐，巧了，小乔也在这里。"盛宇对唐誉说。

"我当然知道她在这里，我一路跟过来的。"唐誉一边接过服务员递过来的墨镜，一边说。

"跟过来的？你没事跟踪小狐狸做什么？难道你追不到阿透他妹，就想打小狐狸的主意？"沈乐天一脸惊悚地问。

"你管我！"

"我不管你，就怕你到时候连自己怎么死的都不知道。"

"老大，快来快来，马上就轮到小狐狸了。"这时，沈乐天见顾行深来了，忙不迭地上去招呼。

一旁的服务员见了顾行深，抖得就跟见了鬼似的。

顾氏集团执行总裁，这个在A市呼风唤雨的大人物之首，他来魅色工作这么久，今晚总算见着活人了。

顾行深长得果然跟传说中一样可怕，祸国殃民啊！

顾行深坐了下来，轻轻往后一靠，一双凤眼微微眯起。他好整以暇地瞥了沈乐天一眼："你知道是小乔不去拦着，还叫我过来看戏。嗯，沈乐天，你现在的胆子越发大了！"

沈乐天浑身一哆嗦，手里的红酒洒了大半杯："老大，不公平！盛宇和冷透也在，还有唐誉！为什么偏偏只……"

“嗯？”

“没，都是我的错，老大，我再也不敢了！”沈乐天哀怨地瞅了眼无辜望天的其他三个男人。

沈乐天心想：太不讲义气了！

显然有人去通知了高管，刚才的大堂经理又火速赶了过来：“顾先生。”

不等经理开始倾倒已经酝酿好的热情洋溢的溜须拍马之词，顾行深已面无表情地开口：“宫小乔，让她过来见我。”

经理愣了愣，接着连连点头：“是是是！芙蓉阁一直给各位留着，几位去里面稍等片刻，我马上就叫她过去。”

“等等。”

“顾先生，您还有什么吩咐？”

“不要告诉她，我是谁。”

“是是是。”

盛宇偏头往冷透那边挪了挪：“这下完了。”

沈乐天抹了一把汗，没事没事，只要火不烧到他身上就行。

唐誉则心满意足地蹲那儿吸溜果汁。

这一层似乎没什么人，高跟鞋踩踏地面的声音带着回音，显得有些空旷。

宫小乔走到尽头，确认了一下地点，接着敲门。她推开门，一双略带迷糊的眼睛逐一扫过坐在那儿的风格各异的五个男人。

沈乐天是最先抬起头的，一口红酒当场喷了出去。唐誉手忙脚乱地扯着纸巾，堵住喷涌而出的鼻血。冷透轻咳一声扭开了头，脸上貌似也有可疑的红晕。盛宇也惊呆了。

顾行深眸子里一瞬间的惊艳化为漫天火光，不言不语地坐在那里，深沉墨黑的眸子像无底洞。

宫小乔愣了一秒之后，淡定地退后一步，再淡定地带上门，淡定地转过身。

接着，她拔足狂奔。

整个事件从宫小乔推门到关门也不过几秒钟而已。

宫小乔没跑出去几步，手机铃声就响了起来。她气喘吁吁地接通电话，那端刚“喂”了一声，她立即挂断。

然后手机又开始响，她继续挂断，如此反复。

最后来了一条短信。

宫小乔打开短信：很好。

每次顾行深跟她说这两个字的时候，就是被她气到极致的时候，她深知，如果这时候她去碰他的逆鳞，只有死路一条。

宫小乔烦躁地挠了挠一头银色的假发，视死如归地转身往回走。

她刚推门走进去，就迎面砸过来一件衬衫，闻着熟悉的气息她就知道是顾行深的。

“穿上。”顾行深即使裸着上身，依旧气场强大。

“为什么要穿你的衣服？我有穿衣服。”宫小乔虽然不满地碎碎念，但还是在顾行深冰火两重天的骇人目光下，把脑袋上盖着的衬衫扒拉下来套在了身上。

反正已经被发现了，宫小乔也不怕了，她觍着脸凑到顾行深旁边的位置坐下。

一旁的唐誉依旧捂着鼻子，像看到洪水猛兽一样蹿出好远躲着她，又时不时从指缝里小心往她那边偷看。

“原来是你们这帮二世祖，我说谁这么大的场子，居然还让人家过来单独演出。我说不去，大堂经理立马哭了，就差给我跪下了！”

后面那句宫小乔没有说，早知道是他们，就算那经理把长城哭倒了，她也不会来。

“谁准你穿这种衣服的？”顾行深冷眼望着她。

宫小乔摸了摸头上的兔子耳朵：“经理让我穿的啊！我觉得挺可爱的。”

哪里可爱！简直太火爆了！沈乐天正在心里默默替那个经理默哀，宫小乔又说："经理说客人喜欢兔女郎装扮。"

"谁说的？"

"我没说。"唐誉立即撇清关系。

盛宇和冷透不约而同地看向沈乐天，宫小乔也看向沈乐天："啊，沈乐天，想不到你好这一口啊！"

迎着Boss腊月寒风般的目光，沈乐天已经什么都不想说了。他只不过说了一句"小兔子"而已啊！他这是招谁惹谁了！

"老大，你教育孩子，我们就不打扰了。"冷透咳了一声站起来，使了个眼色，四个人一起走了出去，沈乐天跑得最快。

"谁是孩子？"宫小乔无语地白了冷透一眼。

包间里，只剩下宫小乔和顾行深两个人，而且此时顾行深还没穿上衣，宫小乔觉得气氛怪怪的。

"喂，你要是没事我就回去工作了啊。"

宫小乔刚准备闪人，就被顾行深按住手背："你还敢去？"

"为什么不能去啊？我好不容易才得来的兼职机会呢！"

"不许。"

"顾行深，你讲点道理好不好？我不工作哪里来的生活费，哪里来的学费？"

"你缺钱为什么不告诉我？"

"我不要宫家的钱，难道就会要你的钱？"

"总之不许。"

"顾行深，你是我什么人啊，管得未免也太多了！你就算是我未来姐夫，这不现在也还不是吗？就算是，我也不会承认！"宫小乔不耐烦地开口。

"为什么不承认？"顾行深出乎意料地没有生气，只是专注地看着她，眼神讳莫如深。

宫小乔被看得心里咯噔一下："我连姐姐都不承认，怎么会认姐夫？总之，除了爷爷，我不想跟宫家的任何人扯上任何关系。"

闻言，顾行深的眸子里似乎有什么陨落。

"照你所说，我现在不是你姐夫，也不是宫家的人，而且我受你爷爷所托，有权管你。所以，不许。"

"你这是什么乱七八糟的逻辑。"明知道不合常理，却找不到话来反驳他，宫小乔忍不住抓狂。

监护人了不起啊！

顾行深伸手把她头上碍眼的假发拿了下来，捋顺她的头发："你要讲道理，我就跟你讲道理。你要兼职去哪里不行，非要来这种地方？你知不知道一个女孩子很危险？如果今天要求你过来陪客的人不是我，而是对你不怀好意的人，你准备怎么办？"

宫小乔喃喃道："别人都能来，我为什么不可以？再说我是表演专业的，娱乐圈水那么深，你是不是连娱乐圈都不让我进？"

"你当初选这个专业的时候我就不同意。你一个女孩子，学画画、学设计、学历史、学哲学都可以，娱乐圈那种地方不适合你。"

"又来了。"宫小乔无精打采地耷拉着脑袋。

还哲学？她看上去哪里有哲学家的潜质了？

顾行深每次这个样子跟她讲道理，她都觉得自己特像一个被老爸训话的女儿。

从小就没有感受过父爱的宫小乔经常默默地把他想象成爸爸，不知道他知道后会不会抓狂？

"怎么，你嫌我啰唆，嫌我管着你？"

顾行深的手臂搭在她身后的沙发上，看上去就像揽着她，这微微一倾身，动作看起来就更暧昧了。

在昏暗的灯光下，他的面容略显阴柔、妖冶，一双漆黑的眸子波光潋滟，如坠入星辰。

宫小乔三魂被摄去了两魂半，愣愣地道：“没，没有。”

“等下就去把工作辞了，嗯？”

“哦。”

顾行深满意地拍拍她的脑袋：“乖女孩。”

宫小乔觉得自己像一只被主人安抚的小猫咪，更令人窝火的是，她永远无法拒绝这种近乎诱惑的安抚。

小时候也是这样，只要顾行深一句“小乔乖，乖孩子……”无论她受了多大的委屈，都会忍住不哭。

要是顾行深再大个十几岁，她真要怀疑他是自己的亲爹了。

宫小乔刚走出酒吧，就被迎面而来的寒风吹得一阵瑟缩，她后退一步，正撞进顾行深的怀里。

“好冷。”

她来的时候还好好的，这会儿怎么又刮风又下雨的。

宫小乔冻得上下牙齿直打战，反观顾行深，那家伙只穿着一件单薄的黑色衬衫，居然连眉头都不皱一下，真是变态体质。

“冷吗？”顾行深搂着她进了车里，然后打开暖气。

“该死的冬天又到了。”宫小乔萎靡不振地抱怨，天一冷她就想冬眠。

“这么晚宿舍锁门了吧？”顾行深开着车，漫不经心地问。

“嗯。”

“去我那里睡？”

“不去，我可以翻窗。”

“不是说拴了恶狗吗？”

“胡说，大黑最可爱了。”

车子快开到校门口的时候，小乔接到了冷静的电话。

“小乔，你下班了没有？”

“嗯，正在回来的路上。”

"哦，那别回来了。班导今晚堵窗口那儿逮人呢！"

宫小乔："……"

最后，宫小乔还是跟顾行深回了公寓。

"顾行深，我饿了，给我煮碗面吧！"

顾行深的手艺非常好，不过他轻易不下厨，能使唤他做饭的估计也只有没脸没皮的宫小乔了。

"有什么好处？"

宫小乔从抽屉里翻出一沓卡片来："老规矩，随便选。"

顾行深轻嗤一声，接过来一张一张翻："按摩卡，十分钟。家务卡，一天。跑腿卡，一次。唱歌卡，一首。挡箭卡，一次……你从三岁用到现在，真是没创意。"

然后，顾行深意兴阑珊地倚回沙发上。

为了夜宵，宫小乔殷勤地蹭过去："哪里没创意了？那你想要什么，你自己加嘛！"

"真的？"

"嗯！我向来很民主的好不好。"宫小乔大方地把空卡片和钢笔递给他。

"不用加，把你减掉的重新加回来就可以了。"顾行深用手支着脑袋看她。

"我减掉的？"

"小乔宝贝给深哥哥的亲亲一个，小乔宝贝给深哥哥的抱抱一个，小乔宝贝给……"

"停停停！"宫小乔恼羞成怒地瞪他一眼，"那是小时候玩的好不好，长大了当然不能再这么幼稚了。"

这么羞耻的内容，顾行深念得她全身都起鸡皮疙瘩了！

"我不觉得。"顾行深颇为享受地看着她满脸通红的样子。

"因为你是变态！"

说着，宫小乔就摔了门逃进浴室。

看着她的背影，顾行深的眸子里闪过一丝落寞。

宫小乔洗好出来的时候，顾行深正卷了袖子，穿着她上次在超市买的粉色围裙在厨房做夜宵。

宫小乔立即喜笑颜开，裹了一条毛毯团在饭桌边，等着顾行深喂食。

顾行深煮了一大碗刀削面，真的是很大一碗。

“会做饭的男人最有魅力了！”宫小乔把大碗面挪到自己面前，不忘讨好顾行深几句，“还是在家里幸福啊！”

“那就回来住。”顾行深脱了围裙走到她旁边坐下。

“不要。”宫小乔欢欢喜喜地开吃。

“为什么？”

“不为什么。”宫小乔深知任何理由都会被他的变态逻辑驳回，于是干脆无招胜有招。

“小乔。”

“什么？”

“你是不是讨厌我？”

埋头苦吃的宫小乔终于抬起头来：“啊？没有啊！”

顾行深的神情有些怅然：“从四年前你跟他分手开始，不，可能更早，从我出国留学开始，你对我的态度就很疏离。你还在怪我那时候选择去留学，把你一个人丢在国内吗？”

“怎么会！我又不是小孩子了，哪有这么不懂事啊！只是我已经长大了，当然不能像以前那样黏你了！”宫小乔急忙摆手解释。

“是吗？”

“嗯。”

——我不想太依赖你，因为总有一天你会离开我。

就像我从小就讨厌宫家的人，就像在我九岁时，你和宫寒念一起出国留学，就像总有一天你会娶她组建自己的家庭……那么多不可抗拒的原因。

等你走了，我怎么办？

沉默了片刻，顾行深突然开口：“小乔，你是不是还放不下秦尧？”

宫小乔浑身一颤，手抖得筷子都握不住。

顾行深急忙去拍她的背：“放松。”

秦尧这个名字就像一个诅咒，每次念起来都会引起她激烈的反应。即使四年前她已经治好了，这些后遗症也依旧无法去除。

他一直想问，她是不是因为筱柔对她的背叛而迁怒于他，所以才会对他疏离，可是他终于没有问出口。

顾行深的身体猛然一僵，因为宫小乔缓缓伸出手拥住了他。

他已经不记得她有多久没有主动亲近过自己了。

“你……”

“那个……”宫小乔将脑袋埋在他的怀里，“小乔给深哥哥的拥抱一个。”

顾行深一怔，仿佛刹那间回到了过去，他心头的伤被她别扭的温暖治愈了。

半夜，屋外下起了雪。

北风刮得窗户扑棱作响，狂风呼啸着，在屋里听起来就像百鬼夜啼。

宫小乔披散着头发，穿着纯白色的睡衣，抱着一只枕头一路抖着飘到了顾行深的卧室门外。

她推开门，身体伏在门沿，漆黑晶亮的眸子幽怨地瞅着卧室床上躺着的男人。

虽然只是很轻微的脚步声，但顾行深还是被惊醒了。

实际上，他根本就没有睡着，先前暖香在怀的画面反复在他脑海里重复播放，想不到仅仅是一个拥抱，竟会给自己这么大的影响。

顾行深揉了揉有些凌乱的头发，支起身子。被子从肩上滑下来，露出大片蜜色的肌肤，一直蔓延到被子尽头掩盖的小腹。

平日冷酷的眸子此刻显得迷离且毫无防备，看到门边伏着的白色人影之后，顾行深先是一愣，接着嘴角微微抽搐，眉宇间似乎还有几分无奈的神色。

宫小乔摸了摸怀里的枕头，小心翼翼地抬眼看他，她想说什么，似乎又说不出口："顾行深，我睡不着。我讲故事给你听好不好？"

顾行深已经重新躺下睡了，现在他的心情不太好，很不好，尤其不想见到她，只说："别闹。"

"你听了再睡好不好？"

睡不着的是她，为什么他要听故事？

宫小乔却自顾自地开始讲了："有个面包走在路上，突然饿了，就把自己吃了。"

顾行深："……"

宫小乔又说："有一天，一只兔子不幸掉进一个箱子里，结果出来的时候变成了一只鸭子，你知道为什么吗？"

顾行深："……"

宫小乔自问自答："因为箱子里放着的是变压器。"

顾行深黑了半边脸。

宫小乔继续说："嗯，我再说一个剑客的故事吧！话说，顾行深，我觉得这个剑客跟你真的很像！荒城，狂风，斜阳如血，那位剑客临风而立，他的剑很冷，眼神很冷，心也很冷，所以，他冷死了！"

这下，顾行深整张脸都黑了。

宫小乔眨着眼睛问他："顾行深，你有没有觉得很冷？"

顾行深一张脸已经全黑了："你到底想说什么？"

宫小乔双手合十："好冷哦，我可不可以跟你一起睡？"

闻言，顾行深已经不能言语了。

"不可以。"

一起睡？光听着这三个字他就有点把持不住了，更何况是实践。

"你好过分！你喝醉了就发酒疯抱着人家不放，醒了就翻脸不认人。"宫小乔期待的目光顿时湮灭，她耷拉着脑袋，可怜兮兮地抱着一个大白枕头，碎碎念着一步三回头地往外挪。

挪到快看不见的时候，她又转过头来，用被抛弃的小兽一样的目光瞅着他，一张小脸别提多哀怨了，声音粘腻得滴水：“顾行深！深哥哥！深深……”

顾行深揉了揉眉心，无奈地说：“过来。”

宫小乔立马扔了枕头，撒丫子扑过去，三两下钻进被窝里。

“咝——”顾行深被冰得直皱眉。

他就知道放这丫头进来就等于引狼入室。

等她睡着了，顾行深才坐起身子点燃了一支烟。

她是做噩梦了吧，所以才会主动跑来找他。

刚才分明看到她的双颊有泪痕，他却没有揭穿。

四年前，她在高考当天放弃考试，疯了一样跑去机场找秦尧，追在后面的妈妈因为横穿马路，不幸被一辆货车撞倒。

从那时候起，她害怕一个人睡觉，每晚都要他在身边陪着才能睡得安稳。

可是突然有一天，她却不再让他陪着了，甚至提出要住校。他以为她只是随便说说，想不到她却用绝食来抗议。

这么刻意的疏离，他又怎么会感觉不到。

她终究还是在意的吧！怪他瞒着秦尧和筱柔在一起的事，怪他让她最后一个知道。

第二章

大明湖畔的秦尧

"小乔，我问你一件事。"冷静突然严肃地看着她。

"什么事？"宫小乔揉着脑袋。

"你是不是还忘不了秦尧？"

宫小乔一愣，这个问题，顾行深前不久也问过她。

第二天早上。

“小乔，周末是寒念的生日，一起回去？”

宫小乔愣了愣，然后继续吃早餐：“她的生日貌似与我无关吧！”

“别说气话，我想你也不希望你爷爷为难。”

“爷爷说了，我不必刻意讨好宫家的人。”宫小乔一脸骄傲，爷爷最疼她了！

“你非得这样吗？”顾行深的脸色不太好。

她当然知道最为难的其实是他。

宫小乔抬起头，讨好地笑道：“我不去不是因为对你未来老婆有什么偏见，是我周末有事。”

对于宫小乔口中“未来老婆”的称呼，顾行深的眉头不易察觉地蹙了蹙：“真的？什么事？”

“我的私事啦！你不要问这么多了，反正是很重要、很重要的事。礼物我会准备好的，你帮我带过去就行了。吃饱了，我去学校了啊！拜拜。”

不知道为什么，她的笑容让他觉得很刺眼。

她似乎渐渐开始学会对自己伪装了。

明明不开心，她却能对着他那样灿烂地笑。

明明不耐烦，她却能天衣无缝地敷衍。

顾氏集团大楼，会议室里不时传来沈乐天的哀号。

“不是吧！那个案子又难搞又没油水，老大你对我太残忍了！”

平时活蹦乱跳的唐誉此刻跟没骨头似的趴在桌面上一动不动，死气沉沉。

沈乐天卷了一个纸团砸过去：“喂！老五，干吗呢，无精打采的？被罚的是我又不是你，没必要这么感同身受吧！”

平日里最喜欢跟沈乐天斗嘴的唐誉却把头一扭，理都不理他。

连顾行深也不禁注目。

这时候，唐誉的手机响了起来，手机那端的人不知道说了些什么，唐誉的脸那叫一个春暖花开、万物复苏。

“什么？你同意了？你真的同意了？你就是上天派来救赎我的天使！”

“那就这么说定了，周末晚上八点，左岸咖啡厅。”

沈乐天做呕吐状：“噗，还天使。谁啊？瞧把你乐的，冷透他妹接受你了？”

冷透瞥了唐誉一眼，淡定地道：“不可能。”

唐誉丝毫不以为意，一扫阴霾，笑靥如花：“对了，老大，周末宫寒念的生日我应该去不了，不过礼物一定会送到的。”

“什么事比嫂子的生日还重要？”盛宇好奇地问。

唐誉郑重且严肃地道：“我的终身大事。”

“伯母好。”宫小乔穿着一身米色的小洋装，一头乌黑的长发柔顺地披在脑后，双手略显拘谨地交叠在小腹处，一副乖巧又柔弱的模样。

“嗯，你好。”唐妈妈上下打量着她，眸子里透露出几分满意，不是那些个花里胡哨的女人。

一旁的唐誉看着刚才还对他暴力相向、言语摧残的暴力小萝莉，陡然就变成了温柔乖乖女，显然一时之间无法接受。

不过现在没有人在乎他的感受，唐妈妈正致力于了解儿子第一次带回来给她认识的女朋友。

“你跟我们唐誉什么时候认识的？”

“唐誉跟冷透是兄弟，我和冷透的妹妹冷静是好朋友，平时在一块儿玩的时候认识的。”

“那你喜欢我家唐誉哪一点？”

“喂，妈，你问这个干什么？”唐誉终于回过神来。

“大人说话，小孩子少插嘴。”

宫小乔甜蜜且羞涩地看了唐誉一眼：“其实……其实我都喜欢。唐誉平时看起来有些幼稚，看着像一个孩子，其实他工作的时候非常认真。我的性格比较内向，而他很开朗，也没有那些富家子弟的傲气和架子，所以我跟他很合得来。”

唐妈妈听得笑眯了眼，又问：“你们交往多久了？”

“一年三个月零八天。”

“这么久了，为什么唐誉一直说自己没有女朋友？”

宫小乔垂了下头：“唐阿姨，你也知道我的情况。虽然我是宫家的人，可我只是一个私生女而已，我担心……”

“好孩子，不用说了，我明白了。”唐妈妈爱怜地握住她的手，“你放心，我们家没有那些个门第观念。你跟唐誉两个人真心相爱，这比什么都重要。”

“唐阿姨。”宫小乔默默垂着头，双肩微微颤抖，眼泪滴答滴答落在桌面上。

“好孩子，别哭了！总之，你放心，你们的事阿姨全力支持，至于唐誉他爸，他都听我的。”

闻言，宫小乔忍俊不禁。

见自家儿子傻愣愣地杵在那儿，唐妈妈往他脑门上敲了一下：“傻小子，发什么呆呢！女朋友哭了也不知道安慰一下！我本来还一直担心你，也不知道你走的什么运遇上这么好的姑娘。”

“好了，我走了，不打扰你们年轻人约会。”说着，唐妈妈就心满意足地离开了。

“唐阿姨再见。”

回去的路上，唐誉一脸纠结地盯着宫小乔。

“有话快说。”宫小乔白了他一眼。

唐誉噎了噎，犹犹豫豫地开口：“小乔，想不到你暗恋我这么久了，可……可是我喜欢的人是小静。”

闻言，宫小乔一个踉跄，穿着高跟鞋的脚崴了一下：“有没有搞错啊，我演戏的没入戏，你看戏的倒是入戏了！”

“喂，你没事吧？”唐誉急忙过去扶她。

“还不是你害的！手拿过来！”宫小乔恶狠狠的一副强盗模样。

“哦。”

宫小乔没好气地征用了一只胳膊当拐杖。

两人没走几步，前方车辆射过来两道刺目的光。等宫小乔放下遮光的手臂，就看到黑暗里走出来一个人。

“你说的重要的事，就是这个？”男人面上一片阴鸷之色。

“顾行深？”宫小乔有些惊讶他居然会在这里出现，问道，“你不是去参加宫寒念的生日宴了吗？”

“如果不是被我撞到，你还准备瞒我多久？”

那包含着千刀万剐的一眼吓得唐誉闪电般缩到宫小乔身后。

顾行深质问的语气让她很不舒服。

“我干吗要瞒你啊！我又没做坏事。我跟唐誉真心相爱怎么了？”谈着，宫小乔还摸摸唐誉的脑袋。

唐誉现在只想哭。

“你说的是真话？”顾行深看着她，神情看不出喜怒，似暴风雨前的平静。

“当然是真话。”

唐誉刚想探出脑袋解释，就被宫小乔暴力地推了回去。而这在顾行深看来却是亲昵的举动。

“不行。”顾行深脱口而出。

真心相爱？当年她也是这样站在他面前，信誓旦旦地对他说她和秦尧是真心相爱的。当年的他无力阻止，而这次他不可能重蹈覆辙。

“这次又是凭什么不许？”宫小乔冷笑。

“我只是不想让你祸害熟人而已。”

宫小乔的脸黑了黑，伸手蹂躏着唐誉白白嫩嫩的脸蛋：“得了吧！唐誉自己就是一个祸害，我觉得我们两个祸害在一起挺般配的，唐誉，你说是吧？”

“我能说不是吗……”

“当然不能！”

“唐誉，你确定要跟她在一起？”顾行深看着唐誉，好整以暇地问。

“当然！”宫小乔直接代唐誉回答了。

“好，从此以后你就不是顾氏企业的人。”

“老大！不要啊！不要抛弃我！”唐誉如遭大变，扑出来哀号，就差抱着顾行深的大腿了。

“那你是要我，还是要她？”顾行深魅惑地一笑。

“当然要老大了！”唐誉斩钉截铁地回答。

“你听到了，这就是你选的男人。”顾行深看着她，似乎在嘲讽她看人的眼光一如既往的差。

“老大，冤枉啊！我不是小乔的男人，我跟她连一毛钱的关系都没有。”

“唐誉说得对，我们没有一毛钱的关系，我们只有一块钱的关系！”宫小乔胸口憋着一口气，她本来只是开个玩笑，却被顾行深的态度惹火了。

“我说小乔姐姐，你就别害我了成吗？老大，我妈逼迫我相亲，可是我喜欢的是小静，不想娶别的女人，我是迫于无奈才找小乔演了一场戏！”

关键时刻，唐誉为了保命，潜能爆发，口齿伶俐、思路清晰。

“忘恩负义的家伙！下次别指望我会帮你。”宫小乔踢了他一脚，转身就走。

她走出去没多远，就发现后面有人跟了上来。

“脚扭了？”

她继续走。

“我背你？”

她无视。

“你生气了？”

这男人怎么变脸比翻书还快!

顾行深使出撒手锏：“周三金沐璘开演唱会，我有几张门票。”

宫小乔眼睛一亮，立即转身：“票呢？”

“这么站着不累吗？上来。”

“先给我票，我就让你背。”

这也算交换吗？

“真不懂你们小女生为什么总喜欢那种不男不女的男人！”

宫小乔把票抢了过来，笑嘻嘻地跳上他的背：“你不懂是肯定的，我跟你有代沟。”

这些年，她没少跟顾行深闹脾气，不过总是来得快、去得也快，他稍微给点小甜头，她立马又喜笑颜开了。

“顾行深，你不是特讨厌我追金沐璘的吗，怎么会给我这个？”

“我给你，你就拿着，问那么多干什么？你跟唐誉一起胡闹的事情我还没找你算账，就算不想去寒念的生日宴会，你也不需要用这种方法回避。只要是你开口的事情，我哪次不是依着你？”

“真讨厌，你不揭穿我会死啊！”

“你有本事就聪明一点让我发现不了，要不就给我老实一点。”

宫小乔回到宿舍，只有冷静一个人在。

“其他人呢？”

“去自习室了。”冷静探究地盯着她看。

“哦。”

“听我哥说，你又惹祸了？”

宫小乔一屁股在床沿坐下，脱掉高跟鞋：“我哪有啊！惹祸的是你家唐誉好不好！”

“你还说！唐誉胡闹就算了，你怎么也跟着胡闹！”

“我这可是为了帮你。这年头找一个对自己一心一意的男人可不容易，虽然唐誉这个人看起来有点蠢，不过他妈妈倒是很亲切，你以后要是嫁过去，肯定不会有婆媳矛盾。”

冷静白了她一眼：“不劳费心，我跟唐誉是不可能的。”

“今天顾行深突然中途离场，你是没看到当时寒念的表情，啧啧……我当时就在想是哪位大神能把顾行深召唤走，果不其然是你弄的幺蛾子！”

“喂，这可不关我的事啊！我还好奇顾行深怎么会知道我跟唐誉在哪儿呢！”

“你家顾行深对你那么关注，有什么事能瞒住他？”

“什么叫我家啊！”宫小乔对这个归属性定语感到很不满。

“说起来，顾行深对你的态度实在很微妙啊！有时候，我都要怀疑他是不是爱你在心口难开了。”

宫小乔差点被自己的口水噎死：“瞎想什么呢！我一直把顾行深当我爹那样尊敬的好不好！”

冷静默默无语，突然觉得顾行深好可怜。

“对了，小静，你周三有空吗？”宫小乔兴奋地问。

“周三？”冷静的脸上闪过一丝异样。

“是啊！顾行深给了我几张金沐璘演唱会的门票。”

“周三我有点事。”冷静踟蹰着说。

“什么事啊，你陪我去嘛！我好不容易跟顾行深要来的门票，位置很好呢！”

冷静猛拍了宫小乔的后脑勺一下：“别烦我复习！再挂科我就别指望毕业了！”

“呜呜……小静好凶！好嘛好嘛，你好好复习，我自己去。”

“小乔，我问你一件事。”冷静突然严肃地看着她。

“什么事？”宫小乔揉着脑袋。

“你是不是还忘不了秦尧？”

宫小乔一愣，这个问题，顾行深前不久也问过她。

半晌过后，当冷静以为她不会回答的时候——

“为什么要忘？我根本就没打算忘了他。”

冷静一脸紧张：“你对他还不死心？小乔，别傻了，你明知道……”

“冷静冷静！冷静一点嘛！你不要发散思维好不好。我的意思只是，初恋嘛，难免刻骨铭心，我当作宝贵的人生经验记着没什么错吧？”

“你真的只是这么想的？”看她一脸云淡风轻的样子，冷静反而觉得触目惊心。

不知道是不是错觉，宫小乔总觉得周围的人似乎都不太对劲。

宫小乔快睡着的时候，接到了唐誉的电话，才知道一切都不是错觉。

“作为你今天帮忙的报答，我决定冒死告诉你一件事情。”唐誉一本正经地说。

宫小乔轻笑：“什么事啊？”

“筱柔和秦尧要回来了。”

“明天到机场。”

“据说是回来订婚的，日期定在三天后。”

难怪顾行深突然问她那些问题，难怪冷静也突然问她相同的问题。

难怪顾行深明明讨厌她迷恋金沐璘，还要给她演唱会的票，难怪冷静那天不能陪她去。

“老大似乎封锁了消息刻意瞒着你，大概是怕你伤心吧。”

“哦？那你呢！你为什么要告诉我，不怕我伤心？”

“其实我不太认同老大的做法啦！我……我觉得如果不告诉你，你会更伤心。毕竟被骗不是一件好受的事情，不管是为了什么。”电话那端，唐誉挠挠头，有些为难地说。

唐誉的想法很单纯，却正是她的心情。

所有人的都觉得瞒着她是最好的，可是他们不知道，全世界都知道，只有自己被蒙在鼓里是怎样的感受。

“小乔，你是不是还记着秦尧啊？”

宫小乔苦笑：“要不要每个人都来问我一遍，你还记得大明湖畔的秦尧吗？”

第二天，A市机场。

小乔赶到的时候，不早不晚，秦尧和顾筱柔刚好下飞机。

她一身黑衣，安静地隐匿在角落里。

顾行深，顾家和秦家二老，冷透、冷静、沈乐天、盛宇、唐誉……跟顾筱柔以及秦尧比较亲近的亲朋好友几乎都到场了。

人群里扬着一条写着“欢迎我们的筱柔和秦尧回家”的横幅。

记者闻风而来，顾行深似乎有些不悦，但他忍了下来，说：“感谢各位对顾氏企业的关心，有关舍妹的身体状况以及几天后的订婚宴，我会安排记者会一一回答大家。现在是我们的私人时间，希望各位不要打扰我们一家团聚。”

记者们自然不敢逆着顾行深，纷纷表示祝贺之后就散开了。

顾筱柔一身粉色的雪纺连衣裙，黑直、柔顺的长发披在肩头，笑容清甜地下了飞机，身后的男人拿出一早准备好的保暖外套将她小心地裹住。

那个人，自然是秦尧。

秦尧一身咖色大衣，里面着白色衬衫，简单的装束穿在他身上却给人一种云淡风轻、温润如玉的舒适感。

他安静地站在热闹的人群里，缥缈得似乎下一刻就会羽化登仙。

秦尧的样貌也是极好的，不过他身上更吸引人的是他的气质，反而让人忽视了他的长相。

“哥。”顾筱柔快走几步上前。

顾行深远远地张开双臂拥住她，那笑容是宫小乔从未见过的，宠溺、欣慰、感激、喜悦……还有真实。

“欢迎回家！”

“哥，我好想你！”

“这孩子，一回来第一个抱哥哥，连爸爸、妈妈也不要了？”

“爸，妈！我好想你们！”

“傻丫头，这些年在外面苦了你了！这次回来，你可别再去那么远的地方了！”

宫小乔拿着一份报纸，安静地坐在距离他们仅仅十步远的长椅上。

沈乐天他们几个正好站在她这一侧，距离只有五步远。

沈乐天侧了侧脑袋问：“小乔还不知道吧？”

冷透推了推眼镜，说：“老大怎么可能让她知道。”

盛宇点了点头：“前几天老大还让我弄了几张小乔最喜欢的男星演唱会的门票，是筱柔和秦尧订婚宴那天的，显而易见，老大准备瞒到底了。”

沈乐天叹道：“这么瞒着也不是长久之计啊！她总有一天会知道的。”

冷透看着秦尧和顾筱柔的方向：“至少不能让订婚宴出什么差错。”

“这么防着她，似乎有点过分了。”盛宇的神情有几分愧疚。

“小静，你怎么了？来了之后一句话都没说，心情不好？”唐誉也不管其他人干什么，一心扑在他亲爱的小静身上。

冷静眉头紧蹙：“不关你的事。”

这时候，顾筱柔一脸开心地朝冷静这边走了过来，拉住她的手：“小静，你来了！我好高兴你能过来接我。”

冷静同时接触到冷透和顾行深提醒的目光，于是看了她一眼，不冷不热地道：“嗯，欢迎回来。”

“谢谢！”顾筱柔往四周看了看，有些犹豫地问，“小乔呢，怎么没看见她？”

身后，秦尧淡漠的神情似乎有一瞬间的破裂和紧张。

顾行深摸摸她的脑袋：“小乔跟导师去了D市参加艺术团的实践，近期内回不来。她听说你要回国，本来准备连夜赶回来，是我让她不要来的。你们以后有的是机会见面，不急在这一时。”

“这样……”顾筱柔点点头，“哥哥说得对，学业为重。”

“乖，回家吧！”

“嗯。”顾筱柔不疑有他。

顾行深不动声色地看了眼秦尧，问：“这小子对你好不好？”

“嗯，他对我很好。”顾筱柔一只手挽着顾行深，一只手挽着秦尧，甜蜜地笑。

秦尧跟在她身旁，回以一笑。

看够了亲朋好友的相见甚欢，看够了秦尧的情深意切，看够了顾行深的“良苦用心”，宫小乔起身离开。

与此同时，顾行深的手机响了起来，看了眼屏幕上闪动的名字，他按了拒接。

没过几秒钟，手机又开始响。

“我去接一个电话。”

顾行深走远了些，接通电话：“小乔，什么事？”

宫小乔背靠在机场门外的大理石柱子上，远远地看着他：“顾行深，我好难受，好难受。”

“怎么了，你哪里不舒服？”

“难受。”

“到底怎么了？宝贝说话！”

“我肚子疼，好疼。”

“我上次不是给你买了止痛药，你吃了没有？”

“吃了，还是疼。”

“别上课了，去寝室躺着好好休息。”

“顾行深，我想见你。”

“好，晚上。”

“现在就要见。”

“现在不行，我在开会。”

“那天你半夜里叫我，我都去了。”

顾行深哭笑不得："小乔，别任性。我现在真的有事！你乖乖的，我忙完了去看你，嗯？"

"不。"

"宝贝听话，我挂了，晚上去看你。"

宫小乔拿着手机，怔怔地看着顾行深挂电话，看他亲自撑伞护着顾筱柔上车。

宝贝？啧，你从来只有一个宝贝而已。

——不自量力地想知道自己在你心中的分量，最后只换来早已知道却不愿承认的真相。

外面风雨交加，她刚走出去，雨伞就被卷走。她麻木地走在雨幕里，看着一辆辆豪华汽车载着她的伤心越行越远。

身后跟着好几辆按着喇叭的出租车，见她毫无反应，也都一个个离开。

一个穿着黑色夹克、戴着墨镜和鸭舌帽的男人打着一把花伞，匆忙从宫小乔身边走过去。

男人没走几步又折返回来，一脸惊愕地将宫小乔看了又看，语气里透着喜悦："哟！小师妹！你怎么知道我今天来A市，特意冒雨过来接我？"

宫小乔抬起头，面无表情地看着男人妖娆阴柔的脸，然后将脑袋轻轻靠在他的胸口上。

"喂喂！湿成这样别黏着我！"男人怪叫着，却没有伸手推开她，反而将她拥进怀里，一脸不正经，"乖啊乖，二师兄疼你！"

酒店。

男人团在床上，抱着枕头，警惕地看着洗完澡后穿着睡衣朝他爬过来的宫小乔。

"你……你想对我做什么？我就知道你是有预谋的！你故意装柔弱把我骗到酒店里，好方便对我下手！"

宫小乔爬过去，慢慢越过他，然后按下开关把大灯打开，说：“你瞎想什么呢！”

男人突然不说话了，脸红红的，怔怔地看着宫小乔的胸口。

宫小乔捂住领口退回去，瞪了他一眼：“色狼！难怪师父赶你下山！”

“是我自己逃下山的好不好！”

宫小乔这个师兄家境颇好，他爹不满他生得过于清秀，觉得他没有男子气概。一家人商议之后，同意了他爷爷的决定，把他送到了山上修行。

宫小乔去的那一年九岁，是顾行深和宫寒念一起出国留学的那一年。

没有了顾行深的庇佑，那时候的宫小乔没少受欺负。

小乔爷爷想着自己老了，怕是陪不了她多久，顾行深日后自然也有自己的生活，于是狠了狠心，每年寒暑假都送她去学武艺，以便她日后能够自己保护自己。

那时候的老人家都不太相信什么跆拳道、柔道、空手道、剑道，还是觉得中国本土的武术最顶用。说到武术就不能不提少林寺，恰巧A市就有一座分院，可是这少林寺自然是男人待着的地方，小乔她爷爷几经周折才把她弄进去。

小乔这个二师兄是十六岁的时候偷偷跑下山的，那时候的少年正值叛逆期，背着家里人进了娱乐圈，唱歌、演戏两不误，竟成了如今大红大紫的明星——正是那个星期三就要开演唱会的金沐璘。

“有什么好准备的，都准备那么多遍了，烦不烦！等我玩够了自然会回去！”金沐璘一脸不耐烦地挂断电话，然后卸了电池。

“当你助理可真够惨的！”宫小乔鄙视地看他一眼。

这家伙在外面的时候看着光鲜亮丽，其实骨子里性格恶劣、极其任性，真不懂这样的家伙是怎样在娱乐圈生存下来的。

金沐璘不以为然地把手机扔到一旁：“今天能逃出来还要多亏了你的前男友和前好姐妹，要不是他们吸引了媒体的注意力，我还真不好脱身！你今天这么惨，肯定和这事脱不了关系吧？”

见宫小乔脸色不好，金沐璘摸摸鼻子，识相地没有多问。

“给你。”

“什么？”

“演唱会的门票！你敢不来就死定了，知道了吗？”

宫小乔默默接过门票，选择了什么也不说。

如果这时候跟他说不去了，这家伙绝对会暴跳如雷。

所以，还是先斩后奏吧！

跟金沐璘一起吃了一顿午餐，然后两人各奔东西。

宫小乔回了学校，下午上了两节课，下课之后就回了宿舍，晚饭都没吃就睡下了。

她给顾行深打的那个电话本来只是为了试探随便说的，想不到晚上大姨妈真的到访了。

因为白天淋了雨，这时候她的身体更难受了。

宫小乔窝在床上，又冷又疼，噩梦连连，一直到九十点钟才迷迷糊糊地睡了过去。

冷静一进屋就问：“小乔呢？”

温雅示意她看上铺：“睡着呢！”

冷静松了一口气，问：“怎么这么早？”

“不知道，她下课回来就睡了，晚饭都没吃。”

韩樱奈急忙举手作答：“我知道！她大姨妈来了，先前还跟我借了一片暖宝宝！”

然后，冷静走出去给顾行深打了一个电话：“人在宿舍。”

“我在楼下。”

“啊？可她现在已经睡下了。”冷静有些惊讶，想不到自己前脚刚到，顾行深后脚就跟了上来。

“啊——”

冷静突然听到手机里和寝室窗外同时传出一声刺耳的高声尖叫。

“呃，顾行深，下面发生什么事了？”

“啊啊啊……”

持续的尖叫声湮没了顾行深的回答。

天哪！那姑娘是学美声的吧！

事情是这样的：

顾行深站在十一栋女生寝室楼下面打电话，这时候，一个女生拎了三瓶开水走了过来，眼见有一瓶就要滑下去摔掉，顾行深就好心上前帮她接了一下。

谁知道女生一抬头就开始尖叫，手里剩下的两瓶开水都摔碎了，只剩下顾行深一脸无辜地拎着开水瓶站在原地，眼见着女生一路尖叫着“逃”进了寝室楼。

三分钟之后，十一栋以及方圆五百米之内的寝室楼窗户夸张地唰唰唰一扇接一扇打开，脑袋一个接一个探了出来。

“啊！帅哥，帅哥在哪里？有没有你说得那么夸张啊？”

“必须有啊！我跟他目光接触的刹那，几乎以为自己下一刻就要死过去！他的手碰到我的手，我觉得我全身的血管都要爆裂了！太可怕了！”

“确实可怕！我还是觉得你的描述比较像见了可怕的东西！”

顾行深的脑子有点蒙。

管理员大妈见一个女生鬼哭狼嚎地掩面而过，第一感觉以为她遇见色狼了。

恰好外面就站着一个男人，正义的管理员大妈立即愤怒地走了过去。

“喂！那边那个小伙子，说你呢！对，就是你！”

顾行深转过身。

管理员大妈愣了十秒，接着果断地迎了上去：“小伙子，别怕，跟大妈说，刚才是不是有女生欺负你了？实在是太过分了！”

顾行深正被缠着问东问西的时候，一个娇小的人影突然从一旁蹿了过来，扯了顾行深的手臂就开始跑。

后面的大妈一边跺脚，一边撕心裂肺地喊：“光天化日，你们这些女学生……”

直到把顾行深拉到小树林，宫小乔才气喘吁吁地停了下来。

她穿着宽大的风衣，用帽子和围巾把自己裹得严严实实，只露出一双眼睛。她恼怒地看着眼前的男人：“我不是说过了不要来学校找我吗？”

“你说想见我。”顾行深伸手想帮她把头发整理好，却被她拍开。

“现在不想了。你快走吧！我回去了。”因为刚才剧烈跑动，宫小乔感觉小腹一阵强烈的不舒服。

顾行深从后面拉住她的手：“小乔，你果然很讨厌我。”

“没那个意思。”

“从上高中开始，你就从来不许我去你的学校，不许我出现在你同学、朋友的面前。我就这么见不得人？”

宫小乔有些头疼。

他何止是见不得人！这家伙难道不知道自己很引人注目吗？

每次跟他一起出现，她都要被人缠着问东问西！她只是怕麻烦、怕解释而已！他这一脸委屈、一脸受伤是怎么回事？貌似每次受害的都是她吧！

一时之间，两个人都沉默着不说话。

站的时间久了，宫小乔觉得小腹的下坠感越来越强烈，难受得要死，甩了他的手，随便找了一张石椅就要坐下。

“别坐，上面凉！”

宫小乔蹲了下来：“没事我就回去了。”

顾行深一只手伸到她的膝弯里，一只手托着她的背将她抱了起来，然后自己坐在石椅上把她放在腿上坐着。

宫小乔一愣，挣扎着想要下去，又不敢动作太大：“顾行深，你干吗？”

“坐好，我们谈谈。”

“非得现在谈？”

“嗯。”

“那你先放我下来。”

“你冷的时候就往我怀里钻，闹别扭的时候碰都不给我碰一下，好过分！”顾行深惟妙惟肖地学着宫小乔的语气。

宫小乔嘴角抽了抽，算你狠。

见顾行深正把自己蒙住脸的围巾往下扯，宫小乔急忙护住：“干吗？”

“看你。”

“有什么好看的！你非要见人，那换我见不得人行了吧！”

“真是一个孩子。”顾行深叹气，脱下外套将她整个裹在怀里。

“你还在为白天的事情生气？”

不提这事还好，一提宫小乔就变了脸色。

“你主动找我，我很开心。不过我当时真的在忙，别气了好吗？”说着，顾行深把一大袋零食塞到她怀里。

宫小乔不说话，只是默默撕开一袋旺旺仙贝，把围巾扒拉下去，嘎嘣嘎嘣咬。

“冷静说你还没吃饭，我炖了当归红糖汤。我们一起回去吃？”

闻言，宫小乔摸了摸空空如也的肚子。

要抓住一个人，一定要先抓住他的胃，宫小乔觉得这句话是真理。

或许她能抵得住色诱，却一定抵不住食诱！

宫小乔正做着心理斗争，不远处隐约传来不和谐的声音，低语呢喃，伴随着衣服摩擦的声响。

宫小乔的脸黑了黑，怎么误打误撞把他拉进了A大约会圣地小树林？

“你还要继续待在这里吗？”顾行深的呼吸近在耳侧。

宫小乔说：“还是不要打扰别人进餐了。”

顾行深轻笑。

“好了，我下来自己走！”

路上。

“小乔。”

“嗯？”

“这几天我比较忙，可能没空陪你。”

宫小乔自然知道他要忙什么，可是从他口中听到一句又一句谎言，心里就像灌了铅一样。

“你别在意，今天打电话纯属是为了报复你那天耍我而已！”

“是吗？”

是，她向来眼睛里揉不了沙子，有仇必报，不管过了多久也不会放弃。

顾行深这么疼爱顾筱柔，她难以想象自己将要做的事情会引起怎样的后果。可是她不得不做，她已经控制不住自己了。

这些年，她一直装作不在意，让恨腐烂在心里，它生根发芽、越长越大，终于将她心里的墙撑破，肆意横行。

早上一二节没课，韩樱奈和尹熙娣闲得无聊在那儿一唱一和。

韩樱奈做西子捧心状：“皇上，您还记得大明湖畔的夏雨荷吗？”

尹熙娣一副感慨万千的神情凝视着韩樱奈，激动地执起她的手：“我只记得大明湖畔的容嬷嬷！”

宫小乔刚回来看到就是这“囧囧”有神的一幕。

韩樱奈见小乔回来了，立马八卦地黏过去：“小乔小乔，你终于回来了！昨晚那个传说中的超级大美人是你亲戚？”

“啊？谁说的？”

“小静告诉我们的呀！小乔，你太不厚道了！有美少年就该拿出来大家一起分享嘛！”韩樱奈一脸不满。

昨晚303寝室的几个人也趴在窗口看热闹，眼见着她们的小乔跑了下去，像一阵风一样把人家帅哥拖走了，于是全追问冷静，小乔跟那帅哥是什么关系。冷静无奈，只好敷衍地说帅哥是小乔的亲戚。

宫小乔抽了抽嘴角：“什么美少年啊！他是我叔叔，一大把年纪了！”

听到这里，冷静再次对顾行深表示深切的同情。

“你叔叔能长成那样？别唬朕！”尹熙娣一脸不相信。

其实宫小乔也没太夸张，顾行深今年二十九岁，没几天就要奔三了。

顾行深的生日是圣诞节，这家伙居然是跟耶稣一天生的。

“不是吧！真看不出来！”韩樱奈意兴阑珊地趴回电脑跟前，“人家只对小正太和美少年感兴趣。”

“咦？梦沁不在吗？这些天好像很少看到她！”宫小乔转移话题，结束有关顾行深的讨论。

尹熙娣一边做瑜伽，一边感慨：“人家忙着呢！你见不到是正常的。等她以后出名了，你肯定更看不到她了，现在得可着劲儿多看看！人家还没毕业呢，就已经跟娱乐公司签约了，据说她被《红装》剧组的导演看中了，会饰演女主角也说不定。唉，都是一个学校、一个专业、一个寝室出来的，差距怎么这么大呢！”

第三章

订婚宴风波

接触到她冰冷的眸子，秦尧慢慢松开手：“既然来了，你坐一会儿再走吧。”

顾筱柔看了一眼秦尧，脸色有些苍白，但很快接着说道：“是啊，小乔，怎么刚来就要走，快过来，我还给你带了礼物呢！”

仿佛刚才的冷漠只是错觉，宫小乔明媚地笑了笑：“好啊！”

冷静下午上完课之后就回家了，宫小乔则是跑到服装设计系，软磨硬泡跟一位学姐借了一套礼服，然后拨通她大师兄的电话。

“十一，有事吗？”电话那端的男人语气僵硬，似乎还激动地打翻了什么东西，传来一连串噼里啪啦的声音。

小乔当年在少林寺排行十一，因为是女孩子，没有起法号，寺里的人都叫她十一。

“大师兄，你有收到顾家千金订婚的喜帖吧？”

“有……有啊！怎么了？”

“那你有女伴吗？”

“没有。”

“太好了！大师兄你带我去吧！”

她大师兄虽然离开佛门多年，但依旧不忘戒色，她就知道他肯定不会带女伴过去，所以她才有机会乘虚而入。

木无邪从生下来起就一直不停地生病，家里人也不知道听了什么世外高人的箴言，把他送去了少林寺。没想到进了佛门之后，他还真就没再生过病。

直到木无邪成年，木家的人才让他回来接管家族企业。现在木无邪是博爱医院的院长，在顾筱柔出国之前，他是她的主治医生，所以他会被邀请一早就在宫小乔的预料中。

少林寺果真是一个卧虎藏龙的好地方啊！

“我可以说不吗？”大师兄鼓起勇气，艰难地拒绝道。

宫小乔邪气地笑了笑：“可以啊！你要是不带我去，我就把你偷亲我的事情告诉师父！”

木无邪气急：“我什么时候……”

“哎呀！大师兄，你带我去不就行了，难道还怕我吃了你不成？”

“喀，是挺怕的。”

“大师兄，人家是良家少女。”

她这个大师兄长得细皮嫩肉的，简直是唐僧转世，怨不得她喜欢逗他，以至于现在大师兄一见了她就跟见了妖怪似的。

第二天。

“衣服给你了，别忘了你答应过的事哦！那可是我最喜欢的设计，得了，看在你穿着实在很合适的分上，我借你一次。”

“学姐，你是看在让我圣诞穿女仆装，给你们设计部赚经费的分上吧！”

“哎呀，学姐只是代表全校所有男生提出合理请求而已嘛！你都没逛过学校论坛吗？我把最新设计的女仆装贴了上去，调查圣诞晚会上男生最希望本校哪个女生穿上这套衣服，结果小乔你的投票占百分之九十！”

宫小乔嘴角抽搐：“居然还有这么无聊的投票。”

摆脱花痴学姐后，宫小乔换好礼服，打车去了A市黄金地段的海岸别墅“春暖花开”。

顾筱柔和秦尧还没回国之前，两家就已经替他们准备好了海岸边的豪华别墅作为新房。

面朝大海，春暖花开。

据说，这个系列的别墅是秦尧亲自设计的。

订婚宴上，香衣鬓影，觥筹交错。

宫寒念将订婚宴的一切都打点得妥妥帖帖，顾家二老见了频频点头，宾客也都纷纷称赞。顾家不仅多了一个好女婿，过不了多久估计又要多一个贤内助了。

“寒念姐，辛苦你了，你去休息一会儿吧！”顾筱柔感激地迎上去。

“多谢。”秦尧敬了宫寒念一杯。

宫寒念回敬一杯，然后亲切地拉着顾筱柔的手寒暄：“我们筱柔几年不见又变漂亮了！秦尧可真有福气！”

“寒念姐，你又拿我寻开心！”顾筱柔娇嗔道。

“真希望寒念姐早点嫁过来！哥哥速度太慢了，也不怕你被别人抢走！他总是忙着工作，你怎么也不催催他？”

宫寒念看了眼不远处招呼宾客的修长身影，说：“只要他的心在我这里就够了。”

连妹妹都订婚了，可是他依旧没有任何表示，她并不是不急，只是沉得住气。

“你看那边的是不是木医生？”宫寒念朝着远处看了一眼。

“啊！真的是木医生！”顾筱柔欢快地叫道。

“筱柔，恭喜。”木无邪走了过去。

顾筱柔说：“木医生，好久不见。”

木无邪也说：“是啊！你的身体怎么样了？”

“我的身体已经稳定了，只要不受太大的刺激，一辈子都不复发也说不定，多亏了木医生给我介绍的专家。”顾筱柔感激道。

“应该的，小乔的朋友就是我的朋友。”木无邪客气道。

当年小乔跟顾筱柔那么要好，比亲姐妹还亲，谁知道后来会出那么多的事情。

“这么多年了，木医生还是一个人吗？”顾筱柔问。

木无邪点头，顿了顿，补充道：“不过我今天有带女伴过来，她应该待会儿就到了。”

对上秦尧探究的眼神，木无邪的神情有几分不自然。

“小静，别喝了！”

看着那一对炫耀幸福的家伙，冷静不冷静了。

“别管我。”

“小静，你是不是觉得瞒着小乔过来参加秦尧和筱柔的订婚礼是对小乔的背叛，所以心里很难受？”唐誉问。

冷静惊讶地看了唐誉一眼，脸色僵住。

自己的心思居然被这个白痴猜中了。

“你以为我想来吗？我要是不来，我哥就要安排我去相亲。”冷静恼怒道。

唐誉立即感同身受：“长辈真是一种残暴的生物！”

“最残暴的生物是顾行深，如果不是他给我哥施压，我哥也不会给我施压！再这么继续装姐妹情深，我都要被自己恶心得吐了！还有顾筱柔和秦尧，他们还有脸大办订婚宴！小乔当年对顾筱柔那么好，她居然和秦尧暗度陈仓！至于秦尧，我还以为他长了一副清心寡欲的样子就跟别的男人不一样，原来也只是一个道貌岸然的伪君子！”

冷静喝多了，开始口不择言，吓得唐誉急忙捂住她的嘴。

别墅门外。

宫小乔没有请帖进不去，于是她给木无邪打了一个电话。

半分钟后，木无邪赶了过来，却并没有立刻带她进去，而是把她拉到一旁。

“小乔，你到底想做什么？”木无邪担忧地问。

宫小乔笑得乖巧甜美：“当然是参加好姐妹的订婚宴啊！他们似乎漏发了我的喜帖，我准备给他们一个惊喜。”

木无邪神色严肃地说：“小乔，你别骗我。”

宫小乔摆摆手：“我骗你干什么，你别这么紧张嘛！我一介弱女子能做什么？”

木无邪极其不信任地看了宫小乔一眼，丝毫不敢松懈。

“小乔，你听我说，心不动，则人不妄动，万物皆空，不动则不伤。”

“师兄。”

“因爱则生忧，因爱便有畏。能离恩爱者，永断无怖畏。爱欲莫甚于色，色之为欲，其大无外，赖有一矣，无能为道者。”

“师兄啊。”

“一念贪欲起，百万障门开。众生欲脱生死免诸轮回，先断贪欲，及除爱渴。无世间爱念者，则无忧苦尘劳患。如不断此念，必落魔道。无色无相，无嗔无狂，方能出尘劳……”

“师兄，你再说我就亲你了。”宫小乔语速极快地说完。

木无邪：“……”

这下世界终于安静了，宫小乔满意地把薄唇紧抿的木无邪拉了进去。

宫小乔穿着一身黑色的蕾丝连衣短裙，发间斜戴的黑色玫瑰垂下薄薄一层纱网，覆盖了额头和一半的面容，乌黑柔顺的长发笔直地垂到腰间。这身打扮使她整个人看起来有些诡异和阴暗，几乎刚一进场便夺走了所有人的目光。

秦尧手一颤，手里的红酒洒了一半。

顾筱柔狐疑地看着他：“秦尧，怎么了？”

然后，她顺着秦尧的目光看过去：“小乔？”

宫寒念同样看了过去，然后原本大方得体的神情急转直下：“她怎么会来？”

顾筱柔愣了几秒，脸上随即扬起惊喜的微笑，热情地迎了上去：“小乔，你回来了！我还以为你来不了了！”

宫小乔难以置信地看着眼前的两个人，几乎站立不稳。她极力压抑着颤抖的声音：“师兄，这就是你不愿意让我来的原因？”

木无邪扭过头，沉默了。

宫小乔知道，他不会演戏，但一定不会拆她的台。

“小乔，怎么了？”见她神情不对，顾筱柔疑惑地问。

片刻后，宫小乔恢复了正常，嘴角含着淡淡的嘲讽：“我一直在A市，师兄说今晚要参加重要的订婚宴，想不到是旧识。”

“啊？怎么会，可是哥哥说你去了D市来不了。”

“我连你们什么时候回来的都不知道，又怎么会知道你们今天订婚？”

“怎么会，哥哥为什么要骗我？”顾筱柔摇着头，露出一副无措的神情。

她是真不懂还是假不懂？顾筱柔这个非专业的和她这样专业的表演系学生比起演技也不遑多让。

“我似乎不该来的。”宫小乔转身想要离开，却被一只微凉的手握住手腕。

接触到她冰冷的眸子，秦尧慢慢松开手：“既然来了，你坐一会儿再走吧。”

顾筱柔看了一眼秦尧，脸色有些苍白，但很快又接着说道：“是啊，小乔，怎么刚来就要走，快过来，我还给你带了礼物呢！”

仿佛刚才的冷漠只是错觉，宫小乔明媚地笑了笑：“好啊！”

似乎没料到宫小乔会这么干脆地答应，顾筱柔的脸色又白了几分。

盛宇原本淡定地坐在那儿装深沉，目光扫到不远处的人之后，他支着的手肘失控地滑了下来，一杯红酒全洒到了身旁沈乐天的裤子上：“我的天啊！”

沈乐天惊叫一声：“你往哪儿倒呢！叫我干吗？”

“不是叫你！那边！”

“哪边？”沈乐天转过头，也不知道是出于报复还是真的受了惊，同样歪了手里的酒杯，酒倒在了盛宇身上：“我的娘啊！”

“糟了。”冷透低咒一声，当即起身去找顾行深。

“老大，不好了！”盛宇没站稳，直接朝顾行深扑去。

“怎么？”见三个人匆匆忙忙跑来，顾行深禁不住蹙眉。

沈乐天一把拉开盛宇：“三哥，你不要趁机占哥的便宜！让我来说！哥，这下完了，小狐狸不知怎么误打误撞跑过来了！”

顾行深脸色骤变：“说清楚！”

冷透解释：“是木无邪带来的。”

“木无邪。”

百密一疏，他居然忘了这个人。

“小乔现在人在哪里？”

“刚刚和筱柔一起离开了。”盛宇回答。

“小狐狸不会兽性大发撕了小白兔吧？毕竟是夺爱之恨、杀母之仇啊。”

话音刚落，沈乐天就看到了顾行深犀利、冰冷的眼神。

“沈乐天，我近期不想听到你的声音，非洲有个项目挺适合你。”

“不要啊，哥！我再也不敢了！哥，你不要再一次抛弃我。”

“让你嘴贱。”盛宇在一旁幸灾乐祸。

夜凉如水，波光粼粼。

想不到凭着感觉穿过后花园真的是一个游泳池。

宫小乔的两只高跟鞋被她随意地扔在一边，身上穿着礼服又不方便坐下来，于是她像一只小猫咪一样傻乎乎地蹲在池边。

她打开手心，一条精致炫目的水晶吊链垂了下来。

“喊，海角之心。”

这两人可真够大方的，顾筱柔送她一个地处日本的庄园，而秦尧送的这条链子，价值足够她这辈子衣食无忧。

扑通。下一秒，这条全世界独一无二的项链被扔进了水里。

她身后的男人脸色一下子变得惨白，心随着那颗“海角之心”一起坠落，被刺骨的水淹没。

宫小乔拍了拍手，还特地吹了声口哨，然后双手往后面一撑，脑袋往后一仰，一头乌黑的头发像丝绸一样顺着肩膀滑落下来。

她狡黠地眨着眼睛，嘴角坏坏地勾着：“嗨，秦小尧同学！看我把你这么贵重的礼物扔了，你是不是特心疼啊？”

熟悉的神情让他有些恍惚，仿佛一切都没有改变。以前也是这样，小乔做坏事被他发现了，就总是仗着他舍不得骂她有恃无恐。

秦尧说：“心疼。”

因为这个倒挂金钩的姿势看秦尧是倒着的，所以宫小乔辨不清楚他此刻的表情。

秦尧看着她："你怎么知道是我？"

宫小乔笑："刚才我扔项链的时候，似乎听到有人磨牙的声音。"说完，她拍拍屁股站起来，"不守着你的未婚妻，你跟着我做什么？担心我偷偷把你家房子拆了？"

她刚起身，却因为蹲太久腿麻了，站立不稳。下一刻，秦尧已经上前疾走两步，从身后扶住她的双肩。

宫小乔转过身来，龇牙咧嘴地弯下腰捶腿，结果又差点腿麻摔倒。

秦尧微微握紧刚才碰触过她的双手，接着，他慢慢在她面前俯身下来，单膝跪在地上，微凉的双手覆上她的小腿，力道适中地揉捏着。

宫小乔看着俯身在自己面前，神情认真的男人："你还是老样子，不管对谁都那么温柔。可是你知不知道，有时候温柔也是一种残忍？"

秦尧的手僵住片刻，然后换到另一只脚继续按摩："还麻吗？"

"好了。"宫小乔退后一步。

秦尧站起身。

"秦尧，我有些话想对你说。"

"什么话？"秦尧看着她，温软的眸子里有些忐忑。

"低头。"

秦尧微微俯身。

"再近一些。"

宫小乔嚅动嘴唇正要说话的时候，突然有个人影冲了过来，一下子将两人撞开："你们在做什么！"

"秦尧，今天是我们的订婚宴，你怎么可以做这种事！"顾筱柔激动地捶打着秦尧的身体，然后愤怒地转过身来推搡宫小乔，"宫小乔，你怎么可以这么对我！我把你当成最好的姐妹，你却在这里勾引我的未婚夫！"

"筱柔，你冷静一点，事情不是你想的那样。"秦尧神情微怒。

"为什么，我好不容易才等到这一天，你为什么要破坏我好不容易得来的幸福？"

宫小乔被她嚷得头晕眼花，不知不觉后退到泳池边上，等秦尧提醒的时候已经来不及了。

“小乔！”

在秦尧有所行动之前，已经有一个更快的身影跳了下去。

顾筱柔怔怔地看着将宫小乔从深水池里救上来的顾行深，突然神情大变，似乎完全不知道刚才自己做了什么事情。

“我是怎么了……秦尧，对不起，对不起，我不知道自己怎么了，我怎么可以说那些话。”顾筱柔不知所措地看着秦尧，眸子里满是歉意和慌乱。

宫寒念紧接着跟了过来，问：“这是怎么了？”

“哥，不是我，不是我推小乔的，我不知道，她突然就……真的不是我。”顾筱柔身体颤抖，急促地喘息着。

顾行深脱下外套覆在宫小乔身上。

“我知道不是你的错，别激动，这里交给哥就好。秦尧，带筱柔去房里。”

秦尧站在原地，犹豫地看着在顾行深怀里瑟瑟发抖的宫小乔。

注意到秦尧看宫小乔的眼神，顾行深的眸子顿时冷了几分。

宫寒念急忙催促：“秦尧！快去啊！还愣着干什么！好好的订婚宴，怎么会弄成这样！”

“小乔，对不起，我不是故意说那些话的，你原谅我好不好？我只是太在意秦尧才会这样，小乔，你不要生我的气。”顾筱柔不肯走，哭泣地看着宫小乔。

宫小乔仿佛置身事外看一场闹剧一般，她的眸子里只有嘲讽，接触到顾行深带着恳求的眼神，她几乎恶心得一刻也待不下去。

居然想要她说没关系，说原谅？

宫小乔推开顾行深站起来，将外套扔还给他，径直朝顾筱柔走去。

“顾筱柔，你这辈子最值得向我炫耀的事情，不是你得到了秦尧，而是你有个是非不分的好哥哥。”

一句话，两个男人都白了脸。

“原谅是不是？我告诉你，这辈子都不可能！”宫小乔把手里拎着的高跟鞋一前一后砸向顾行深那张可恶的俊脸，然后赤着脚跑开。

“小乔。”顾行深狼狈地接住两只鞋。

宫寒念嫉恨地看着宫小乔跑开的身影，她是凭什么才敢用这种态度对待顾行深。而顾行深竟然没有生气，只是露出了一副无可奈何的神情。

随后赶来的沈乐天惊愕地看着宫小乔胆大妄为的举动。

“我们今后的日子恐怕不好过了。”盛宇忧心忡忡。

每次小乔和Boss吵架，倒霉的都是他们这些苦命的人，冷透轻叹一声。

真是塞翁失马，焉知非福，沈乐天暗自偷笑。

反正他马上就要去遥远的非洲亲近自然了，跟面对顾行深相比，他宁愿去非洲原始森林里亲近可爱的野兽们！

宫小乔窝在木无邪的车里，接过他刚去买来的衣服，不顾他还在车里，就开始换起衣服来。

木无邪惊得急忙闭上眼睛，然后跌跌撞撞地逃出去，还撞到了头。

等宫小乔换好衣服，木无邪才如释重负地上车。

见木无邪脸色微红，宫小乔撇撇嘴：“色即是空，空即是色！你一个和尚，有什么好害羞的。”

木无邪欲哭无泪。

和尚怎么了？和尚也是男人啊！再说他已经还俗很多年了好吧！

“你这到底是怎么了？谁欺负了你？都说过了让你不要来，你偏不听！”

“大师兄，别担心，没谁欺负我，现在的宫小乔才不会这么容易让人家欺负！”宫小乔抽了抽鼻子。

尽管一切都在她的计划之中，可最后自己还是受伤了，真的委屈了。

不过就算杀敌一千，自损八百，她也在所不惜。

深夜。

秦尧全身湿淋淋地躺在泳池边，手臂横在额头，掌心躺着那串“海角之心”。

“小乔，或许你已经忘了，这是你自己的设计。”

那天晚上，顾行深纠结到最后，终于还是没有追上去。

他突然不知道该怎么面对她，该怎么跟她解释欺骗她的事情。

虽然顾行深一早就做好了万全的准备，包括中途出现现在这种状况的应对和说辞，可是一想起她看着自己时委屈的样子，他就什么都说不出来。

第二天早上，因为实在担心她的身体，顾行深还是开车去了她的学校。

因为她不喜欢他去学校找她，所以他只好把车子远远地停着，拨通冷静的电话。如果是打给小乔，她肯定不会接的。

让顾行深惊讶的是，电话是唐誉接的。

“啊？老大，你找小乔啊！小乔她去D市了。”

“什么？”他原本想过无数种可能，想着见到她之后说些什么，却完全没料到会扑了个空。

“听小静说她是去D市参加什么剧组的海选，要一个星期后才能回来！她谁都没说，一个人就去了，小静说她一定是生气了，抛弃自己了，要跟自己绝交了，来酒吧里喝酒，已经喝得不省人事了！”

“一个星期后。”顾行深挂掉电话，心里有说不出的感觉。

六天后是圣诞节，他的生日，可她却要一个星期之后才回来。

顾行深揉了揉眉心，那丫头越来越狠了。

宫小乔坐在去D市的大巴上，靠着窗户小睡。

几天前，顾行深骗顾筱柔说她去了D市，那她现在如他所愿。

昨天泡在冰冷的泳池里，又是经期，那样糟蹋自己，她居然都没有生病，睡一觉之后又精神抖擞了。

她这次去参加的是《天下无魔》的海选。

这部仙侠剧是根据乱娆的同名小说改编的，讲述的是一个凡间的王爷君逸尘年少轻狂，所娶非人，致使自己的原配妻子上官弦月被小妾柳依依害死，上官弦月化身妖魔回来复仇，君逸尘悔不当初，为了弥补自己的过失，他甘愿抛弃一切、堕入魔道，陪在妻子身边，以乞求她的原谅。最后是狗血的大团圆结局，天罚降临之时，他舍命相救，终于获得了她的原谅，两人经历重重磨难，最后又在一起。

其实宫小乔很不喜欢这个故事的结局，如果她是作者，她一定会把那个负心的王爷炮灰掉，怎么可能还让他最后抱得美人归。

话说她倒是挺喜欢剧中引诱女主成魔的神秘魔王，虽然他从头到尾都是一身玄黑斗袍，脸都没露过。

尽管官方声明这次所有角色都是海选，可男主、女主这样的重要角色怎么可能不内定。所以宫小乔决定量力而行，这次去试戏的角色只是上官弦月成魔之前身边的丫鬟小红。

不同于戏份较多的贴身丫鬟毓秀，这个小红就是一个龙套，刚一出场就被柳依依杀鸡儆猴杖毙了。

海选现场人山人海，就连这个跑龙套的小丫鬟那儿排的队也是老长。

《天下无魔》无论是编剧、制片人、导演还是投资方，都实力强大，也难怪这么多人前来试镜。

两个小时后，宫小乔垂头丧气地从评审室里走了出来。

没有任何技术性的考核，评委只看了她一眼就拍板定下她了。

剧中的小红虽然长得不咋样，但是身段非常不错，因为君逸尘多看了她一眼，空有美貌却没有好身材的柳依依便心生妒意，拿这小丫头开了刀。

好吧！她可以安慰自己通过选拔有一部分原因是A大的名气。

宫小乔正准备回酒店，刚才面试的一个评委朝她走了过来：“宫小姐！”

“范先生，您好，请问有什么事吗？”宫小乔客气道。

“宫小姐的条件这么好，何必只来试戏这种小角色呢？”

“大家的实力都很强啊，能得到这个角色我已经很满意了。”

“宫小姐过谦了，其实我觉得上官弦月这个角色很适合你演，不知道宫小姐有没有空赏脸吃顿饭，我们可以谈谈。”男人风度翩翩地勾唇一笑，自以为魅惑，宫小乔却只觉得猥琐。

“真不好意思，范先生，我待会儿约了人。”

“是吗？那真是可惜了。”男人的脸色有些不太好，临走前轻蔑地看她一眼，似乎在嘲笑她装清高。

宫小乔叹了一口气，这就是传说中的潜规则吗？

那家伙充其量只是一个工作人员，担任的还是这种龙套角色的评审，怎么可能有决定女主的权力，当她是小学生吗？这么好骗！

不过只怕她拒绝他之后，他会暗中给自己使什么绊子。

反正也只是一个龙套而已，还不是靠演技得来的，真因为这种事情失去了也没什么好可惜的。

宫小乔疲惫地回到酒店，打开门，直接往大床扑去，却立即感觉到不对劲，床上放的什么东西这么硬？

她刚准备起身就被扑倒压了回去，先是看到裸露的胸膛，往上是一双泫然欲泣、哀怨的眸子。

“宫小乔，你居然……居然把我卖了！”

“啊，你怎么会在我的床上？你怎么知道我在这里？酒店怎么可以随便放人进来！我哪有把你卖了？”

“还说没有，我的演唱会你为什么没来？”金沐璘继续哀怨地盯着她。

宫小乔轻咳一声别过头：“那什么，我卖的是演唱会的票好吧！干吗这么激动啊！我有事不能去嘛，反正留着也是浪费，所以就卖了啊。”

“那我最后一首歌唱的是什么，你一定也不知道了对不对？”金沐璘咬牙切齿，亏他挖空心思特意替她写歌，想在演唱会给她一个惊喜。

“呃，是什么？”

“宫小乔，我恨你！你怎么可以这样对我，为什么为什么……”

宫小乔嘴角抽搐，把只围着一条浴巾趴在自己身上号叫的某男扒拉开：“二师兄，你被咆哮哥附体了吗？”

“对了，我还没问你，你来这里做什么？”

“参加《天下无魔》的海选。”

“哦？真的？成功了吗？”

“嗯。”

“啊！那我也要去，我去演男主！剧本之前经纪人送给我看过，不过我对内定的女主实在没兴趣！如果是小乔的话那就不一样了，剧中上官弦月对君逸尘可是柔情似水、千依百顺啊！哈哈哈哈！”

宫小乔的脸黑了黑：“喂！我想你好像搞错了一些事情吧！上官弦月一开始是对君逸尘很好，不过到了后面可就是君逸尘当牛做马还债了，而且我选上的又不是女主，只不过是一个只有五分钟戏份的小丫鬟而已！”

金沐璘愣了好半晌，然后猛地捏住她的双肩摇晃：“小师妹，你疯了？你居然要去演一个龙套！我金沐璘的人怎么可以演龙套！”

“谁是你的人了！”宫小乔白了他一眼，满脸嫌弃，“拜托你先把衣服穿上行不行？真是倒霉，我回来之前差点被潜，回来之后还要被你蹂躏！”

“被潜？什么意思？”

在金沐璘的逼问下，宫小乔把事情跟他说了。

金沐璘立即俯身，双手撑到她的身体两侧，眨着放电的桃花眼：“被他潜还不如被我潜呢！”

宫小乔认真地点点头表示同意：“嗯！说得对！比起被一头色猪潜，确实不如被你潜！”

金沐璘的脸顿时黑了。

“这可是你自己要跟一头猪比的！”宫小乔噎他。

“小乔，我是说真的，你考虑一下嘛！”

宫小乔立刻抽了一个枕头扔过去。

金沐璘接住枕头，凑过去："小乔，你准备待几天？"

"今天是初审，三天后终审，可能还有些其他事情，大概一个星期吧！"

"说实话吧！你星期三没来演唱会，是不是搅和秦尧和顾筱柔的订婚宴去了？你闯祸了，所以才逃到D市？"

"再八卦，信不信我打电话找你助理抓你回去？"

金沐璘立即噤声，钻进被子里，怯怯地只露出一双眼睛瞅着她。

宫小乔扶额："别跟我来这一招，这里只有一张床，我不会收留你的！"

"房钱我付。"

"成交！"

金沐璘："……"

"小乔，我饿了。"金沐璘抱着被子在床上滚来滚去。

宫小乔从剧本中抬起头来，看了眼时间："下去吃饭吧！"

"你给我带饭，我怕被人认出来。我要吃西苑的香煎酱汁银鳕鱼，绿歌的花胶鲍鱼火鸭丝羹，四香阁的法式芝士牛油焗龙虾……"

宫小乔的嘴角抽搐得欢快，摔门出去。

十五分钟后，金沐璘要的菜全送上了门。

"小乔，你真没诚意，居然叫外卖！"

她当然是打电话订的，难道还指望她一家家去跑?

"小乔，你不吃吗？"

宫小乔不理他，兀自忙碌。

过了半晌。

"小乔，你在吃什么？"金沐璘咬着筷子问。

"自己不会看啊！康师傅方便面。"

金沐璘看了眼自己跟前的一桌子美食，又看了眼正呼啦呼啦吃得欢快的宫小乔，眼泪汪汪地凑过去："好吃吗？"

“凑合。”

“你吃得好像很好吃的样子。”

宫小乔无语：“……”

“真这么好吃吗？”

“金沐璘，你到底想干吗？”

“我也想吃这个。”

“我只买了一盒。”

金沐璘瞅着她，一副“我好想吃好想吃，求求你给我吃吧”的可怜表情。

“我拿那些跟你换成吗？”

“成！”宫小乔把筷子塞给他。

吃完了她的方便面，金沐璘又凑到她跟前，看她吃什么就跟着吃什么。

“小乔，我发现跟你抢着吃饭特别香！”

“变态，死开！”

一个小时后。

“小乔，我想吃冰淇淋。”金沐璘又抱着被子在床上滚来滚去。

“大冬天的吃什么冰淇淋！”

“可是人家想吃。”

“想吃自己去买！”

“可是被人认出来怎么办？人家平时可可怜了，因为是公众人物，所以好多事情都不能做，连想吃个冰淇淋都不能自己出去买。我一个大男人，总不好意思叫我那些助理帮我去买这种东西吧？”

“行了行了，别念叨了！头疼！”宫小乔摔门出去。

又一个小时后。

“小乔。”金沐璘又有所企图地开始滚。

宫小乔一拍桌子：“再闹，信不信我抽你？”

“妹儿，我特爱看你被我气得浑身奓毛的样子！”

“变态的思维果然是无法理解的。”

“小乔，这次是真的有事儿，能不能给我去买点绷带和药水过来？”

“你怎么了？哪里受伤了？”

“没事，小伤，演唱会不小心弄的！”

“金沐璘，你找抽吧！怎么到现在才说？”

“我不是忙吗！”

“对啊！忙着找碴儿！你这个死变态，伤哪儿了我看看！”宫小乔说着就要去掀他的被子。

金沐璘一副被强迫的小样：“别看别看！你给我买绷带和药水来就行了！”

“你到底伤哪儿了，不会是骗我的吧？”宫小乔一脸怀疑。

“真的，伤的地儿你不方便看。”

她是不是幻觉了？居然看到二师兄貌似有点脸红。

刚才，除了围着腰臀的浴巾，他几乎是全裸的。于是，宫小乔大致也能猜到伤在哪儿了，她很不厚道地笑喷了。

宫小乔怎么也没想到，居然会在D市遇到秦尧。

她正到处找药房，隐约看到远处一个熟悉的人影。

那人抬起头来，对上她的目光，随后又转过头去。

宫小乔以为自己认错了人，正要收回目光，却看到那人跟身后的几个男人说了些什么，然后匆忙朝她跑来，带着些微喘息：“小乔。”

“秦尧，你怎么会在这里？”宫小乔看着来人，只是眉头微挑，除此之外，再无特别的情绪。

见到宫小乔淡漠的反应，秦尧的眸子暗了暗：“我有点事情要处理，听筱柔说你是来D市参加海选的？”

听她叫出自己的名字，他才肯定是她。

四年不见，只有那天在订婚宴上匆匆一瞥，他几乎无法把现在的她跟心中的那个人重合。

宫小乔“嗯”了一声，某人对她还真是关注！

“怎么样，你成功了吗？”秦尧问。

“三天后终审，不是什么重要角色，就一个小丫鬟。”以免出现金沐璘那样的误会，宫小乔清楚地说明。

“毓秀？”秦尧问。

“是小红。”宫小乔露出狐疑的神情，他怎么知道毓秀？

“这个角色好像戏份不多。”秦尧委婉地说。

“你也看过《天下无魔》？”宫小乔略有些意外。

“我看过一点。你这么晚出来做什么？”

宫小乔随口道：“买绷带和消炎药，你知不知道这附近哪里有卖？算了，问你还不如问自己，你都四年没回国了。”

秦尧的眸子里闪过一丝黯然：“你住在哪儿？一般的酒店应该都有专用的医务室。”

“拜托，大少爷，那哪是一般的酒店会有的！我住的地方连三星级都没有好不好！”

“抱歉，你等我一下。”秦尧抿了抿嘴，说完便匆匆跑开。

五分钟后，秦尧拎着一个小袋子跑了回来：“给你，你哪里受伤了？不知道你伤得怎么样，所以各种药我都买了些。”

秦尧想着，她还能自己出来买药，应该只是小伤吧！

宫小乔看了眼袋子里的东西，顿时被里面各种大小的粉色Hello Kitty图案的创可贴雷到了。

“呃，不是我受伤，是我一个朋友，总之，谢谢你了。”

“朋友？”

“嗯。”

“男朋友吗？”

“啊，算是吧！”

男的＋朋友=男朋友。

“是吗？”

宫小乔说完正准备回酒店，突然就被人从身后拥住，灼热的气息顿时将她包围，与此相对的是身前秦尧散发的低压冷气。

“宝贝，你怎么这么久还不回来，害得我担心你！”

如果不是闻到金沐璘那股特殊的香水味，让宫小乔知道是何方妖孽，她一定会条件反射把人扔出去。

第四章 试探

他看着她的唇，内心突然升起的冲动令他措手不及。

最终，他只是在她的脸颊轻轻落下一吻，似乎饱含着无限压抑和隐忍，克制着不去逾越那道线。

脸颊上的触感令宫小乔一惊，她下意识地推开他，却发现他那么用力地拥着自己。

宫小乔睨了身后的金沐璘一眼：“这会儿怎么舍得出来了？不怕别人认出你了？”

“宝贝最重要嘛！”金沐璘厚颜无耻地黏着她。

秦尧看着眼前的男人，眸子里满是寒霜：“金沐璘。”

“啊！果然被认出来了。”金沐璘一副自恋又烦恼的神情。

秦尧突然伸手将宫小乔拉过去：“跟我来，我有话对你说！”

秦尧把她拉到巷子里，愤怒地逼近她：“你为什么跟他在一起？难道是因为《天下无魔》？因为你想进娱乐圈吗？”

宫小乔突然觉得好笑：“是又怎样？”

“你！”秦尧一脸痛心，“他能给你的，我同样能给你，你何苦要这样作践自己？”

“嗬，秦先生，您的意思是您也想潜我？我不可以被金沐璘潜，就可以被你潜，不能被别人作践，就能被你作践？”

“我没有那个意思！小乔，你何必故意说得这么不堪，我们之间……”

金沐璘不知道什么时候追了上来，双手握住宫小乔的双肩，把她带回自己的胸前，断章取义，语出惊人：“宝贝当然喜欢跟我啦！”

宫小乔毫不客气地用手肘袭击身后：“你给我适可而止一点！”

戏演得太过了，就过犹不及了。

“哎哟，下手真狠！怎么，看我气他，你心疼了？”金沐璘凑在她耳边小声说。

“我心疼不心疼你不必知道，我只知道你要是再废话，你会很疼。”宫小乔威胁道。

“宝贝，你温柔一点嘛！”

“少贫！走了！”

"小乔。"秦尧突然叫住她。

"还有什么事？"

"那天你说有话跟我说，是什么？"

"没什么。"

听到她的回答，秦尧有些失望。

"那天的事，对不起。筱柔她不是故意的。"

"是啊！她不是故意的，我是故意的，行了吗？"

"对不起。"

"不用说对不起，我不是说了吗？我是故意的，跟你家筱柔没有任何关系。"宫小乔真诚地说。

真是烦恼，为什么说实话了，人家反而不信呢？

"如果有需要，你可以随时找我。"

秦尧充满敌意地看了眼金沐璘，后者挑衅地搂着宫小乔离开："我看你还是回去满足你老婆的需要吧！我家小乔就不劳你费心了。"

宫小乔："……"

回到酒店。

宫小乔没好气地把装药品的袋子扔给他："金沐璘，你一定要把每句话都扭曲成带有颜色吗？怪不得头发这么黄，原来是思想溢出了！"

金沐璘无辜地揉了揉头发："小乔，你怎么可以对人家进行人身攻击，这算是迁怒吗？你居然到现在还会被这家伙影响情绪，真没出息！我们少林寺的好男人这么多，你二师兄我就是其中的翘楚，真不懂你怎么会看上秦尧那种人！"

宫小乔白了他一眼："你少歧视我，谁年轻的时候没有爱过几个人渣！"

"哈哈哈哈。"金沐璘一边笑，一边把袋子里的东西拿出来，"哟！小乔，你真是深得我心，这图案跟我实在太般配了，就像我跟你一样般配！"

宫小乔如实说："这是秦尧买的。"

金沐璘："……"

宫小乔又说："人渣和自恋狂确实般配。"

金沐璘："……"

第二天。

金沐璘说今天要试镜选女主，作为男主，他是评审之一，宫小乔想去看看，学点东西，就跟着去了。

宫小乔以金沐璘助理的身份远远站在一旁，金沐璘则像大爷一样摆了个姿势坐在那儿，他的左边是制片人，右边是经纪人。

那家伙穿着一身风骚的粉色衬衫，衬衫的前三颗扣子一年四季都是敞开的。此时，他正饶有兴趣地看着一排美女战战兢兢地站在那儿。导演摔了剧本在咆哮："上官弦月这个角色最重要的就是要会哭，不管是梨花带雨、楚楚动人地哭，还是心碎绝望、麻木空洞地哭；不管是泫然欲泣却倔强忍泪，还是疯狂大笑眼角含泪，每一种都是不同的！洋葱，眼药水，自来水？你们以为光淌点水就算哭了吗？感情！感情啊！懂不懂？"

导演来回暴走，情绪越来越接近崩溃："上官弦月成魔之前是大家闺秀，是丞相千金，是京师第一才女！既要演出她的温婉似水，也不能太过死板、拘泥，要表现出才女的灵性，更要含蓄透露出她柔弱的外表之下的那份抱负和清傲！得知相公对自己救回来的孤女态度过于温柔、暧昧之时，她虽然表面看起来云淡风轻，眉宇间却有化不开的愁绪，那种才下眉头又上心头的哀怨迷离！我要的是一个活生生的上官弦月，不是一个木头人！懂不懂？"

摄像和制片人似乎想要说些什么，导演直接无视，呈现狂化状态："特别是女主成魔前后，由柔弱女子上官弦月到祸国妖姬上邪月，两者在性格上有巨大反差！这两种完全对立的人格一定要掌握好！因为剧中女主没有完全魔化之前，性格会经常因为某个刺激瞬间改变，所以随时在两种人格之间切换的能力是必须有的！懂不懂啊？"

制片人一只手支着额头，转动着手里的钢笔，一脸无奈地道："司夏，我觉得你还是去找一个精神分裂者来演吧！”

宫小乔久久保持着瞠目结舌的神情，惊愕不已。这个看起来不到十八岁，一张娃娃脸的家伙居然就是圈子里捧红过无数演员的天才导演风司夏！

不过，他训人时的气场超级强大，完全让人忽视了他那张看似可爱无害的脸。

金沐璘好整以暇地托着下巴：“说到精神分裂，我倒是认识一个人。”

“你有推荐的人选？”风司夏开始病急乱投医了。

宫小乔突然有种不祥的预感。

金沐璘摇着头叹道：“现在的演员确实越发不专业了，这种程度的戏，连我的小助理都可以演。”

金沐璘说着，冲宫小乔招了招手：“小乔，过来！”

顿时，大家的目光都顺着金沐璘移到角落里的宫小乔身上。

他叫的不是我，不是我。精神分裂的是他，不是我！宫小乔正自我催眠着。

“过来过来，别害羞，随便给大家来一段嘛！”金沐璘诱哄。

宫小乔无语，这话听着怎么那么像卖女儿的？

宫小乔硬着头皮走过去：“金先生，您别开玩笑了！呵呵，抱歉，他只是想活跃下气氛而已。”

那些待选美女的敌意虽然有所收敛，但是依旧警惕地盯着她。

“小乔啊！哥今天话都说这么满了，你要是不演，哥多没面子啊！乖，别闹了，给大家演一个。”

金沐璘一副流氓的表情，分明是在挑衅：爷今天就是要闹你了，怎么着吧！

金沐璘暧昧的态度顿时让大家心知肚明。

那些美女演员都紧张得不行，谁也没想到最后居然会杀出来这么一匹黑马，居然还是金沐璘亲口御封的。

制片人沉吟片刻，委婉地道："形象看上去有些稚气啊。"

彼时，宫小乔套着厚重的鹅黄色羽绒服，还戴着小狐狸形状的绒毛耳罩，加上一张娃娃脸，几乎让人怀疑她未成年。

风司夏的目光像X光一样，三百六十度全方位无死角打量着她。

或许是因为同病相怜，都有一张娃娃脸，风司夏直接忽视她的外貌："这倒是其次，通过化妆完全可以改变，关键是演技。"

金沐璘突然从座位上站起来，慢悠悠地走到宫小乔跟前，靠近她的脸，薄唇距离她的嘴唇只有半指距离。

宫小乔不知道他想干什么，当着这么多人的面不好揍他，只好静观其变。

金沐璘原本有些风流雅痞的神态瞬间转变，清润的眸子惨淡、哀戚，泛着温柔的涟漪，虽然痛楚不已，却依旧神情满足地凝视着她的容颜。

他的脸色看起来越来越虚弱、疲惫，接着，他抬起手，似乎想要碰触她的发丝，却失去了力气，缓缓垂下。

最后，他无力地靠在她的肩头："只要你要，只要我有，就算是我的命也好，只要你不赶我走……"

她一直知道金沐璘的演技不错，但真正见识到了还是相当震撼。她几乎瞬间就被他带入了剧情。

不仅仅是宫小乔，场上所有的人眸子里都流露出惊艳。

这一幕是上官弦月刚刚成魔之时，君逸尘一介凡人只身闯到魔界，只为见她一面。

后来，他终于见到已经成魔的上官弦月。

君逸尘心痛不已，为了弥补，为了能留在她身边，他甘愿每日被她吸取精元，而自已的身体一日日衰弱。

当所有人都被金沐璘颠覆性的演技所折服的时候，宫小乔的脸上不知什么时候竟已经完全褪去了稚气和天真，一颦一笑都是妩媚妖娆的，连一根头发丝都是勾魂摄魄的。

刹那间，所有人的注意力都集中到了她的表情上，而忽视了她的装束。

她的手指一根根无比轻柔地拂过他薄透的唇，吐出的话却字字如冰锥：“你以为你现在还有资格站在我面前？”

金沐璘的眸子闪过一丝无措，但稍纵即逝，时间和程度都掌握得恰到好处。

她的指甲突然用力，嵌入他的唇里，直到溢出鲜红的血液。

他蹙眉，默默忍受着她给的痛。

“君逸尘，现在的你，连被我恨的资格也没有！”

“我知道。”他苦涩地微笑。

“我给你三年时间，可别到时候还像现在这么弱，让我连折磨你的兴致都没有。”看着他虚弱却微笑的样子，她的神情夹杂着几分不耐烦和莫名的烦躁。

听到她刻薄的语句，金沐璘却微笑而宠溺地看着她：“好，你乖乖等我。”

他的神情一如既往的温柔，她却突然被这神情刺痛，失控地反手一掌击向他的胸前。

金沐璘顿时被击飞出去，一口鲜血吐了出来。

宫小乔转身，闭眼，内心的爱恨交织都表现在眉宇之间。

泪，瞬间潸然而下。

风司夏今天紧绷一天的脸总算有所缓和：“看起来有两把刷子！凌越，你怎么看？”

凌越做沉思状：“我只是很好奇，金沐璘，你是什么时候做的准备？那血吐得就跟真的似的！”

“本来就是真的好不好！死丫头出手也太重了！”金沐璘无比哀怨地捂着胸口，瞅了宫小乔一眼。

宫小乔鄙视地回瞪过去，她虽然出手不轻，但是绝对没有能打到他吐血的地步，她还好奇这血是哪儿来的呢！

“不，不会吧。”凌越干笑。

"怎么不会，这丫头可是我的同门师妹！"

凌越和风司夏同时无语。

"同门？如果我没记错的话，貌似你是少林寺的吧！"风司夏看着他。

"没错啊！这姑娘是我们少林寺唯一的女弟子宫……呃，乔十一！"金沐璘中途改口。

凌越立即开始拨着小算盘："那打戏的替身是不是就可以省了？"

"这倒是其次。"

凌越小声嘀咕着："又其次，你不管账当然觉得其次，可怜我天天拼死拼活拉投资！"

风司夏把其他人都支走了，然后开始问宫小乔的情况。

"你以前有过系统培训和演出经验吗？"

金沐璘一只手搭在宫小乔的肩膀上："我师妹A大毕业的，演出经验什么的，她演了整整四年，经验丰富。我的人，你放心！"

宫小乔："……"

风司夏点头："我不管你们是什么关系，不要对外透露，一切宣传听我安排。"

"那是自然。"金沐璘点头。

风司夏又问小乔："冒昧问一句，你能接受的最大尺度是什么？"

"只要不是跟金沐璘对戏，我觉得我基本都能接受。"宫小乔坦言。

金沐璘立即爹毛："啊喂！小乔！你这个大前提也太过分了啊！为什么只有我不可以？"

宫小乔白了他一眼："我实在无法把你和温润如玉、俊逸洒脱的君逸尘联系在一起！我觉得要是你来演的话，《天下无魔》改名叫《天下色魔》比较合适！"

"噗。"凌越不厚道地喷了。

金沐璘委屈道："刚才我们配合得不是很默契吗？小乔，我都不歧视你了，你怎么能歧视我！"

风司夏神情严肃："作为一名合格的演员，就算对方是一根木桩子，你也要能对着他说肉麻的情话。"

金沐璘连连点头："这孩子，我回去后会好好教育她的！怎么样，女主能定下吗？"

风司夏思索片刻后道："明天再带她过来试镜几场，最后还要跟编剧商议一下。"

回到酒店。

金沐璘可怜兮兮地围着宫小乔转来转去："小乔小乔，你看我今天为你流血又挨打的，我的嘴巴被你刮破了，舌头也咬破了！我还这么贤惠不透露你的身份，天底下哪里能找到我这么好的男人！你不给我潜规则，给我亲一下总行吧，就当提前演习！"

宫小乔脱了外套，双手环胸："我还没找你算账，你倒跟我讨起好处来了！我什么时候已经A大毕业了？我哪有四年的经验？"

金沐璘毫不在意地道："毕业是早晚的事！你难道没有四年的经验吗？四年前，你妈妈死了以后，你就天天戴着面具生活，你有真心笑过一次吗？我宁愿见你真实地哭，也不想看你总是勉强自己笑得没心没肺！"

宫小乔往床上一躺："没心没肺总好过撕心裂肺。"顿了顿，又说，"二师兄，这个角色你别这么快给我接下来，我要先问一个人。"

"谁啊？难不成是秦尧？"

"亏你想得出来！"

"那是谁？"

宫小乔突然愣住了。

是谁？她脑海中第一个想到的是顾行深！

从小到大，只要遇到稍微大点的事，她都要跟顾行深汇报，询问他的意见，否则她就没有安全感。

即使努力了四年，她骨子里对他的依赖还是一点没变。

来D市这么久了，顾行深一个电话都没打来，她为什么要主动跟他汇报？

“没有谁，接就接了吧！”

怎么又忘了呢！她可以踩着任何人往上爬，唯独不可以靠顾行深。他能给她的，同样可以为了顾筱柔全收回，让她有多高就摔多惨。

她的天敌都跟他有着密不可分的关系。她没有那个自信抵得过她们在他心里的分量，也冒不起这个险。

整整六天，宫小乔一直在忙着试镜和剧组相关策划。

顾行深依旧没有联系过她，打她电话次数最多的竟然是学校设计部的学姐。估计是怕她不守信用，圣诞晚会不到场。

金沐璘要留在这边工作，短期内必须留在D市。第七天早上，宫小乔一个人坐火车回到了A市。

整整六个小时的火车，她回到学校的时候已经是下午两点多钟。

“哟！小乔回来了！战果如何？”正靠着墙壁倒立的尹熙娣利落地放下一双长腿，站了起来。

“是啊！应上了吗？”温雅也问。

“应上了，小红。”宫小乔言简意赅地回答，然后扒拉开刚路过食堂买回来的盖浇饭。

宫小乔并非有意说谎，主角一事确实还没有定下来。

娱乐圈这么复杂，毕竟她只是一个新人，不可能只靠着金沐璘的推荐就能担任这么重要的角色。

不过这次确实是一个很好的机会，她没有道理放弃和拒绝金沐璘的帮助。

她也没有那么天真，到现在还相信在这个社会只凭借自己的能力就能闯荡娱乐圈还能全身而退。

当年妈妈如果不是际遇不好，也不会一身才学无法施展，最后郁郁不得志，遗憾地走完一生。

韩樱奈叹道：“啊！真是一个经典炮灰角色啊！”

尹熙娣感慨："叶梦沁饰演《红装》女主的事已经确定下来了，昨儿个剧组刚召开的记者发布会。"

"真是命好。"温雅羡慕道。

宫小乔埋头吃饭，不发表意见。

其实叶梦沁这么快成名的原因大家都心照不宣，却都默契地不去提。

娱乐圈这种地方，就算你是自己努力爬上去的，怕是也没有几个人会相信。

"对了，小静呢？"宫小乔抬头问。

"回家了，你去D市以后，她就没回过寝室。"温雅回答。

"哦。"

填饱肚子以后，宫小乔在学姐的连番电话轰炸之下赶到了活动中心。

设计部那帮家伙申请了一个面积很大的活动室，中间设计成梯形台，台前是舞池，四周摆放着租来的水晶桌椅。

晚上，梯形台上会展示COSPLAY秀，观众可以一边欣赏，一边吃点心、喝果汁。

这次设计部承办的圣诞party不仅面向全校师生，还包括外校人员，每人只要交三百块钱，进去之后水果、点心不限量免费供应，还有精彩的表演，也是联谊的好机会。为此，设计部的成员挖空了心思，请来俊男美女吸引眼球。

晚上六点钟，工作人员开始入场。

宫小乔被迫依照约定穿上了女仆装出去接待客人。

总共安排了二十个接待人员，十男十女，女生都要穿女仆装，男生则是燕尾服。

学姐双眼直冒星星，直勾勾地盯着宫小乔，满是庆幸地感慨："小乔，幸亏你没有男朋友！要是你有男朋友，他绝对不会允许你穿这一身帮我做Party接待员！"

宫小乔嘴角微抽，她决定还是尽快找一个男朋友吧！

这一晚上，宫小乔忙得跟陀螺一样，换了好几套衣服。

不管男人女人都被当成牲口用，学姐真是懂得充分利用资源。

正忙着，一个小学弟匆匆忙忙跑来后台："宫学姐，宫学姐，外面有人找你！啊——"小学弟突然捂住鼻子，红着脸结结巴巴地说，"学姐，你穿这套衣服真……真合适。"

学姐见怪不怪地瞥了小学弟一眼，她早就知道让小乔穿上这件衣服绝对是这种结果。

宫小乔木然抬头："学姐，为什么我觉得你让我穿的衣服布料一件比一件少。"

"哈哈哈，是你的错觉啦！好啦！这个给你，这不是多很多布料了！"

"这两把破扇子能遮什么！"宫小乔掀桌，又转头问学弟，"你刚才说谁找我？"

小学弟盯着她已经失去了言语能力，宫小乔无语地越过他跑到外面。

一看到门外站着的男人，宫小乔立即条件反射地转身离开。走了几步以后，突然觉得不对劲，她又转过身来。

"你……你怀里抱着的是什么东西？"

彼时，顾行深的怀里正抱着一个咿咿呀呀、哼哼的不明生物。

"刚才一个女生塞给我的。"顾行深面无表情地回答。

宫小乔暴走："您老说话能别这么惊悚吗？人家塞给你的？一个活生生的婴儿，你以为塞传单呢！"

顾行深："……"

"顾行深，你可真能给人惹麻烦！"

"我只是站在这里等你。"顾行深无辜地看着她。

两人在一旁树下的长椅上坐了下来。

"怎么办？"顾行深抱着宝宝问。

宫小乔几乎怄得吐血："现在知道问怎么办了？你先前接收这家伙的时候怎么不想怎么办？"

"对方塞得太快了，我没来得及反应。你小声点，吓到他了。"

“我……”宫小乔一口闷气堵在嗓子眼，“算了算了，你坐这儿等他妈妈回来吧！”

“我是不是又给你添麻烦了？”顾行深不安地看着她。

一看他这神情，宫小乔就气不起来了，咕哝着：“反正不关我的事。话说，顾行深，你抱孩子的姿势看起来可真专业！”

顾行深说：“嗯，你小时候我也是这么抱你的。”

宫小乔：“……”

这小家伙长得粉粉嫩嫩的，一双乌黑的眼睛滴溜溜转动着，然后定格在宫小乔身上，好奇万分地冲着她挥舞着小手，扭动着身子，似乎想要她抱。

宫小乔捏捏他的小手：“嘿，你看，他好像比较喜欢我，给我抱抱！”

顾行深求之不得地把小家伙递给她。

宝宝刚被她抱进怀里，就用肉乎乎的小手扯着她胸前的衣服，往她胸口蹭。

宫小乔的脑门上滑下几滴汗，抬头看着顾行深：“这宝宝是男孩还是女孩，怎么这么色啊！”

顾行深扭过头，不去看她走光的领口：“我想他是饿了。”

“饿？饿了？”

有没有搞错啊！她还是一个少女啊！

顾行深扭头叹气，为什么每次想好好跟她说话的时候，就会遇到这种匪夷所思的突发状况呢？

不过，如果不是因为看见他怀里的宝宝，她似乎连见都不想见他的。

宫小乔无语地把熊孩子还给顾行深，宝宝立即小嘴一噘，哭得那叫一个撕心裂肺、肝肠寸断。

顾行深看着她，宝宝也看着她。

宫小乔头疼地把宝宝抱了回来：“要不你去买点牛奶过来？”

“没有奶嘴怎么喂？”

宫小乔：“……”

此刻，好多路过的学生都好奇地议论着这诡异的三人组。

这时候，一个姑娘匆匆忙忙地朝这边跑过来：“真抱歉，我刚才内急！”

“没关系。”宫小乔干笑着把宝宝还给妈妈，终于松了一口气。

“呃，这位妈妈，你是A大的学生？”宫小乔狐疑地问，这个女孩子她有些面熟。

姑娘点点头：“是啊！我是来参加圣诞晚会的，宝宝一个人在家里没人带，我就抱过来了！人家问起来我就说是化装舞会的道具！同学，你身材真好！我好羡慕你啊！唉，其实我没生宝宝之前的身材也不见得比你差！”

这姑娘彪悍的语句让宫小乔叹为观止。

“呃，这孩子是你生的？”

姑娘解释道：“我不是未婚先孕哦！我已经结婚了，今年大四，就快毕业了。”

宫小乔开始反思：“唉，人家都结婚生子了，我居然到现在连个男朋友都没有！”

顾行深看了她一眼，莫非她终于想要交男朋友了？这说明她可以走出秦尧的阴影了，可是为什么他完全没有开心的感觉？

“你没有男朋友？怎么可能，那他是谁啊？”女生惊讶地看着宫小乔身旁的顾行深。

“他是我叔叔。”宫小乔面无表情地回答。

姑娘：“……”

顾行深：“……”

宫小乔感慨：“姑娘，您可真实诚，居然随便就把孩子交给一个陌生人，也不怕他是坏人把孩子拐跑了？”

姑娘彪悍地回答：“这位先生这么帅，怎么可能是坏人！而且他刚才正好在等人，所以我就请他帮忙了。”

帅跟好人有必然联系吗？

不管怎样，这起匪夷所思的事件终于结束了。

宫小乔已经不知道是第几次按掉催命的电话，她拍拍屁股站起来说：“没什么事的话我就回去了，我还要赶着去帮忙。”

顾行深拉住她的手，跟着站起来，轻轻拥住她，感觉到她的挣扎，他把手臂收紧。

“小乔，别对我这么冷淡。”

“你瘦了。”

“你有没有想我？”

“我想你了。”

宫小乔一脸警惕：“喂，迷魂汤灌够了吗？你到底想说什么？”

顾行深没有像往常一样对她这身衣服进行批判，反而是如此反常的温柔，令她很是不解。

他拥着她，双臂越收越紧，似乎在发泄着某种莫名的情绪。

他看着她的唇，内心突然升起的冲动令他措手不及。

最终，他只是在她的脸颊轻轻落下一吻，似乎饱含着无限压抑和隐忍，克制着不去逾越那道线。

脸颊上的触感令宫小乔一惊，她下意识地推开他，却发现他那么用力地拥着自己。

她被他的情绪所感染，空气中流动的暧昧让她越来越慌张。直到他接下来说出的那两个名字打破这魔障。

“我瞒着你，筱柔和秦尧回来订婚的事情，只是不想你受伤害。这几年，你的心情好不容易平静下来，我不想你再受刺激。”

宫小乔自嘲地笑了笑：“顾行深，你怎么就不敢直接告诉我，你是因为私心，是为了顾筱柔，不想我去破坏她的幸福呢？口口声声为我好，你不觉得虚伪吗？”

“你是这么想我的？”顾行深眉头紧蹙，幽暗的目光意味不明地落在女孩的身上。

如果说他真的有私心的话，也是他绝对无法说出口的私心。

宫小乔敛下眉眼，淡淡开口：“抱歉，是我太激动了。顾筱柔是你的亲妹妹，你这么做本来就无可厚非，我对你而言也不过是一个毫无关系的人而已，无权质问你什么，你也没必要跟我道歉。”

顾行深咬牙切齿地狠狠捏着她的双肩：“毫无关系？宫小乔，你到底有没有心？这些年我对你怎样，你扪心自问！”

宫小乔紧紧握着双拳，抬眼看他：“是，你是对我很好！没有人比你更宠我！可是，我们是什么关系？你告诉我，我们是什么关系？你的青梅竹马视我为眼中钉，处处排挤我、针对我，你的妹妹抢了我的男人，害死我的母亲！你说，我们该是什么关系？”

“我知道自己心智不坚定，一看到你难过我就心软；你一关心我，我就忍不住对你产生依赖；你对我笑一笑，我就能被你迷得分不清东南西北！我就是这么没出息！顾行深，算我求你了行吗？求你别再对我好了！”

顾行深抚摸着她的头发，苦笑：“明明是这么甜蜜的话，为什么却这么让人伤心？”

她退后着，躲避他的碰触：“顾行深，你别再来找我了，我明天就去公寓那边把我的东西都拿走，那里我不会再去。爷爷那边我也会去说，我会照顾自己。”

似乎没料到她会做得这么决绝，顾行深脸色铁青地看着她：“为了秦尧，你竟然不惜跟我断绝关系？”

“不是为了秦尧！我只是不想让你为难，也不想自己为难。这样做，对我们都好！”

“我不觉得为难，你告诉我，你哪里为难？”

“我觉得为难！我讨厌顾筱柔，讨厌宫寒念！可她们都是你最亲的人！你不为难？你不为难就不要用那种恳求的眼神看着我，我这辈子都不可能原谅顾筱柔对我做的事情！”

突然，手机铃声打破了紧绷的气氛。这次不是学姐，屏幕上显示着沈小天。

除了顾行深之外，她喜欢把关系好的联系人名字都设置成×小×格式。比如，冷小静、冷小透、唐小誉、盛小宇……还要曾经的顾小柔，秦小尧。

宫小乔接通电话。

“喂，小狐狸，哥在你那儿吗？”

宫小乔看了眼顾行深，说：“在。”

沈乐天先是松了一口气，随即急切地问：“小狐狸，你不会忘了今儿是什么日子吧？”

“圣诞节，怎么了？”

“姑奶奶，您别耍我了行吗？都快十点了，这一屋子人都等着顾老大呢！你去D市这几天，我们过得简直是水深火热、生不如死的日子。我这回挖空心思弄了一个化装舞会，想趁着哥生日让他心情好点，小姑奶奶，您能别拆我的台吗？”

“关我什么事？我什么时候拆你的台了？”对于沈乐天的成语运用，宫小乔实在是不敢苟同。

“那您就当帮我一个忙，现在来凤鸣别苑成吗？”

“为什么要我去？直接找顾行深本人不就行了，你这不是缘木求鱼吗？”

“非也非也！我这是殊途同归！你来了，哥不就跟着来了吗？”

“来不了，我有事。”

宫小乔挂了电话，朝着顾行深看了一眼：“沈乐天他们催你呢，你快点回去吧！”说完，她便转身离开进了会场。

宫小乔心不在焉地走秀，过了一会儿，沈乐天的电话又打了过来：“小姑奶奶，哥几个求你了，就这一回，算我们欠你一个人情，以后你有什么需要帮忙的尽管开口！”

“我想不出帮你们的理由，我也没那么高尚，以德报怨！”

“怨？”沈乐天迟钝地发问。

冷透轻叹一声，有些无奈："她这性子还是一点没变，想来是还在怪我们上次联手骗她的事。"

盛宇附和："你对她好，她会记一辈子，相反，对她不好，她也得记你一辈子。"

沈乐天哭丧着脸："那怎么办？眼见那边就快瞒不住了。"

"你不如直接告诉宫寒念，让她自己过去叫人回来。"盛宇建议。

"别有用心！绝对是别有用心！盛宇，你这招一箭双雕，忒损了！谁都能惹，唯独小狐狸不能惹，这要是闹出什么事，哥还不得恨死我！而且哥最不喜欢女人管他的私事，尤其是涉及小狐狸的！"

盛宇摸了摸下巴，做沉思状："这个'唯独'和'尤其'实在是别有深意。你说老大对小乔到底是什么样的感情？"

"现在不是研究这种事的时候好不好！还有你，唐誉，你这个吃货！你除了吃，能不能还有点别的用处？"沈乐天没好气地看着躲在一旁吃得没心没肺的唐誉。

唐誉吞了最后一颗葡萄，拨通宫小乔的电话："小乔，你今晚来吗？小静有话跟你说。哦，她说了，你要是不愿意来也没关系，她明白你的意思了，不会再去打扰你。"

"什么意思？我听不太明白，小静她怎么了？"

"我也不知道。"

"你除了吃还知道什么？你天天黏着她怎么会不知道？"

过了一会儿，唐誉挂断电话，嘴里咬着面包片，看向那边正急得团团转的三只："小乔说她马上就来。"

"真的假的？你刚刚是打给小乔？"盛宇惊讶地问。

"为什么唐誉一叫她就来？有内幕。"沈乐天托着下巴沉吟。

传说中的大智若愚？

冷透也不由得多看了唐誉几眼，不过怎么也看不出他哪里有大智若愚的气质。

“学姐，今天是我一个朋友生日，我能不能提前离开？”

“什么神人这么牛，居然跟上帝一天生日？”

宫小乔干笑。

“我真舍不得放你走！那元旦晚会……”学姐眨巴着眼睛看着她。

宫小乔立即应道：“只要我有空，一定会过来帮忙的！”

“哈哈哈哈！姐就等你这句话呢！”

宫小乔擦了擦汗：“对了，我朋友办的是化装舞会，学姐能不能借我一套衣服？”

“可以！当然可以了！这套，这套，还是这套？”

宫小乔扫了眼学姐手里的布料：“算了，就要我身上这件吧！”

她想来想去，也就这件女仆装布料最多了。

第五章
误会

宫小乔倚着墙壁，随意地擦了擦唇上的血迹："噗，我想不到你对你妹这么没信心。不过，杀鸡焉用牛刀！你随便给我找一个男人就是了，何必这么纡尊降贵、委屈自己呢？"

顾行深的眸子里蓦然迸射出骇人的冷光，他猛地一只手撑在她身后："宫小乔，你闭嘴！"

宫小乔走了出去，顾行深果然还没有离开，依旧坐在刚才那棵树下的长椅上。

见她走出来，顾行深有些惊讶地抬头看着她。

不管怎样，今天是他生日。宫小乔朝他走过去："走吧！大家都在等着你呢！"

顾行深看了她一眼，扭过头去，神情看起来竟然是在跟她赌气。

对于他少见的孩子气的举动，宫小乔深觉有扮嫩的嫌疑，不过内心却悄悄因为他只会在自己面前展现的另一面感到小小的满足。

宫小乔义正词严地说："顾行深，你总说我任性，你看看自己都这么任性，怎么对我言传身教？"

顾行深敛着眉眼，嘴角含着三分苦涩七分怨愤："你都要跟我断绝关系了，我还有什么以身作则的必要？"

宫小乔无奈："你不要说得这么严重好不好！我只不过是想独立而已。"

顾行深一想到她将会离开自己的照看，跟别的男人交往、亲吻，做更亲密的事，甚至以后也会有宝宝，终有一天，她会脱离他的掌控，真的跟他完全没有关系，他就……

啪——一声异响，顾行深握着的长椅扶手竟然被生生掰断了！

宫小乔咽了口唾沫，看得目瞪口呆。接着，她朝四周张望了一下，然后拉着他开始飞奔。

"破坏公物可是要罚扫厕所一个星期的！顾行深，你跟我们学校八成是不对盘！"

车上。

顾行深频频从后视镜中看她，最后似乎终于忍无可忍了，问："你就穿这种衣服去？”

“怎么了，不是化装舞会吗？我特意借来的！”宫小乔理了理蕾丝裙摆。

“太暴露了，脱了。”

虽然他不想这个时候跟她起冲突，但他更无法忍受她穿成这样出现在别人面前。刚才在学校的时候，他忍下来没有当即发作，已经用了毕生的忍耐力。

宫小乔听到他这么说，反而松了一口气。这家伙，终于恢复原状了！他不骂她，她还真是觉得哪里都不对劲！

习惯，真是一种可怕的东西。

“脱了更暴露好吧！难道你要我啥都不穿？”宫小乔不以为然地说。

“堵我话语的漏洞很有意思吗？”

“谁让你说话总是这么惜字如金的！你高兴的时候还能说几句好话，一不开心就像现在这样！真不知道哪个女人能受得了你！你看看，说你几句又板着一张脸，我终于知道你为什么对顾筱柔那么温柔了，因为心脏不好的人很容易被你吓死。”

顾行深：“……”

凤鸣别苑门外。

冷透推了推眼镜：“来了。”

“哪里哪里？”沈乐天伸长脖子，望眼欲穿，终于看到两人从车上走下来，“他们总算是来了！呃，不过，小狐狸这身也太……”

盛宇中肯地点评：“制服的诱惑。”

顾行深一眼扫过去，几个人齐刷刷地转过头，自觉移开视线，无辜地望天。

顾行深脱下外衣披在她的肩头，只可恨衣服不够长，不能把她整个人都藏起来。

“喂喂！你要带我去哪儿啊？我要去找小静！”

“你先跟我去换衣服。”

顾行深把宫小乔扯进了化妆间。

沈乐天特意准备了很多衣服，供没有自带服装的客人选择。

顾行深嫌弃地挑挑拣拣了好一会儿，随后扔了一块黑布给宫小乔：“穿这个。”

“这是什么东西？是人穿的吗？”

见她挑三拣四不动手，他索性自己动手去帮她换。

结果衣服脱到一半，宫小乔还没觉得有什么，倒是顾行深干咳一声，蓦然转过身：“自己换！”

手指碰触到她柔滑的肌肤几乎令他颤抖，看着她眸子里的懵懂和完完全全的不设防，他觉得自己对她生出那样的念头很无耻。

宫小乔咕哝着：“喂，这衣服也太夸张了吧！帽子戴得我都看不见路了！”

“挺好。”顾行深满意地点头。

“顾行深，你什么审美啊！”

宫小乔到处找了找，挑中一个骷髅头戒指和一把巨大的死神镰刀，配着这身黑色的巫女斗篷，这么一搭配，看起来还挺拉风的。

宫小乔将那把比她人都高的巨大镰刀往肩头一扔，问：“帅吗？”

“嗯。”顾行深一边说，一边锲而不舍地观察着她，看还有哪里有遗漏。

“顾行深，你今天可是主角，难道就穿成这样出去？太没气场了！”宫小乔不怀好意地上下打量着他。

这一屋子的衣服，勾起了她改造顾行深的欲望。

“别人都装扮的时候，我保持原样才能突出我的特别。”顾行深回答。

宫小乔翻了翻白眼：“不行，你都把我折腾成这样了，今天你不换也得换，换也得换！”

顾行深哭笑不得：“有你这么威胁人的吗？”

“不管怎样，你先换了再说！”宫小乔伸出了罪恶的双手。

“小乔，住手！”

“不。”

“我最后说一次。”

“说一百次我也不妥协，哪有你这样的，只许州官放火，不许百姓点灯！”

“你逼我的！”

宫小乔正奋力解着顾行深的衬衫扣子，突然眼前落下一片阴影，接着某个毛茸茸的脑袋凑了过来，还没等她反应过来，就感觉到手背一阵剧痛！

宫小乔眼泪汪汪地缩回手，一脸愤怒地控诉：“顾行深，你居然又咬我，都流血了！”

“小乔。”

门外突然冲进来一个人，紧张地将宫小乔揽进怀里，愤然怒视顾行深：“你对她做了什么？”

“呃，秦尧。”

“小乔，别怕，我在这里！你哪里受伤了？”秦尧小心地护着她，眸子里满是自责，那神情简直比他自己受伤还要心痛。

如果是以前，宫小乔肯定会感动到死，而现在居然除了一点苦涩，丝毫没有多余的感觉。

“那个，你误会了！”

“误会？我亲耳听到、亲眼看到的！顾行深，你是不是人？”秦尧握紧双拳。

顾行深就那么站在那里，沉默地看着两人，不知道在想些什么，也没什么表情，宫小乔却看得胆战心惊。

宫小乔无奈地拉住似乎已经失去理智的秦尧：“秦尧！你真的误会了！他是人，不是人的是我！是我先要脱他的衣服，他才自卫反攻的，我只不过被咬破了点皮而已。”

为了解释误会，宫小乔不惜说自己不是人！

唉，她觉得自己实在太伟大、太无私了！

可是顾行深，为什么你还是那么一副令人惊悚的表情？她已经很努力在解释清楚了好不好！

“真的？小乔，你是不是怕他所以才故意这么说的？”秦尧依旧不相信。

宫小乔正准备说话，突然被一只手拎着拖过去。她还没反应过来，只看到顾行深那张无比阴鸷森冷的脸倏忽靠近，下一秒，唇已经被他狠狠地吻住。

宫小乔是真的蒙了，因为她完全没有防备，所以被他轻而易举地撬开了牙关。

她终于想到要逃，却被他扣住脑袋吻得更加深入。她想要咬他，他却比她更快，狠狠地咬破她的唇。

这个浑蛋，他是疯了吗？

直到她快要无法呼吸了，顾行深这才放过她，又挑衅地在她嘴角亲吻一下才作罢。

他转过头，看向秦尧，眸子里没有一丝温度，一字一句清晰地说：“没有误会，正如你所见。”

秦尧愣在原地，半晌后才难以置信地开口：“你……”

“小乔是宫寒念的妹妹，你怎么可以对她做这种事！”

顾行深冷笑：“那又怎样？你现在只要安心照顾好筱柔，其他的事情最好不要过问。我今天明白地告诉你，宫小乔是我的人，你最好安分一点，她的事轮不到你来管。”

“咦，你们都在这儿啊！哥，寒念姐姐到处找你呢！秦尧，你衣服换好了吗？”

顾筱柔敲门进来，迷茫地看着屋里的人，似乎完全没意识到气氛的紧张。

顾行深瞬间就敛去方才骇人的冷意：“知道了，我马上就来。”

秦尧突然一言不发地转身跑了出去。

“秦尧，怎么了？你去哪儿？”顾筱柔也追了出去。

直到顾筱柔的突然出现，宫小乔所有的惊讶、困惑才都迎刃而解。

原来如此……

宫小乔倚着墙壁，随意地擦了擦唇上的血迹：“噗，我想不到你对你妹这么没信心。不过，杀鸡焉用牛刀！你随便给我找一个男人就是了，何必这么纡尊降贵、委屈自己呢？”

顾行深的眸子里蓦然迸射出骇人的冷光，他猛地一只手撑在她身后：“宫小乔，你闭嘴！”

“怎么，被我戳穿恼羞成怒了？”

他看着她的眼睛，竟一句反驳的话都说不出来。

说什么？连他自己都不知道到底是哪里不对！

除了是因为筱柔还能是为了什么？

是想不到，还是不敢想？

宫小乔娇小的身体套着黑色的斗篷，几乎看不出来是在走，而是像幽灵一样飘出去的。

金碧辉煌的别墅里，各界名流齐聚一堂，各种各样的装扮，奢侈华丽。她在人群里穿梭，就像一个格格不入的异类。

“哎哟！好险，这么大把刀，兄弟，您悠着点！”一旁传来沈乐天的惊呼。

宫小乔又是一个转身，沈乐天急忙搂着怀里的美女，一起蹲下来闪过那把大刀。

“哎，是小狐狸啊！你怎么换了这一身？”沈乐天蹲下来的时候，看到了她掩映在斗篷帽子里的脸，那双眸子看起来可真阴森。

宫小乔淡淡地瞥了他一眼，转了个身，径自走开了。

沈乐天这次没能躲过，脑门硬生生被刀面拍了一下，耳朵嗡嗡作响。

“乐天，乐天，你没事吧？这人是谁啊，怎么这么没礼貌！”一旁的美女抱怨。

"沈乐天，有没有看到小乔？"冷静不停地在人群里张望着。

"前面呢！黑色斗篷，扛着大镰刀的就是！话说，小静，扫帚貌似应该是拿来骑的吧？你怎么背着？你这是扮的什么呢？"

"不关你的事。"说着，冷静匆匆追上去，唐誉紧随其后。

宫小乔没走几步，就被一个背着扫帚的女巫拦住。

女巫气喘吁吁地把背后的扫帚拿了下来，郑重地递到她面前："小乔。"

宫小乔："……"

唐誉在一旁敬业地解释："喏，这是负荆请罪！"

"小乔，对不起，请你原谅我！"冷静紧张地看着小乔，心里想着，唐誉，这办法要是不成，你就死定了！

宫小乔怔怔地看着一脸愧疚的冷静，她跟顾筱柔和秦尧的感情是一日日积累起来的，可是和冷静，却是完全说不出原因的一见如故。

出事之后，除了顾行深，帮她最多的就是冷静。

因为不放心她一个人，冷静甚至放弃自己的爱好，不管家里人的反对，陪着她一起填了表演专业，又大费心思地找人帮忙跟她住一个寝室。

如果不是因为小静，或许经历过那件事之后，她再也不会相信所谓的朋友了。

"小静，我让你为难了吧？"宫小乔看着她微笑，神色却那样惨淡。

"怎么会！是我不好，是我不够讲义气！我不仅不跟你同仇敌忾，还助纣为孽，我简直太不是人了！"

唐誉在一旁附和："嗯嗯，真不是人！"

闻言，冷静一眼瞪过去。

宫小乔看着她："小静。"

"你说！你要骂我也好，打我也好，什么都可以！"

"我很生气，真的很生气。"

"我知道，对不起。"

"所以……"

冷静紧张地看着她。

“从今天开始，你不再是我的朋友！”

冷静完全愣住了。

“小乔！”唐誉眉头紧蹙，接着干笑，“呵呵，呵呵……小静，小乔开玩笑呢！你别当真！小乔，你快说话啊！你看小静都被你吓到了！”

宫小乔说：“我是认真的。”

“小乔。”唐誉看看左边，又看看右边，不知道该说什么。

宫小乔看着她，似乎是嫌她还不够明白，又说了一遍：“我说绝交，是认真的。”

冷静手里的扫帚顿时摔到了地上。

宫小乔转过身，斗篷的一角却被一只手揪住。

这是宫小乔第一次看到冷静哭，她没有发出丝毫声音，只是那么静静地看着她，眼泪不停地顺着眼眶滑落下去。

以前的冷静，总是恨铁不成钢，双手叉腰，看着哭泣的她说：“哭什么哭！为了那种人渣有什么好哭的！”

最终，宫小乔什么也没说，扯回衣服，然后转身离开。

小静，不要再管我了。

我从没想过要从地狱里出来，又何必把你拖下去。

你是我唯一不想伤害的人。

没有人比她更明白，对于上流社会的家庭而言，女孩子学表演，抛头露面进娱乐圈将会遭受多大的压力。

她也明白，依靠顾氏企业生存的冷家，最不可能违背的人是谁。再这么下去，她只会拖累冷静更多更多。

“这……这是怎么回事？小狐狸连小静也……”沈乐天惊愕地看着前面的两个人。

盛宇神情困惑：“小狐狸有点不太对劲。喂，阿透，你妹妹看起来很伤心，你不去安慰一下，是默认把她交给唐誉了吗？”

冷透的目光透过眼镜从两个女孩身上移向不远处也正看向这边的顾

行深。

“她现在不会愿意见到我。”

毕竟是他威胁她，直接导致这个局面。不过，看样子似乎还有些他所不知道的隐情。

宫小乔已经不知道自己喝了多少酒，可是她一点醉意都没有。

“顾行深说的是真的吗？还有，听说那部剧的女主已经定下了，是因为你和金沐璘……”

秦尧已经换了一身中世纪欧洲的骑士装，背后两只微微敛住的白色翅膀，跟顾筱柔的白色天使装是一对。

宫小乔头都不抬：“既然你已经认定了，何必还要来问我。”

“我要听你亲口说。”秦尧固执地看着她。

“嗯，都是真的。然后呢，你要怎样？”

“你……”

宫小乔一只手支着额头，微微仰起脸，冲他妖娆地一笑，然后用那只戴着骷髅戒指的手指挑起他的下巴，一点点凑近：“怎么，高贵的大天使长，是不是觉得我很堕落，很肮脏？嗯，想渡我的原罪还是本罪什么的？”

她离得那么近，带着酒香的气息侵蚀着他的每一丝理智。

秦尧慌乱地推开她：“你是故意的？故意告诉我这些，故意报复我？为什么你要这么残忍？”

“嗬，残忍，这样就叫残忍了？”

秦尧握紧双拳，不知道是想说服她还是说服自己。

“我跟筱柔就要结婚了，我很爱她！”

“我知道我对不起你，我会帮你离开顾行深，帮你实现你的梦想，求你不要再伤害自己！”

宫小乔笑了：“秦尧，你以为我做这些都是为了你？你未免也太高看自己了！”

“不管你是为了什么！你这么做对得起容阿姨吗？如果她看到……”

“嗬，如果她看到？”宫小乔似乎听到了天大的笑话，原本轻慢的神情漠然变得犀利，眼底却是倔强隐匿的哀伤，“反正人都已经死了，我做什么她都不会知道了，还有什么要紧。”

秦尧被这个消息惊得打翻了手边的酒杯：“你说什么？”

宫小乔瞥了他一眼，颇为嘲讽地低喃着：“看来顾行深真是煞费苦心。”

“到底是怎么回事？你说清楚！”

“说什么？说那个青春梦想都毁在一个男人身上，那个每天都替女儿辛苦做三份午餐带到学校讨好朋友的可怜女人，四年前就已经死了，作为罪魁祸首的你们却一无所知地幸福着？”

“罪魁祸首？”秦尧突然感觉全身冰凉，仿佛所有的血液都被抽干了。

“我这辈子最后悔的事就是认识了你们。”

“我更后悔那天为什么要犯贱追着你去机场，去问所谓的答案，去求所谓的死心。”

“我恨你们！可是，我更恨自己，恨不得杀了自己！”

“其实，我才是罪魁祸首呢！只是我太懦弱，不敢承认这个事实而已。”

似乎是红酒的酒劲上来了，宫小乔神情迷蒙地趴在桌面上，断断续续地喃喃道。

秦尧已经能拼凑出发生了什么事，却依旧不敢相信：“那天是高考，你怎么会……”

宫小乔点点头，歪着脑袋看向他，很乖巧的样子：“对啊，那天是高考，对我而言最重要的日子！”

“当时，你和筱柔高我两届已经考进了A大，我还好紧张，想着万一考不上怎么办呢！”

“你料定如果那天离开，我不会发现，就算发现了也不可能去阻碍你们，对吗？”

不等秦尧说话，宫小乔接着自言自语：“嗬，其实我知道的，那时候的我，就算进了考场，也绝对没可能考上A大的。你之所以说得那么轻松、那么满不在乎，是因为你已经变心，已经不希望我考上A大，不希望我去打扰你们。”

秦尧急着想要说明什么，最后却只能隐忍着别开头。

宫小乔又灌下一杯红酒：“可惜啊！体贴入微的筱柔最后还是抵不过良心的谴责，在我进入考场的前一刻发来短信告诉我，说要跟你一起离开了。”

秦尧神色微变：“筱柔告诉你的？”

宫小乔也不回答，只是径自喃喃着：“我觉得我当时一定是鬼迷心窍了！我居然放下考试追去了，当时我妈就在考场外面等我。”

“别再说了！”秦尧颤抖着阻止她继续往下说。

“然后，妈妈为了追我回来，横穿马路的时候被撞死了，我看见的，左边，我看着你们的飞机起飞；右边，我看着妈妈倒在血泊里跟我说‘小乔回来’。”

“两边，都是地狱。”

那样伤心的事，她却说得那样平静，就好像在说别人的故事。

“直到那时候我都不相信，我的秦尧走了。”

“我的秦尧”，时隔四年，这短短四个字，已经让秦尧痛不欲生。

“他们都说，你当初是因为我死缠烂打，看我可怜才做我男朋友的。”

“他们还说，其实你一开始喜欢的就是筱柔，你只是不忍心拒绝我。而到了后来，你又开始不忍心拒绝筱柔，因为她比我好看、比我温柔、比我优秀，甚至连可怜，我都比不过她，到最后，我连你的同情也输了。”

“嗯，我的秦尧一直都是那么温柔的，从来不忍心伤害任何人。”她安静地枕着自己的手臂，像迷路的孩子一样回忆着过去。

不是，不是像他们说的那样！都不是！可是，已经走到了这一步，他现在连跟她解释的机会都没有。

“秦尧，你一直告诉我要坚强。可是你走了之后，我才明白其实有时候坚强不是什么好事情。”

“因为有些人会认为你坚强，所以伤害你也没什么关系，于是就一再伤害你。而那些看起来脆弱的人，是不可以伤害的。因为她们是那么易碎，你们舍不得伤害。如果一定要伤害一个，那坚强的那个一定是被牺牲的那个。”

一字一句，秦尧听得心如刀绞。

如果这一切都是她为了惩罚他，那么她做到了。

“你为什么不告诉我？我什么都不知道。”秦尧痛苦地埋着头。

“你知道了又怎样？”宫小乔转动着酒杯，“先不要说四年来我完全联系不到你，你更没有主动联系过我。如果我告诉你，你就会离开顾筱柔回到我的身边吗？”

“我……”

“嘀，再退一步说，就算你回来了，你以为我还会要你？”

秦尧脸上的血色尽褪，她永远知道怎样才能让他最疼。

他不怨，这一切都是他自找的。

“好疼。”宫小乔突然难受地蹙起眉头。

“怎么了，你哪里不舒服？”秦尧急忙紧张地问。

“头疼。”

“别喝了！放下，给我，乖。”秦尧抠了半天，总算从她手里把杯子抢下来，然后帮她按摩着两边的太阳穴。

余光似乎瞥到一抹雪白的人影正朝这边走来，宫小乔嘴角微挑，不安分地把他的两只手扒拉下来，放在自己的腰间：“秦小尧，你抱抱我好不好？”

“好。”他惊愣住，却毫不犹豫地答应。

就算现在她让他去死，他也绝对不会拒绝。

“完了完了！要出事了！”沈乐天看着不远处越来越不正常的一对，

急得来回暴走。

盛宇庆幸："还好还好！老大已经去楼上了。"

冷透扫了眼二楼，面无表情地道："楼上视野更好。"

沈乐天和盛宇同时看向楼上，果然看到顾家二老，宫寒念，以及顾行深都站在那里。

顾行深的目光明显是落在下面的某人身上，而那脸色已经是……

盛宇说："北风卷地白草折。"

沈乐天附和："黑云压城城欲摧。"

"你对顾行深……"见宫小乔的脸色不好，秦尧欲言又止。

宫小乔从楼上顾行深与宫寒念那一对璧人身上收回目光，懒洋洋地冲他笑："你真以为我跟顾行深是那种关系？"

听她的意思，秦尧的心里突然照进一缕阳光。

"顾行深那样说，只是担心你对我旧情复燃，想让你死心而已。"

"原来如此。"秦尧终于释然，以顾行深的爱妹心切，确实可能做出那样的事来。

"至于金沐璘，你还记不记得我那时候每年暑假都会去山上练武锻炼身体？"

"嗯。"

"金沐璘是我的二师兄，这次拍戏的事情我不否认他有引荐和帮忙，不过只是出于同门之谊而已。二师兄知道我们之间的事，当时说那些话只是想帮我气你。话已经说到这里，随便你信不信！"

"信，我信。可是，你为什么要跟我解释？"秦尧有些受宠若惊。

"大概是因为我不想在你心里留下不好的印象吧！"

"小乔。"

宫小乔两只手托着下巴，傻乎乎地盯着他看，又伸出一根手指戳戳他的脸："秦小尧同学，你长得真好看。"

秦尧握住她的手："小乔，你现在是清醒的吗？"

“嗯。”宫小乔认真地点头。

清醒，当然，她非常清醒，清醒她正在做和将要做的所有事情！

秦尧苦笑，她一定是醉了。

可是，他宁愿相信酒后吐真言。

“秦尧，你在这里啊！”一身雪白天使装的顾筱柔不知什么时候跑了过来，看到宫小乔和秦尧抱在一起，脸色一下子僵住了。

“她喝醉了。”秦尧不紧不慢地解释。

“小乔，你没事吧？”顾筱柔急忙走过去，关心地问。

宫小乔直勾勾地看着顾筱柔，神色不善，秦尧下意识觉得不好，急忙一只手捂住她的嘴，堵住她将要说的话，对顾筱柔说：“她好像要吐，我扶她去洗手间！”

“好，你去吧！慢点。等会儿来二楼最后一间，大家都在。”

“嗯。”

直到两人走远，顾筱柔才卸下体贴大方的面具，死死咬着唇。

秦尧半扶半抱地把宫小乔带到洗手间门口，然后费了好一会儿工夫才把那只手从“虎口”拔了出来。

果然，一排血印。

宫小乔咬完了人，还很不高兴地瞅着他：“一个两个都是这样，比上帝还伟大，宁愿自己受伤，也不愿意你们的天使受伤。”

秦尧摸摸她的脑袋，说：“我也不希望你受伤。”

“看来你还继承了上帝的博爱。”

秦尧苦笑：“小乔，可不可以试着和筱柔好好相处？其实这些年她也一直对你很愧疚，不敢面对你，不想失去你这个朋友。”

顾行深都没办到的事，还是有人不死心。

宫小乔又瞅了秦尧一眼：“你已经自身难保了，还有心思管别人。”

似嗔非嗔的一眼，让秦尧情难自禁地拥住她。

宫小乔推他，义正词严：“你不是要结婚了吗？都是有妇之夫了，注意一点！”

秦尧无语：“……”刚才是谁主动亲近他的。

秦尧说：“抱歉，是我不对，以后会注意的。”

“嗯。”宫小乔点头，表示对他的态度很满意。

不要试图跟宫小乔讲道理，尤其是喝醉的宫小乔。

遇到这种情况，唯一的方法就是哄。

已经过了四年，他发现自己对于她的一切竟然还是丝毫没有忘记。

二楼娱乐房。

里面正在唱歌，门被推开，宫小乔和秦尧这两个关系很微妙的人一起进来，于是气氛顿时也变得很微妙。

客人中不乏知道当年一些事情的人，当年的事情一传十、十传百，早已不是秘密。

沈乐天、盛宇、冷透三个人坐在一侧；唐誉和冷静窝在另一侧沙发的角落里；顾行深坐在沙发中间，左边是宫寒念，右边是顾筱柔，其他都是一些宫小乔不太熟悉的人。

见两人进来，顾筱柔一脸微笑地走过去拥着秦尧的手臂，然后又要拉着小乔坐自己的左边，也就是顾行深的右边：“小乔，坐这里吧！你还好吗？头还疼不疼？需不需要给你煮碗醒酒茶？”

宫小乔没有应答，也没有坐下，径直朝唐誉走过去，然后在他旁边坐下。

顾行深的面色明显又黑了几分。

顾筱柔也没说什么，兴奋地拉着秦尧说话。

“秦尧？秦尧？”

“什么？”顾筱柔叫了他好几声他才有反应。

“秦尧，你怎么了？今晚一直怪怪的！”

“没事，你说好就好！”秦尧若有所思地看了眼顾行深，后者却在看着宫小乔，脸色似乎很差。

顾行深的神情似乎不是非常高兴，虽然他不管什么场合都是这一副面瘫表情，可是现在这种情况下实在是很诡异。

于是，沈乐天极力活跃气氛：“小狐狸，你准备礼物了没有？”

宫小乔正从唐誉手里抢一个剥好皮的芒果，听沈乐天叫她，有些迷茫地抬起头：“没有。”

听到宫小乔说没有，顾行深原本上挑期待的眉头都收敛、紧蹙了起来。

选错话题了。沈乐天干笑着补救：“小狐狸，这可就是你的不对了，我们的礼物可都送过了，你迟到不说，还什么都不带，这说不过去吧！”

“我什么都没带吗？”宫小乔反问。

“那你带了什么东西？”沈乐天虚心求教。

“我不是把顾行深给你带来了吗？”宫小乔终于把芒果抢了过来。

从来没有人注意过她的感受，她又为什么要处处小心顾忌？

众乐乐不如她独乐乐！

沈乐天嘴角抽啊抽，看来小狐狸今天是诚心不肯好好合作了，不过他就是喜欢挑战有难度的事情。

“呵呵，不开玩笑了，咱说正事儿，大哥对你这么好，他过生日，礼物你总是要送的吧！”

“不知道送什么。”宫小乔坦白回答。

“当然是大哥喜欢什么就送什么了！”沈乐天引导。

“顾行深还喜欢咬人呢，你们要不要每个人都送过去给他咬几口？”

唐誉被果核卡住了：“喀喀……”

沈乐天面如土色：“……”

顾行深：“……”

宫小乔很怨念，上次他喝醉了发酒疯，她的脖子上被他啃得到现在还有痕迹，今天手上唇上又添了新伤，要不是她涂了颜色鲜艳的口红，根本遮不住。

沈乐天抹了一把汗：“呃，小狐狸，这笑话可真冷。”

这么诡异的组合加上暴力不合作的小狐狸，让他怎么活跃气氛啊！

“要不你就唱首歌？”沈乐天再接再厉。

“不想唱。”宫小乔无聊地托着腮。

顾筱柔劝道：“小乔，就唱一首吧！我听哥哥说了，你在艺术系上学，你现在一定多才多艺吧，我好久没听你唱歌了呢！”

“你就是宫小乔？我姐姐也在A大，久仰大名！”顾筱柔身旁的女孩子打量着她说，语气客套，眸子里却是嘲讽。

嗬，顾筱柔当然想听。

别人唱歌偶尔走调，而当年的宫小乔唱歌是偶尔不走调。不过，这些后来认识宫小乔的几个人都不知道她有这样的经历，而顾筱柔也并不知道宫小乔四年之后的变化。

或许，她觉得她依旧是当年那个傻乎乎的女孩子，即使是被人故意取笑难堪了，也依旧当作好意，以为别人是无心，也完全不在乎自己的丑衬托了谁的美。

“来来，话筒给你！你要唱什么，我给你点。”见有人解围，沈乐天急忙殷勤地道。

“我自己来。”

见她松口，沈乐天总算是松了一口气。

冷静看着宫小乔，眸子里有掩饰不住的担忧。

唐誉凑到冷静跟前，说：“别担心，小乔可不是好欺负的，估计马上就有人要倒霉了！”

宫小乔握着话筒，面容掩映在黑色的帽子里，刚唱了一句，顾筱柔就困惑地出声：“没有关原唱吗？”

沈乐天看了看说：“关了呢！是小狐狸在唱。”

“哦。”顾筱柔惊愕地看着宫小乔。

这首歌的歌词沈乐天越听越觉得不对劲，听到后来已经恨不得一头撞死了。

“你说人毕竟不是草木，

最后还是变了心，

自己也很痛苦。

而虽然曾经以为我就是你的全部，

她的出现却让你有了新的领悟。

你要我给你最后的眷顾，

只有我能成全你这份完整的幸福。

你在我面前表现得那样的无助，

我连苦涩地笑仿佛都显得残酷，

你们的幸福很完整，

我的幸福却被牺牲。

伤我最深的人，

还在我面前说别太残忍。

你们的爱情像星辰，

我的爱情化作烟尘，

我想我只能说，

成全你们不是我的责任……”

一首歌唱完，场上知晓内情的人没有一个人脸色能看的。

倒不是因为宫小乔唱得难听，她的音色极好，把这首歌唱得凄婉动人又委屈万分。

主要是这首歌的歌词影射的两个人，秦尧尴尬地坐在那里，顾筱柔更是已经面无血色。

所有的人都心知肚明宫小乔这首歌是唱给谁的。

总之，这歌选得实在是太毒了！

“够了吗？要不要再来一首？”宫小乔对着话筒淡淡地开口。

沈乐天咽了口唾沫，饶是他巧舌如簧，此刻也已经语无伦次：“不用不用，这首就挺好的。喀喀，我的意思是要不咱来几首欢快的？今儿毕竟是一个好日子！你看，双喜临门，圣诞节，老大生日，对啊，还有，筱柔婚期也定了……”

“我的天！我到底在说什么！”说完之后，沈乐天简直恨不得掐死自己。

“要不我帮你掐？”盛宇同样无语地看着他，“我的天！你到底在说什么！”

冷透扫了沈乐天一眼：“在人家伤口上撒盐，你到底是故意的还是故意的？”

“我……”沈乐天以头抢地，这次真的完了，让小狐狸伤心，哥一定会宰了他去逗她开心的。

宫小乔无所谓地笑了笑，给自己倒了一杯酒，朝着顾行深举起酒杯：“今天是我敬爱的深哥哥的生日，祝你生日快乐！”

宫小乔一口气喝完，又倒了一杯酒：“这些年，感谢你对我的……”

宫小乔似乎在很努力地斟酌用词，顾行深专注地凝视着她认真思索的样子，眸子里有着担忧和心疼。

“感谢你对我的养育之恩！”终于，宫小乔豪迈地举杯。

“噗。”

正干杯的几个人，嘴里的酒还没咽下去，突然反应过来宫小乔的最后四个字是什么，于是集体喷了。

养育之恩，多玄妙的四个字啊。

这会儿再看顾行深的脸色——山雨欲来风满楼。

唐誉走过去，把已经摇摇晃晃站不稳的宫小乔扶了过来放在冷静身边搁着，然后拿过话筒说：“那个什么，我来一首劲爆的啊！”

“哦，唐少，来一个！”后面有人起哄。

唐誉有意缓解气氛，众人也跟着鼓掌。

唐誉选了一首《What Makes You Beautiful》，然后开唱：

“Baby you light up my world like nobody else,

亲爱的，你与众不同，你点亮了我的世界，

The way that you flip your hair gets me overwhelmed,

你轻拂头发的样子让我发狂，

But when you smile at the ground it ain't hard to tell.

但当你低头微笑时，不难看出。

You don't know,

你不知道，

Oh oh,You don't know you're beautiful.

你并不知道你有多美丽。

If only you saw what I can see,

如果你能见我所见，

You'll understand why I want you so desperately.

你会明白我为什么这么对你痴狂。”

这首歌旋律很动感，也挺带动气氛的。

顾筱柔心里暗暗庆幸，幸亏唐誉转移了大家的注意力。

宫小乔兴奋地站起来替唐誉欢呼，差点踩到沙发上去，沈乐天拉都拉不住。

眼见着她扯开斗篷领口的系带，手一扬，用力一扔！

黑色的斗篷落下，瀑布一般齐直垂至腰身的乌黑秀发洒落出来。

一身可爱与性感完美结合的粉色系女仆装衬着主人珍珠一般白皙莹透的肌肤，瞬间抓住众人的眼球。

第六章 不许你走

顾行深见她不再挣扎，便腾出一只手来抚摸她的头发，语气带着恳求：“别走好不好？”

“为什么？我不懂。”

她可以把他这么做理解成是为了顾筱柔，可同时他又不准自己交男朋友，这两者岂不是自相矛盾吗？

宫小乔灵活地随着音乐旋律舞动。

她热烈、奔放，如同不顾一切疯狂燃烧的炽热火焰，所有人都被她所感染。

也不管什么非洲的野兽还是亚洲的美女了，沈乐天最先跟着闹腾了起来。他把炫目的灯光都打开，又不知道从哪儿倒腾来了一大堆荧光棒，一人发一根，带头在那儿疯摇。

越来越多的人加入进去一起跳舞，场面已经完全失控！

顾行深坐那儿头疼地揉着额角。良久后，他的嘴角扬起一丝无奈的笑容。

“Sean，她是谁？”一身蓝色和服的男人不知道什么时候坐到顾行深身前的茶几上，饶有兴趣地问。

“怎么，你有兴趣？如果我没记错，那种传统的中国女人才是你喜欢的类型。”

顾行深所指的方向，一些名门淑女矜持地坐在那里，姿态优雅得体。

宫寒念也附和道：“是啊！平野君，今晚美女这么多，需不需要我给你介绍几个？”

今晚宫小乔算是出尽了风头，想不到几年不见，那个白痴丫头居然出落得越来越狐媚了，相比她的年轻漂亮，自己却已经没有了青春的资本，这是宫寒念心里最介意的痛。

平野凉直是顾氏的合作伙伴，平野的家族企业不管在日本还是国外，规模和影响都颇大，这样的男人居然看上了宫小乔，凭什么？

她绝对不能让那个丫头太得意！

男人笑着婉拒：“我喜欢的类型是静如处子，动如脱兔。”

“哟！平野君，你这身够劲！”沈乐天一屁股在男人旁边坐下，倒了一杯红酒灌了下去，“再说，她这是什么动如脱兔？分明是疯兔嘛！”

沈乐天往茶几上这么一坐，两个人就完全挡住顾行深的视线了，所以顾Boss的脸色愈加不善。

不过，转眼平野凉直已经带着狩猎的微笑离开，朝着宫小乔走去。

彼时，唐誉一首歌唱完了。

宫小乔跟前的酒都被某人没收走了，只剩下醒酒茶，她无奈地捧起一杯，一边喝一边数落唐誉：“唐誉，你今天穿得也太没创意了吧！顾行深穿那样是为了突出自己与众不同，你这是为哪般？”

“无知的人类。”唐誉感慨。

宫小乔白了他一眼：“原来你是非人类。”

唐誉把西装外套扣子一颗颗解开，然后猛地往两边一拉，醒目的红色超人内衣露了出来，大大的“S”赫然显示着他Superman的身份。

“哥的职业是拯救全人类！”

“噗，哈哈……唐誉，你实在是太可爱了！”宫小乔狂笑着双手去捏唐誉的脸，上下左右来回蹂躏。

“再可爱也不许吃我豆腐！”唐誉捂着脸逃离魔爪。

“瞧你这小气劲儿！”

唐誉敛去笑意，沉吟道：“小乔，你到底是怎么回事？”

“什么怎么回事？”宫小乔装糊涂。

“你为什么要跟小静说那样的话？我不相信你仅仅是因为那次的事情，你明知道小静有苦衷！”

宫小乔看了眼躲在角落里喝闷酒的冷静，神色黯然：“超人同志，别惦记着全人类了，去好好照顾小静，其他的你就不要管了。”

“嗨，唐誉，这位美女什么时候认识的，不介绍一下吗？”

平野凉直在旁边观察了一会儿，确定唐誉跟宫小乔之间只是兄弟关系，才放心地过去打招呼。

平野凉直的父亲是日本人，母亲是中国人，他本人在中国待过几年，跟顾氏几个兄弟很熟，彼此间说话也没什么顾忌。

唐誉闻言，立即把脑袋摇得跟拨浪鼓一样，怯怯地往顾行深的方向瞥了又瞥："我还想多活几年呢！"

上次的相亲事件之后，饶是迟钝如唐誉也明白了哪些事能做，哪些事不能做。眼前这件事如果做了，他显然就是找死！

平野凉直神情困惑。

"宫小乔。"宫小乔瞪了逃离的唐誉一眼，简单地回答。

"Nancy的妹妹？"

"我就是我，不是谁的谁。"

似乎每个人见到她都会给她这样一个定位——宫寒念的妹妹。

这点一直让她很反感。

若是平常，宫小乔肯定懒得回答这样的问题。

可是，眼前的男人不仅长相不错，还能把这一身和服穿得不仅形似而且神似，在这么多穿得五花八门的男人里，让人眼前一亮。

对于三岁就加入外貌协会的宫小乔来说，她无疑会给予他特别优待。

平野凉直也不恼，他之前就听说了顾家的二女是私生女，跟家里关系不太好。宫寒念对外都是做出家庭和睦、对妹妹关心包容的样子，可这个宫小乔倒是丝毫不在人前掩饰，反而让他觉得很率真。

"你好，我叫平野凉直。"

"咦，日本人？"

难怪这一身看着这么合适。

"是。我喜欢你，你可不可以做我的女朋友？"

毫无征兆、毫无方法、毫无前戏，平野那家伙追女孩子还是一如既往的直接、简单啊！

时刻默默关注的四人组齐刷刷地扭头去看顾行深。

而他们的Boss终于坐不住了，所有人屏息凝视，擦亮眼睛看八卦。

顾行深端着酒杯，信步走到宫小乔跟前顿住脚步，俯身，伸手摘下她头发上无意粘到的果皮，然后若无其事地转身走到一旁跟一位朋友攀谈起来。

"宫小姐？"平野凉直没有注意这一段小插曲，还在等她的回答。

“我要冬眠了，请不要打扰我！”

宫小乔语速极快地说完，然后毫无征兆地迅速把斗篷穿上，帽子戴好，镰刀扛起来，乖乖地窝在那儿一动不动。

唐誉问：“呃，小乔怎么了？”

冷透说：“老大刚才似乎在小乔耳边说了些什么。”

盛宇不解：“他是念的咒语吗？这么灵？”

沈乐天：“小狐狸刚才还活蹦乱跳的，一下子就蔫了，Boss威武！”

平野凉直不知道发生了什么事，却被她无厘头的可爱回答逗乐了：“那么，明年春天我可以来找你吗？”

顾筱柔看着宫小乔的方向，然后转过头来对秦尧说：“小乔好像挺受欢迎的，不少人注意到她了，刚才还有男人跟我打听，不过好像被那个日本人抢先一步，真希望她也能找到属于自己的幸福。”

“嗯。”秦尧心不在焉地应着。

“伤我最深的人，还在我面前，说别太残忍……

成全你们，不是我的责任……”

她的声音萦绕在耳边，挥之不去，他难受得每一个细胞都在疼痛。

就算再能忍，顾筱柔此刻的脸色也开始有些挂不住了。

秦尧一整晚的目光都黏在宫小乔身上，似乎已经连在她面前掩饰的理智都失去了。

相比而言，顾行深就比较腹黑。

就算他的注意力都在某人身上，也绝不会让人轻易看出破绽。但是，这要除了习惯性密切关注Boss动向的四人组。

沈乐天要是八卦起来，甚至会去统计Boss一晚上看小狐狸几次、每次多长时间、一晚上捏碎多少只杯子诸如此类。

“秦尧，你是不是后悔了？”顾筱柔垂着头，落寞不安地绞着手指。

“怎么会，你为什么突然这么问？”

顾筱柔忧伤地看着他：“小乔现在变得这么漂亮，唱歌又好听，又学会了跳舞，可是我的身体，别说跳舞，就连跑步都做不到。”

秦尧轻叹着将她揽进怀里："筱柔，别胡思乱想！你只要安安心心等着做我的新娘子就好了！"

"真的吗？秦尧，你会不会嫌弃我，会不会后悔当初的选择？"

楚楚可怜的柔弱水眸，泛起的泪珠将落未落，那样怯怯不安地注视着你，恐怕任何男人都无法抗拒，不忍心伤害。

"傻瓜，怎么会。"秦尧的声音有些缥缈。

脑海里突然就回想起小乔的话："因为她比我好看、比我温柔、比我优秀，甚至比我可怜，到最后，我连你的同情也输了。"

听到秦尧的回答，顾筱柔拥着他，嘴角勾起满足的微笑。

宴会散场之后，宫小乔换回自己的衣服，正要离开，却被顾家的管家叫住，说顾家二老找她。

"阿姨，叔叔。"宫小乔敲门进去。

"小乔啊！来来，过来坐！"

"阿姨找我有事吗？"宫小乔问。

"没事没事，我就是来找你聊聊，最近好不好？"

"嗯，挺好的。"

顾妈妈热情地寒暄，宫小乔耐心地等着她的下文。

聊了一会儿，顾妈妈的神情似乎有些为难，犹豫着开口："你也知道的，你姐姐跟小深从小一起长大，感情一直很好，又门当户对，他们俩迟早是要结婚的。"

"嗯。"

顾妈妈以眼神催促着一旁一言不发的顾爸，似乎在责怪他不帮忙，让她一个人应对。

小乔顿时就明白了，微笑道："叔叔，阿姨，我明年就大四实习了，最近找到了一份工作，需要在D市待一段时间，回来之后也会自己在外面租房住。谢谢阿姨和叔叔还有深哥哥这些年对我的照顾！"

二老闻言，神情顿时放松下来。

“你一个人吗？你家里人怎么放心？”

顾妈妈说完就发现自己说错了话，尴尬道：“你有没有跟你爷爷商量？毕竟你一个女孩子去外地工作不太方便，让小深给你在他们公司安排一个工作不是很好吗？到时候还可以住在员工宿舍！”

宫小乔自然知道顾妈妈说的只是客套话，摇摇头：“我已经给深哥哥添很多麻烦了，以后我想靠自己。”

“如果有需要，一定要告诉阿姨，别都一个人撑着！”见宫小乔这么懂事，二老反而为自己多余的担心觉得有些愧疚。

其实这孩子不错，只可惜顶着私生女的身份，注定不会被这个圈子所接受。

聊完，宫小乔独自离开，她的脑海中满是纷乱的记忆。

当年父亲攀上了宫寒念的母亲，便将当时已经怀孕的母亲抛弃。就这样，宫小乔成了私生女。

因为他爹的正室性子太烈容不了她，宫家的老爷子就把这个孙女接到了身边养着。

宫小乔被送去那里的时候三岁，外貌可以用一个字形容：圆。

那时候，顾行深十二岁，出落得如雨后嫩笋一般，比女孩子还好看。

有句话叫三岁定终身，三岁的宫小乔已经很会以貌取人了。

因为刚来到陌生的环境，小乔成天里只知道哭，也不开口说话，老爷子心都急碎了。

顾家在附近有栋清净的院宅，出国之前，顾行深一直住在那里。

顾家和宫家的私交不错，两家走得很近。

有一天，顾行深跟着父母前去拜访，老爷子正焦头烂额地安抚着怀里的小祖宗，谁知宫小乔看到顾行深之后突然不哭了，然后瞅着他，张开短短的、婴儿肥的双臂，说了来这里之后的第一句话：“哥哥，抱。”

自那时候起，宫小乔就像一只绒毛未褪的小鸟儿，一刻不离地跟着他，走到哪儿跟到哪儿，简直比顾筱柔这个亲妹妹还像他的妹妹。

高三那年，初恋秦尧抛下她和顾筱柔去了万恶的资本主义国家，亲妈也走了。她的天就塌了。

那天下着大雨，她跌跌撞撞地晕倒在顾行深家大门外。

妈妈的突然离世，加上为了去机场追秦尧而错过了高考，让宫小乔觉得一切都失去了意义，她心灰意冷，自闭了很长一段时间。

那段时间，一直是顾行深陪在她身边。

整整半年，小乔不言不语，完全隔绝和外界的一切联系，甚至还自杀过，无论顾行深用什么方法都没办法让她好起来。

直到有一天，顾行深发高烧，躺在床上昏迷不醒。宫小乔突然醒了过来，哭着打了急救电话把他送到医院，当时他已经恶化成了肺炎。

宫小乔寸步不离地守了他一个星期，自责不已，如果她能早一点发现，他就不会病得这么严重。

那天，她对他说“对不起”，然后去复读高三。

最后，想不到凭她的智商竟考上了重点大学，当然，替她补习的顾行深功不可没。

考上大学之后，因为要去A市上学，老太爷便拜托顾行深照看她，顾行深顺理成章地成了她的临时监护人。

他不愿意她住校，她绝食三天抗议，抗议有效，革命成功。

后来顾行深在学校附近租了一间房子住下，就近看护和照顾她。

平心而论，顾行深对她不错，甚至是这个世界，除了妈妈和爷爷以外对她最好的人，以至于很长一段时间里，她非常依赖他。

走出别墅，宫小乔仰头看着没有星星也没有月亮的夜空。

她的世界，没有星星，也没有月亮，那就自己照亮自己吧。

不远处，冷静和唐誉站在树荫下，看着她孤单仰望，看着她一个人离开。

“小狐狸呢，怎么转眼就不见人了？”沈乐天一行人走了过来。

“顾行深呢？”冷静不答反问。

顾行深知不知道他的父母找过小乔，他们到底对小乔说了什么？

冷静心里隐隐不安。

“顾阿姨让他去送宫寒念了。”冷透回答。

顾行深在任何事情上都是杀伐果决，唯独对父母，无论好坏对错，他几乎是言听计从，对顾筱柔这个妹妹更是千依百顺。

虽然对家人好完全可以理解，但是顾行深的这种好，总让人觉得哪里不对。

“秦尧，要不你送小乔吧！这么晚了，小乔一个人不安全。”顾筱柔挽着秦尧的手请求。

“不劳尊驾。”冷静说完，便朝着刚才宫小乔离开的方向追去。

唐誉耸耸肩，跟了上去。

宫小乔一直以为自己是一个人，她并不知道，身后一直有人默默地跟着，看着她站在夜风里等出租车、看着她抱着大黑狗喂食、看着她翻过窗户、看着三楼宿舍的灯亮起。

没多久，学校就要放寒假了。第二天，宫小乔立刻在外面租好了房子。

夜里，宫小乔打了一通公寓的电话，响了很久都没人接，可以确定顾行深不在那边，于是便放心地回去收拾东西。

正收拾到一半，手机突然响了起来。

“顾行深，”宫小乔犹豫着接通电话，“这么晚了有什么事吗？”

不等顾行深回答，宫小乔立即先发制人：“你要是再敢说想我了这种鬼话，大半夜骗我翻墙……”

“我没带钥匙。”顾行深直接打断她。

五秒钟之后，公寓的门突然从里面打开，顾行深正倚着门，一时不察，直接往后倒去，以至于差点摔倒。

“又喝酒。”闻到他身上的酒气，宫小乔蹙眉看着他。

虽说上次放过话，要是他再喝酒她就把他扔出去，不过反正以后也不在这儿住了，她也没道理再去管他。

“你在家，”顾行深显然非常惊讶，看看她，又看了眼屋子里乱作一团的东西和大箱子，“在做什么？”

“收拾东西。”宫小乔回答。

“家”这个字一刹那刺痛了她。

除了学校，她待在这里的时间最多，而顾行深虽然那么忙，却总是抽空来这里。

她在这里陷入绝境无法自拔，也是在这里重新站起来，这里几乎承载着四年来他们所有的回忆。

“昨晚我爸妈对你说了什么？”顾行深揉着眉心在沙发上坐下。

“没什么，关心了几句。”

“你骗我。”他按住她忙碌的手。

“你知道了还问我做什么，我跟你非亲非故的，没事总住在你这里影响不太好。”

“我们一直都是这样，哪里不好？”顾行深又拉住她另一只收拾衣服的手。

宫小乔伸脚把拖鞋勾了过来，说：“不方便。”

顾行深不厚道地把那只拖鞋踢回原位，又问：“哪里不方便？”

宫小乔终于失去了耐性：“顾行深，装傻有意思吗？你都快结婚的人了，不管怎样也该跟你老婆住在一起吧！我住在这里，要是哪天你老婆来了，你们正好亲热什么的被我撞上了，你不尴尬我还尴尬呢！”

“四年来，我有让你遇到过这种尴尬吗？”顾行深看着她。

宫小乔闷声不语。

确实一次都没有，这个地方宫寒念并不是不知道，她一直怀疑这是顾行深金屋藏娇的地方，因此也对自己恨意更深。

可是，凭宫寒念的个性，她居然一次都没有来这里找过麻烦。

“还有什么不方便的地方？”顾行深问。

宫小乔随口说：“我需要自己的空间，我不希望我以后的男朋友误会什么。”

“男朋友？”

顾行深这三个字的问句让宫小乔听着很窝火：“你们一个两个都幸福快乐，凭什么我就不能找一个男人？既不许我接近秦尧，也不准我接受别的男人，顾行深，你是不是想逼我遁入空门？”

信不信她现在就吻他，昨晚他居然那么恶劣地威胁她。

如果站在顾筱柔的角度，自己接受别的男人对他而言应该是好事，可他为什么要阻止？

宫小乔越来越不明白他到底想做什么。

顾行深沉默片刻，然后开口：“你一个人怎么睡？”

这句话说到宫小乔的死穴了，她根本不敢一个人睡觉。

在宿舍的时候，还好是六个人，放假或者宿舍没人的时候，她就来顾行深这边睡。

虽然是分睡两间房，但是每次她做噩梦惊醒了，叫一声“顾行深”，他一定会应她，然后过来哄着她睡着再回去。

而大部分时候，她的噩梦还没开始，已经有温暖的气息来到枕边安抚。

她承认自己被顾行深宠得离不开他了，可是正因为如此，她才更要练习独立生活。

宫小乔把衣服塞进箱子里，随口答道：“我不会找人陪我睡啊！”

“找人陪你睡？”顾行深的语气蓦然变得危险。

其实宫小乔的本意是她的室友下学期也要搬出去住了，所以到时候可以找她们合租。不过，顾行深联系她前面说要找男人的话，于是自然理解歪了。

他突然把她拉到自己身边，在她反应过来之前双臂环住她的身体，双手在她的腰后打了个结，将她禁锢在怀里。

宫小乔双手抵在他的胸口，怎么也挣脱不开。

“不许走。”他霸道地在她耳边命令。

“顾行深，你做什么！放开我！”

“是因为我父母说了什么，你才要离开的吗？”顾行深问。

我在此之前就已经跟你说过要搬出去住了，宫小乔本来是准备说这句话的，却突然听到顾行深在她耳边低语：“如果是因为这样，我可以一辈子不结婚。”

宫小乔顿时彻底愣住了。

顾行深见她不再挣扎，便腾出一只手来抚摸她的头发，语气带着恳求：“别走好不好？”

“为什么？我不懂。”

她可以把他这么做理解成是为了顾筱柔，可同时他又不准自己交男朋友，这两者岂不是自相矛盾吗？

浑蛋啊！烦得她脑壳疼！

“我不放心你。”顾行深理所当然地回答。

虽然自己的幸福很重要，但是总不能为了自己的幸福就把女儿赶出家门吧，顾行深是不是出于这种“慈父心态”呢？

宫小乔认真思索着，想来想去貌似只有这一种可能比较靠谱。

不过，他居然会为了自己轻易说出一辈子不结婚这样的话，要说她一点触动都没有是不可能的。

但是不管怎样，立场是坚决不能改变的。

宫小乔说：“怎么可能不结婚？所有人都希望你跟宫寒念在一起，你现在不结婚，早晚也会结婚，你能拖到哪天？”

“所有人都希望，我就要按照他们希望的做？”顾行深双眸微眯。

宫小乔噎了噎，继续道：“我爷爷从小就教我，授人以鱼不如授人以渔。顾行深，你该教我怎么照顾自己，而不是对我一味娇惯、溺爱，否则我永远也不会长大！”

顾行深揉了揉她的头发：“小丫头，哪里来的这么多大道理，你这是怪我太宠你，对你太好了？”

虽然这个问句实在有些奇怪，但宫小乔还是点点头：“我都说了让你不要对我这么好，那样也不是真的为我好！你有没有想过，如果你哪天不能在我身边了，我要怎么生存？”

“那就让我养你一辈子。”顾行深吻着她的发顶，目光探究着她的神色。

宫小乔的心跳速度猛地加快，现在跟他贴得这么近，显然会被他发现，于是她双颊也迅速充血。

这家伙，为什么总是说这样莫名其妙的话？

长得帅了不起吗？长得帅就这可以这样随意扰乱人心了吗？

宫小乔恼羞成怒地瞪他：“或许你能满足我的物质需求，可是你能满足我的生理需求吗？要是我哪天想生一个宝宝来玩玩呢？以后请别再说这种任性的话！这个世界上，除了我的老公，就算是最亲的人也没办法陪着我，养我一辈子！顾行深，我发现跟你在一起真是拉低我的情商！”

见着她气呼呼的小模样，顾行深黑曜石般的眸子颜色愈渐变深，以不会引起她警惕的速度一点一点靠近她，灼热的气息萦绕在她耳侧：“这张嘴越来越会说话了！嗯？”

顾行深略一倾身，立即危险地逼近她。

宫小乔瞪大眼睛看着越来越逼近的脸，吓得瞪大眼睛。

这家伙该不是说不过她就要揍她吧？

这时候，救命铃声蓦然响起。

顾行深分神的工夫，宫小乔立即趁机推着他开口：“电话电话！”

“不要管！”

“万一有急事呢？”宫小乔费尽千辛万苦腾出一只手，保持着高难度动作朝茶几够啊够，终于从他放在茶几上的衣服口袋里把手机掏了出来。

宫小乔气喘吁吁地握着手机递到顾行深耳边：“我已经按了接听键。”

“喂，Sean。”

手机里传来宫寒念的声音，打破了刚才奇怪的气氛。

顾行深看着宫小乔，脸色极差。

宫小乔无辜地眨着眼睛，这家伙不仅吓她，居然还敢给她甩脸色。

“Sean？”宫寒念困惑地喊着顾行深的名字。

顾行深微微撑起身子，却依旧扣着宫小乔的手腕不许她逃，要接过手机。

宫小乔却突然改变主意，把手机抢了回来，眸子里闪过做坏事前所特有的光芒。

顾行深投去疑惑的眼神。

宫小乔瞥了顾行深一眼，先是清了清嗓子，然后故意凑近手机：“深深，谁啊？我们继续，不要接嘛！”

宫小乔的声音霎时间完全变成了另外一个人，那声音又软又黏，甜得发腻，是一个男人听了都得全身酥麻！

顾行深听得浑身血液倒流。

宫小乔别开头，先自己吐了一会儿，然后忍着恶心继续：“深深，人家最最喜欢你了！”

顾行深嘴角微抽，该死的，他终于明白她想做什么了。

顾行深明显是不可能配合她的，于是，她毫不客气地随手在顾行深的腰间掐了一把，成功引出他的闷哼声。

“深深，是我好，还是那个老女人好？”

“真的吗？讨厌啦！”

听到手机那端终于传来悦耳动听的砸东西的声音，宫小乔立即适时挂断。

宫小乔很有模仿天分，尤其是声音，她可以惟妙惟肖地模仿各种人物不同个性和类型的声音，之前她也做过很多配音的兼职。

宫小乔把手机还给顾行深，无视他此刻一张堪比铁锅的黑脸，趁着他腾手拿手机的工夫，身子一扭，一溜烟躲到安全位置。

“顾行深，你知道的，我向来是有仇必报！谁让你惹我的！”

“嗬。”顾行深似乎没有想象中的生气，只是好整以暇地在沙发上靠着，闻言甚至低笑了一声。

这丫头，也不知道从哪儿学来的这项技能。

以前听过她装深沉的声音、装可爱的声音、装白痴的声音，从来没有这次让他震撼。

宫小乔看着男人低笑的样子，心跳漏了半拍，赶紧嘀嘀咕咕地念叨起来。

顾行深见状挑眉问："你嘀嘀咕咕是在说什么？"

宫小乔躲得更远了一些，警惕地看着他："我在念经！"

"你念的什么经？说说看。"顾行深饶有兴趣地看着她。

"《般若波罗蜜多心经》。"

"《般若心经》？"

"就是《般若心经》。"宫小乔看着顾行深，一副斩妖除魔的神情，嘴里喃喃念着，"观自在菩萨，行深般若波罗蜜多时，照见五蕴皆空，度一切苦厄。舍利子，色不异空，空不异色，色即是空，空即是色，受想行识，亦复如是。舍利子，是诸法空相，不生不灭，不垢不净，不增不减……"

顾行深听了，一本正经地点头："嗯！这经文不错，师父教的？以后要多念念！"

行深般若波罗蜜多时，里面有他的名字。

"该念的人是你！"宫小乔悲愤不已，你这个祸害！

说完，宫小乔扭头回去把最喜欢的小兔子拖鞋放进盒子里，然后是茶几上随处摆放的指甲油、钥匙扣、小镜子……各种零零碎碎的小东西。

顾行深的目光随着女孩而移动："你真的要走？"

看着她一件件拿走她在这个屋子里留下的东西，他的心仿佛也跟着被一点点抽空，他竟有种被抛弃的感觉。

"顾行深，你要是再阻止我，我真的要生气了！我都看了你那么多年了，早就对你这副皮相麻木了。空即是色，色即是空。美色什么的对我来说都是浮云，别再试图引诱我！"宫小乔义正词严。

已经麻木了，厌倦了吗？

看着她义正词严地说已经对自己没感觉的样子，顾行深没来由地落寞起来。

是啊！他的小乔已经长大了，不再是当年时时跟在自己身后一口一个“深哥哥”的小尾巴了。

长大了，所以她不再需要自己，所以要离开了，而他已经无法再留住她。

顾行深仰面躺着，语气有些疲惫：“现在已经很晚了，你还回去吗？”

以为他晚上不回来，宫小乔本来打算在这里睡一晚，明天一早再把东西都搬走，没想到会节外生枝。

宫小乔看着顾行深，有些犹豫。

可是，现在的顾行深在她眼里很危险，虽然刚才插科打诨混过去了，可是她的心里难免有些后怕，如果刚才宫寒念没有打电话过来会是什么后果。

她总觉得最近顾行深有些不对劲，尤其是在秦尧和顾筱柔回来之后。

她眸子里的害怕和警惕让他心里一阵苦涩难当，他起身拿起外套：“我回天和苑了，明早过来帮你搬东西，你好好休息。”

宫小乔有些惊讶，想不到顾行深居然会自己离开。

顾行深走后，宫小乔躺在床上，翻来覆去睡不着。

这还是她第一次一个人住在这边，他不在，空气里充斥的都是冰冷和不安定的因子。

不行，就要搬出去住了，可能一时之间还找不到室友，她必须得尽快适应才行！

或许她并没有那么脆弱，只是潜意识里明白坚强只会受伤害，所以才那么依赖顾行深，引起他的注意，不想要他离开。

可是现在，她已经有不得不离开的理由，不能再任性下去。

宫小乔在胡思乱想中睡着了。

梦里，那个有着一头乌黑长发的美丽女人穿着白色的衣服倒在血泊里。血从她的四周漫延，漫延……蒸发成血雾，又凝结成血雨……

满目猩红，顺着脚底一点点往自己身体上攀爬着……那血液森冷的触感化作千万条枝蔓一点点将她勒紧，勒紧……

她听着远处教堂的钟声，眼睁睁看着两人幸福相拥，却被血黏在原地、寸步难行……

在冷汗、颤抖、惊恐和绝望中，一双温暖的大掌覆在她的掌心，用力将她拉了出来拥进怀里。

刹那间，血红色如潮水一般慢慢消失，噩梦终止。

耳边似乎有谁在叹息："你这个样子，让我怎么放心？"

是顾行深吗？唔，肯定是在做梦，顾行深没有带钥匙的，怎么可能进来！宫小乔安心地睡着了。

顾行深并没有回天和苑那边的别墅住，而是睡在楼下的车里。

没带钥匙也不过是一个蹩脚的借口，但宫小乔说的话并不是没有道理，或许他是不该再束缚着她了。

他本已决定放手，可终究还是不放心。上来一看，她果然又在做噩梦，身体抖得几乎痉挛，似乎是感觉到他的存在，她自发地往他怀里挪。

逞强的丫头。

第二天早上，宫小乔迷迷糊糊地醒来，竟看到顾行深坐在餐桌前看报纸，桌上摆放着已经做好的早餐，一切都和往常一样。

"你是早上刚回来的？"宫小乔愣了愣，揉着眼睛问。

"嗯。"

"哦。"

宫小乔洗漱好坐到餐桌前，默默地吃着早餐。

"唔，没有番茄酱吗？"

顾行深的目光依旧停留在报纸上："你不是晕血吗？"

"我想练练胆子。"

她并不是天生晕血，而是从四年前妈妈的那场车祸开始的。

虽然晕血也算不上什么大毛病，不过作为女生，每月总有几天会很麻烦。

刚吃完早餐，她就听到了敲门声。

难道是宫寒念？

按道理说，如果要闹的话，昨晚她就该跟顾行深闹完了吧？

宫小乔狐疑地打开门，先是看到秦尧，然后是他身旁的顾筱柔。

顾筱柔微笑道："小乔，听秦尧说你要搬东西，所以我就一起过来帮忙了。"

宫小乔没说话，侧身让他们进来。

"有什么需要帮忙的吗？"秦尧的神情有些抱歉。

顾筱柔一定要来，他只好带她一起过来。

"不用了，我快收拾好了。"宫小乔转身进去。

"这么快？你很早就过来了吗？"

秦尧有些惊讶，他特意早些来想帮她的忙，她却说收拾得差不多了。现在才七点多钟，难道她五六点就过来收拾了？

"啊？嗯。"宫小乔随口应着，没有解释。

顾行深的神情闪过一丝异色。

顾筱柔进了屋，走到顾行深身边，亲热地叫道："哥！"

"筱柔，早饭吃过了没有？"

"还没有呢！"

"过来吃一点。"

"这些都是小乔做的吗？"顾筱柔惊讶。

"是我做的。"顾行深回答。

"啊？哥哥做的？"顾筱柔更惊讶了。

宫小乔也不去管他们一家人寒暄，径自去收拾东西，看还有什么落下的。对了，阳台好像还有几件衣服没收。

顾筱柔不去吃东西，却跑到她身边来："小乔，我帮你。"

"不用。"宫小乔躲开她的手。

"没关系的。"顾筱柔依旧热情地要坚持帮忙。

宫小乔正在把衣服取下来，顾筱柔正好去拿她手里晾衣服的Y形叉，结果宫小乔手一歪，衣服连带着晾衣架一起掉到了楼下。

“啊！对……对不起。”顾筱柔抱歉地看着她，“我帮你下去拿！”

“我去吧！”秦尧拍拍她的肩膀。

顾筱柔感动地看着他。

还真是不浪费每一个机会让她恶心，看不下去，眼不见为净。

秦尧还没来得及动，就听到顾筱柔惊叫一声，两人眼见着宫小乔一只手撑在围栏上，一个借力，整个人已经越过阳台跳了下去。

“小乔——”秦尧惊慌失措地趴在围栏边看着下面。

“哥哥，小乔她！”顾筱柔也有些慌了。

顾行深淡定地坐在原地喝咖啡。

没过一会儿，宫小乔手里拿着掉下去的衣服又爬了回来：“叫什么叫，二楼而已！”

顾行深扫了她一眼：“你也知道二楼而已，很远吗？我跟你说过多少次了，老老实实下去捡一下有这么难吗？”

宫小乔完全当作耳旁风，不以为意地撇撇嘴，抱着衣服走进客厅。

“小乔，这样太危险了，以后你别这么莽撞。”秦尧依旧有些心有余悸。

“你管我，连顾行深都管不住我。”宫小乔咕哝着叠衣服。

她小声的碎碎念还是入了顾行深的耳中，他眉头微挑。

这话听着虽然怪，但是莫名地让他舒服。他自动理解成，她是他的所属，能管她的人也只有他而已。

顾筱柔似乎完全不明白宫小乔排斥和憎恶她的态度，依旧绕着宫小乔打转。

“小乔，这些书是放在这个袋子里吗？”

“别碰，我自己整理。”宫小乔努力压抑着心里那只喷火的侏罗纪小恐龙。

“咦？这些是什么？”顾筱柔好奇地拿起一张系着粉色蝴蝶结的卡片，看起来既不是贺卡，也不像是信，很奇怪。

宫小乔劈手夺了回来："我说了，我的东西你别碰。"

"小乔，你怎么了？你以前不是这样的！你什么都会跟我一起分享！"顾筱柔伤心地看着她。

宫小乔埋着头，努力把装得满满当当的箱子拉链拉上："可不是嘛，最后连男朋友也跟你分享了，这些够不够？你还想要我的什么？"

"小乔。"顾筱柔轻颤。

秦尧揽过顾筱柔，笑得牵强："筱柔，你身体不好，别忙了，小乔自己可以的。"

见形势不对，顾行深自然不能坐视不管："筱柔，你先过来吃早餐。"

顾筱柔摇摇头，切了一个苹果，朝宫小乔走过去，怯怯地看着她，一脸讨好："小乔，你累不累？吃个苹果吧！"

看着顾筱柔令人怜惜的柔弱神情，秦尧和顾行深的眸子里聚满心疼和不忍，仿佛只有自己是罪大恶极的那个人，终于，她心里那只侏罗纪小恐龙咆哮了。

宫小乔挥手推开她："顾筱柔，你烦不烦！"

"啊——"伴随着"哐啷"一声，顾筱柔痛呼一声。

顾筱柔手里的水果刀不小心划到自己的手背上，还好是刀背撞到，没有流血。

秦尧立即执起她的手检查："筱柔，你怎么样？"

顾行深看到顾筱柔手上刺目的红痕，眉头微蹙："小乔，筱柔也是好意！"

"没关系的，你们别怪小乔，是我自己不小心。"顾筱柔急忙忍着痛解释。

喃，筱柔永远是对的，可怜柔弱的，每个人都只会责怪她。

宫小乔默默背过了自己的手，掩去自己手上流血不止的伤口，方才顾筱柔手里的水果刀掉下去的时候，在她的手腕上划了一道深深的口子。

只是，所有人的注意力都在顾筱柔的身上，没有人注意到她。

她冷笑着看了顾筱柔一眼：“满意了？”

顾筱柔伤心地看着她：“小乔，你是不是对我有什么误会？”

“没有。”宫小乔斩钉截铁地回答。

“那你为什么这么讨厌我？”顾筱柔质问。

“就因为没有误会，所以才讨厌你。”

“小乔，为什么你会变成这样？我一直当你是我最好的姐妹啊！”顾筱柔悲愤地看着她，似乎不敢相信她会这么说。

宫小乔轻笑出声：“最好的姐妹会不知廉耻抢我的男朋友？”

第七章 当局者迷

到了医院，他停好车将她抱进怀里，她滚烫的一双小手揪着他胸前的衣服。

而此时，他也终于听清她说的是什么。

她说："深哥哥，我好难受。"

秦尧的脚步顿住，神色猛然一怔，但很快便回过神来，迅速抱着她进了走廊。

“小乔，闭嘴！”顾行深瞳孔一缩，立即呵止，语气甚至已经算得上严厉了。

秦尧别开头，微微握紧双手。

顾筱柔无措地摇着头：“小乔，你误会了，事情不是你想的那个样子！我一直以为你明白的，想不到你居然会这么想我！”

宫小乔扔下手里的衣服，站到她面前：“误会？好，那你说说，我怎么误会你了？”

“都别说了。”顾行深冷声开口。

“让她说啊！为什么不让她说？不是说我误会她了吗？趁着这个机会解释清楚不是很好吗？我倒是很想听听她要说什么！”

顾筱柔看了一眼秦尧：“小乔，其实，我跟秦尧一开始就互相喜欢了。”

顾筱柔刚说第一句话就已经让宫小乔死死握着拳头，连指甲都嵌进手心的肉里。

秦尧依旧不敢面对她，只是面色苍白地看着窗外。

顾筱柔悄悄拉住秦尧握成拳头的手：“只是当时我们都没有说出口而已。可是没想到你突然跟秦尧告白了，秦尧他不忍心拒绝你，所以才答应跟你在一起。因为你是我最好的姐妹，所以我不想伤害你，也一直压抑着自己的感情。”

三言两语，角色立即大逆转，她顾筱柔成了深情、悲情、纯洁、善良的女主，而自己成了棒打鸳鸯、不知廉耻的第三者？

宫小乔嗤了一声：“既然你不想伤害我，为什么不继续忍着呢？居然忍着忍着就忍到了秦尧的床上！”

闻言，顾筱柔脸色剧变，几乎站立不稳。

“小乔！”护妹心切的顾行深最先出声。

秦尧似乎也听不下去了："小乔，别说了。"

"怎么，不是觉得自己很伟大吗？有什么不能让我说的？"宫小乔提高嗓音。

她觉得自己快疯了，忍得快发疯了！她告诉自己这个时候不要冲动，因为讨不到任何好处。

可是，她承认自己修炼不够，终于还是无法再自欺欺人地忍耐。

在这方面，自己怕是永远也无法超越顾筱柔的水平。

顾筱柔靠在秦尧的怀里，泣不成声："我……我的身体一直不好，我也不知道我还能活多久，我只想……只是想……"

多么令人不忍心的理由。

如果她只是这样，或许自己还能够理解她的心情，同情她的遭遇，甚至自己会意气用事、脑袋发晕地把秦尧借给她！

可是，独独让她受不了的是，顾筱柔偏要以爱的名义，生生将她这个受害者打入迫害者的境地！

"既然如此，你擅自拐走我的男人四年照顾你，现在你的身体没问题了，对吧？作为不忍心看我受伤的好姐妹，是不是该物归原主呢？"

"可是秦尧喜欢的人是我，感情是不可以勉强的。"听着"我的男人"四个字，顾筱柔的情绪似乎有些激动。

"一边说着不忍心伤害我，一边又不停做着伤害我的事；一边要做出为了我压抑感情多伟大的样子，一边又要自私地说什么感情是不可以勉强的。"

无视三个人的脸色，宫小乔一把拉住秦尧的手："早就互相喜欢？那年秦尧用这只手拉着我，说喜欢我的时候，你甚至还没有转校到崇明中学！那时候他说我太小，要等我长大才可以跟我在一起！我等不到，所以黏着他提前兑现承诺。"

顾筱柔的身体剧烈颤抖着，死死捂着胸口，顾行深急忙去扶住她："小乔，别说了！"

宫小乔逼近一步："顾筱柔，现在你告诉我，你们早就互相喜欢！

告诉我，有多早？与其用这个可笑的借口，不如承认你们的背叛！我信任你，把你当作我最好的朋友，毫不防备地让我最珍视的人一起照顾你，可是你呢？你是怎么对待我的？”

最珍视的人……

“够了！”顾行深的眸子布满森寒的阴鸷，脸色阴沉得吓人。

“不！不是这样，不是这样的！秦尧喜欢的一直都是我！”

宫小乔已经完全失去了理智，她像愤怒的小兽一般一边步步朝着顾筱柔逼近，一边嘶吼着：“我受够了！到底谁是谁的第三者？谁背叛了谁？分明做了那种事，偏偏还要在我面前做出姐妹情深的样子，你难道不会觉得恶心吗？真是人至贱则无敌……顾筱柔，你还能再无耻一点！”

“不！不是……我不是。”顾筱柔满脸泪痕，踉跄着步步后退。

“我说，够了！”顾行深一把扼住宫小乔的手腕。

她顿住脚步，顾行深正好按在了她的伤口上，手腕上剧烈的疼痛彻底令她清醒过来，也将她的心死死钉在了冰窟里。

顾行深：“道歉！”

“不。”宫小乔抬头，眼睛一眨不眨地直视着他。

顾筱柔站在一旁，神情无措地道：“可，算了。”

“小乔，道歉。”顾行深重复了一遍。

不知过了多久，宫小乔漆黑的眸子定定地看着他：“顾行深，你确定要我道歉吗？”

顾行深对上女孩寒潭般死寂的眸子，一瞬间无法开口。

宫小乔点点头：“好，我知道了，我道歉。”

“小乔。”看着女孩死寂的表情，秦尧双拳紧握。

“顾筱柔，对不起。”她低低地说，语气平静。

说完，她顿了顿，继续开口道：“顾行深，我这句道歉，不是因为我错了，而是因为让我道歉的人是你。”

宫小乔说完，挣开顾行深的手，再没有看他们一眼，衣服行李也都没有拿，就这么拉开门走了出去。

一室安静。

“哥，你不该对小乔这么凶的。”

“你去休息一会儿。”顾行深扶着她坐下，神情看不出喜怒。

那句“因为让我道歉的人是你”，如同一记重锤，砸在他的胸口。

“哥，血！你的手！”顾筱柔突然看着顾行深的手惊慌地喊道。

顾行深怔怔地看着手上的血迹。

为什么有血？他的手上没有伤口，不是他的血，那是……

“是……是小乔的血！刚才的水果刀好像不小心伤到她了！”秦尧满脸惊慌地回过神来，“小乔晕血！”

宫小乔以最快的速度冲了下去，离开了那个让她呼吸都会觉得恶心的地方。

口腔里有被她生生咬破的血腥味，手掌上似乎有液体流动，她摊开那只捂着手腕的手掌，手上沾满流动着的鲜红。

顿时，头晕目眩的感觉铺天盖地而来。

宫小乔强忍着晕眩，踉踉跄跄地往前走。

她这副样子，能去哪里？

学校不可以，更不能让小静看到，租房的钥匙丢在顾行深那里……她竟然连一个去处都没有，只能漫无目的地前行。最后，她终于在公园的角落里晕了过去。

现实证明，并不是每一个落难的灰姑娘都会遇到王子。

她晕倒在公园里，从早晨一直躺到夜幕降临。因为晕倒的位置比较偏，竟一整天都没有人发现她。醒来的时候，她的手脚冰凉麻木，全身无力，根本无法站立。

彼时宫小乔并不知道，在她昏迷的这十多个小时里，外面已经找她找得天翻地覆。

手机落在公寓了，连求救都没有办法。宫小乔静静地倚着冰冷的石柱，一点点地慢慢活动身体。

这个世界上，她还能依靠谁?

能相信的，只有自己；能依靠的，也只有自己。

等到四肢不再麻木之后，宫小乔努力地站起来。她走出公园，打的去了租房的地点，还好她有在贴身口袋里放钱的习惯。

幸好昨天她闪电般地把这间房子租了下来，因为这里很久没有人住了，需要通风，临走的时候，她把窗户打开了。

还好租的房在一楼，否则现在的她根本没有体力爬那么高翻窗进去。

宫小乔笨拙地爬进去，摔在地上，几乎想就此睡去不再起身。

最后，以免自己死在这没人的屋子里，宫小乔还是起身开了暖气，去浴室洗了个澡，烧了热水，冲了一杯板蓝根喝掉，灌好热水袋放到床上，把昨天带过来的被子搬到床上，然后整个人像虚脱一般缩进被子里，迅速睡了过去。

就算再难过、再痛苦，也不可以随便伤害自己，因为没有人会心疼她。

她不能懦弱、不能倒下，她要好好的，好好地活着。

深夜，宫小乔还是发烧了。

有些伤看不见，却比可见的伤更难以治愈，一旦被再次揭开，会立即摧毁她身体的抵抗防线。

她从来没有这么委屈、这么想哭。即使是四年前，她也只有恨和绝望。

第一次，她的噩梦里不是秦尧，不是顾筱柔，也不是妈妈，而是顾行深冷漠的眸子。

“我说，到底发生什么事了？老大为什么到处找小狐狸？”沈乐天刚从顾行深的“魔窟”里逃出来，惊魂未定，气喘吁吁地问。

秦尧沉默不语，顾筱柔只是不停地说“都是我的错”。

“该找的地方都找过了！”唐誉挠了挠头，“不过，听她的室友说，她昨天出去找房了，好像是准备搬出去住。”

“她租房的地方我刚刚才去看过，根本就没有人。”冷静又急又怒。

那两个人到底又对小乔做了什么？

如果仅仅是因为他们，事情不会弄到小乔失踪这么严重，她能肯定这事绝对和顾行深脱不了关系！

冷静的性格过于好强，近乎孤僻，从小到大她都没有什么聊得来的朋友。在别人的印象中，她过于冷艳孤傲，给人一种强烈的疏离感，令人不敢亲近，虽然她内心其实并不愿意如此。

除了死缠烂打的唐誉，小乔是她最好的朋友。

她也不明白她和宫小乔这样性格南辕北辙的两个人怎么会一见如故，或许是因为小乔的身上有她内心所渴望、向往的亲和力与让人温暖、快乐的力量。

对于秦尧和顾筱柔的背叛，她甚至比小乔还要愤怒！

如果不是他们，小乔也不会变成那样。

冷静从没有像此刻这样恨自己，难道自己永远只能这样眼睁睁看着，当她遇到伤害的时候什么都做不了，甚至还要一起去做伤害她的事情？

她理解小乔为什么要跟自己绝交，她根本不配做小乔的姐妹！

就因为自己的无能为力，小乔才会推开自己，才会一个人去面对一切！

到底该怎么做，她要怎么做才能帮到小乔？

“你怎么知道没人？”秦尧忽然问。

“哥哥说小乔的钥匙还落在公寓里。”顾筱柔回答。

冷静一脸疲惫：“我也问过房东了，小乔并没有去找她要备用的钥匙。”

秦尧沉吟片刻，突然急急跑了出去。

“秦尧，你去哪儿？”

顾筱柔话未说完，秦尧已经开车离开，甚至一句话都没有跟她说、没有跟她交代，就这样当着她的面，为了小乔心急如焚地离开。

秦尧找到了冷静提供的地点，他并没有去敲门，而是直接绕到窗户后面，试探性地用力一推，窗户果然开了。

虽然没有开灯，屋里一片黑暗，可是秦尧的心瞬间放了下来，他知道她在这里。

可是，先后那么多人来敲门，为什么里面都没有一点动静？

他又惊慌起来，急忙摸索着去开灯，却不慎撞到玻璃茶几尖锐的一角，小腿一阵锥心的疼痛。

打开屋里的灯，他终于看到遍寻不着的人此刻正躺在床上。

秦尧压抑着呼吸，紧张地靠近，生怕这是幻觉。

宫小乔的半张脸被掩在被子里，双颊浮着病态的红晕，眼角犹有未干的泪痕，枕边已经湿透了。

她那样安静地躺在那里，安静得让他心慌，只有随着她的呼吸小幅度上下起伏的被子才能让他安心，知道她只是睡着了。

“小乔，小乔醒醒！”秦尧试探着去摸她的额头，果然好烫，她嘴里说着呓语，人都烧糊涂了。

秦尧迅速拿起一旁的外套给她穿上，准备送她去医院。她似乎察觉到有人，嘴里不清不楚地咕哝着什么。

秦尧没有多注意，直接将她打横抱起，飞快地放进车里开向医院。

到了医院，他停好车将她抱进怀里，她滚烫的一双小手揪着他胸前的衣服。

而此时，他也终于听清她说的是什么。

她说：“深哥哥，我好难受。”

秦尧的脚步顿住，神色猛然一怔，但很快便回过神来，迅速抱着她进了走廊。

“你回去吧！这里我会照顾。”

木无邪面无表情地看着正守在宫小乔床边的秦尧，下了逐客令。

今天他在医院值班，没想到竟然会遇到高烧不退的小师妹，而送她过来的不是顾行深，是秦尧。

他虽然不知道发生了什么，但是直觉不可能是秦尧好心送生病的小乔来看医生这么简单。

“我要留在这里。”秦尧的视线一刻都没有离开床上的宫小乔。

“我想小乔不会希望醒来之后就看到你。”木无邪说的话并不客气。

虽然平日里他对谁都很温和，看起来似乎很无害，可是对于原则性的问题他还是不会让步的。

秦尧面色一僵，沉默片刻，终于还是站起来，担忧而不舍地看着她：“我知道了。”

只是他准备离开时，却发现自己的手依旧被她紧紧搂在怀里，怎么也抽不出来，而他稍微一使劲，便看到她眼角的眼泪像断了线的珠子一般无声流淌。

那一瞬间秦尧就决定了，不管木无邪再怎么阻止，他都绝对不会离开她半步。

就算……就算她只是把自己错认成别人。

而这一次，木无邪没有坚持，只是看着宫小乔睡梦中布满泪痕的脸无声叹息。

秦尧很快就接到了顾筱柔的电话：“秦尧，你在哪里？”

秦尧的右手依旧被宫小乔像宝贝一样搂在怀里，他用另一只手拿着手机，回答：“公司有点急事，我正在处理。”

“你不是去找小乔吗？”顾筱柔有些惊讶地问。

“不是。怎么样？小乔找到了吗？”秦尧淡淡地问。

“还没有……哥虽然没说什么，但是好像很着急。都是我不好，要不是因为我，哥也不会……”

秦尧打断她的话：“事情已经过去了，再多说也是无益。别操心，你再担心也帮不上忙，交给顾行深去处理就好。”

“秦尧，你不担心吗？”顾筱柔犹豫着问。

“我已经没有资格了。”

第二天早上。

"我不打针。"宫小乔第三次重复。

秦尧和木无邪头疼地看着病床上完全不肯配合的病人。

不过木无邪丝毫没有不耐烦的迹象，依旧耐心十足地劝着："佛曰……"

宫小乔终于受不了了，迅速从被子里探出脑袋："秦尧，你去把木无邪的嘴堵住我就打针！"

秦尧："……"

木无邪："……"

不管怎样，小乔总算是同意打针了。

宫小乔一脸郁闷地趴在床上，捂着屁股，床头花花绿绿的是秦尧刚刚买回来的一大堆零食。

不过，她不敢多吃，因为怕大师兄又念叨。

悟空同学最怕什么？最怕他师父唠叨！而宫小乔最怕的是大师兄唠叨。

秦尧的手机频繁地响着，他每次都是简单的几句"知道了，我在忙"或者"小乔还没有找到吗？好的，有消息通知我"。

他为什么要撒谎，而且还丝毫不避讳在她面前撒谎？

宫小乔不去问，秦尧也不解释。

两人都不说话，他一整天尽忙着去给她找各种吃食了，她就坐在那儿吃。

小护士说了，真没见过胃口这么好的病人。

小乔醒来之后，秦尧就一直担心她的状态，可没想到的是，她醒后一切如常，就好像什么都没发生过，正常得不能再正常了。

病房里又响起了手机铃声，这次不是秦尧的，而是大师兄的。

"嗯？为什么这么问？没有，她没事。"

"大概是手机丢了。"

"因为她人就在我这儿。"

"她发烧了。"

“好。”

“不过十一在生病，你别烦她。”

“不行，你要是不答应我不会让她接。”

“我挂了。”

“你要保证。”

“认真一点！”

“可以了。”

木无邪总算把手机转交给了宫小乔：“是金沐璘。”

宫小乔完全能够想象到电话那端的二师兄被大师兄念叨得崩溃爹毛的可爱模样。

电话那端的金沐璘咋咋呼呼：“小乔，你没事吧？是不是真的啊？以你那雄壮的体魄居然也会发烧？”

雄壮……

“注意你的措辞。”宫小乔语气严肃。

“说真的，小乔，你到底什么时候来啊？我一个人好无聊！”金沐璘蔫蔫地说。

“那么多美女陪着，你有什么好无聊的？”

“才没有呢，那些女人可没意思了，一百个美女都没有小师妹一个有趣！”

宫小乔嘴角微抽：“你当我是马戏团的猴子吗？”

“小乔，就算你是一只猴子，那也是齐天大圣级别的啊！小乔，你快来吧！快来吧！来吧！来！来我怀里或者让我去你心里。”

“抽的什么疯呢，八戒！”

金沐璘最不能忍受宫小乔叫他八戒。在金沐璘暴走之前，她及时转移话题：“说正事，女主的事情怎么样了？”

“你走之后又来了好几批试镜的演员，不过你放心，不论是身材、后台、演技，都没一个比得上我家小师妹的！导演和制片那边都定下了，最后给编剧过目一下就行。不过编剧临时有事，你的面试要推迟。”

后台……指的是他这个同门师兄吗？

宫小乔无语，这人夸她的时候都不忘自恋一下。

“那你不早说，还催我快点去？”

“可是我真的很无聊啊！”

金沐璘还要说话，手机却已经被木无邪没收了：“十一，你该休息了。”

“木无邪！木无邪！我的话还没说完呢！你就是那棒打鸳鸯的法海！小师妹，你一定要快点来哦！来哦——”金沐璘依旧在那儿锲而不舍地喊。

“你什么时候跟他联系上的？”木无邪问。

他觉得金沐璘很不靠谱，所以很不放心小师妹跟着金沐璘混。

“上次去D市参加海选的时候，二师兄把我推荐给那个导演了！其实我不太喜欢《天下无魔》这部剧，我去参加海选，只是想跑个龙套，赚点外快，混个脸熟而已。可是，既然事情已经发展成这样，现在放过这个机会未免太可惜了！”

“为什么不喜欢？”出声询问的是秦尧。

“看君逸尘不顺眼。”宫小乔回答。

秦尧沉默了。

木无邪建议：“既然你不喜欢就不要接了，而且，你不是想靠自己努力吗？金沐璘做事太不成熟，这样就算把你捧上去了，你的根基也不会稳！”

“无所谓了，能尽快成功就行，有捷径我为什么不走？”

“小乔。”木无邪无法赞同地蹙起眉头。

宫小乔乖巧地一笑：“大师兄，我自己心里有数的。”

这边刚完，秦尧的手机又响了起来。

真是此起彼伏！

“好吵！”宫小乔抱怨。

秦尧本要接听，听她这么说，立即按了拒接并且关机。

“你准备在这里待到什么时候？”宫小乔问。

秦尧说：“等你病好了。”

宫小乔抱怨：“可是你在这里晃很碍眼，会影响我康复。”

秦尧垂下眸子：“抱歉。”

“当初背着我跟顾筱柔在一起，现在又瞒着她来照顾我，你是来跟我显摆你有多摇摆不定的吗？”宫小乔嘲讽。

“对不起。”秦尧依旧只是垂眸道歉，像一个做错事的孩子。

“那我走了，有木医生在这里，我确实太多余。你好好休息。”秦尧把蜜饯放到她手里，又把削好的苹果放到桌上，他走了几步又折返回来，把她制造的垃圾带出去，然后才转身离开。

木无邪扫了眼她四周各种各样的吃食，她怎么就没嫌这些零食碍眼？吃水还不忘挖井人呢！

对于宫小乔无理取闹的恶劣态度，秦尧竟然始终都是百依百顺、温柔如初。木无邪甚至要怀疑他是不是还对宫小乔余情未了。

“十一，你跟秦尧到底是怎么回事？他似乎对你还有感情，而且并不仅仅是愧疚这么简单。”木无邪分析。

“哦。”宫小乔不客气地拿起苹果就吃，苹果还是热乎的，秦尧削之前用热水泡过。

啧，还真是无微不至。

木无邪用病历本轻砸了她的脑袋一下：“哦是什么意思？你最好跟他说清楚，别再把自己扯进去！”

“嗯。”宫小乔摸摸头，模糊地应着。

木无邪无奈地扶额，真是一个让人不放心的家伙！

“冷静打过很多次电话来问我，你的行踪，连她也不可以说吗？”木无邪问。

“我暂时不想见任何人。”

看着宫小乔面上死灰般麻木的神情，木无邪眉头紧蹙：“小乔，到底发生了什么事？”

秦尧在的时候还好，但是秦尧刚一离开，他立即发现她不对劲，尽管她掩饰得很好。

“没什么事。”宫小乔依旧回避问题。

“你只需要告诉我，你手上的伤是秦尧还是顾行深弄的？”

除了刀口的伤之外，更严重的是外力又扩大了伤口。

宫小乔挑眉问：“你怎么不猜顾筱柔？”

“她如果那么笨，当初也不可能从你手中抢走秦尧。更何况，如果是她，你一定会还手，而不是像现在这样一副受了委屈还要忍气吞声的样子。”

宫小乔做惊讶状：“我说大师兄，你还俗这几年都快成情感专家了！”

“少贫嘴！”

这世上能让她宫小乔受了委屈不反抗还忍气吞声的，除了已经去世的妈妈，还能有谁？

顾行深，你不过仗着我对你舍不得，不忍心，离不开……

总有一天，我会将这些你给我的软弱从骨髓里一一剔除！

顾氏集团。

沈乐天一早上都黏在冷透后面团团转：“二哥二哥，老大不是说这个月要把我调去非洲的吗？怎么还没动静？你能帮我去催催吗？”

冷透推了推眼镜：“你认为他现在有空管你？”

沈乐天又不死心地蹿到另外一边：“三哥三哥！人事调动这块归你管，你直接帮我批了吧！批个三五年，一两年也可以啊！”

盛宇直接抬腿踢了他一脚：“德行，这时候你居然想着一个人逃！”

“你们说，如果我这时候再去气一下老大，老大会不会直接把我调到爪哇国去？”沈乐天无比美好地憧憬着。

冷透轻嗤一声，淡淡地道：“天国倒是有可能。”

沈乐天终于小宇宙爆发，来回暴走：“每次都是这样，每次都是这

样，每次都是这样！我都快被这两个人折腾疯了！老大既然这么在乎小狐狸，直接把人娶回家，名正言顺养着就是了！家暴完又来公司冷暴力我们做什么？”

这些事儿，他们几个心里自然是有数的，不过谁都不敢明说，也不能明说。因为这是顾行深的禁区，大家心照不宣的八卦禁论区，踏进去就是死。

沈乐天说完，也意识到自己冲动说了不该说的话，后怕地噤了声，但嘴里还是不死心地碎碎念着：“冷暴力什么的最恐怖了！每次他们俩一吵架，老大都会心情极差，光看着他那张脸就能让我弱小的心灵受到巨大的创伤！我这两天每天晚上做梦都能看到Boss阴森森的脸，你看我皮肤都变差了！”

盛宇扫了眼沈乐天那张酷似纵欲过度的脸，沉吟着摸了摸下巴：“真是搞不懂！其实我一直怀疑一件事，老大是不是喜欢小乔啊？”

冷透睨了他一眼：“你想去天国跟老四做伴？”

盛宇讪讪地笑：“也不能怪人乱想啊！老大那种冷血的性格，却那么溺爱妹妹，简直溺爱到了快变态的地步，你们难道就不觉得奇怪吗？”

沈乐天附和：“就是，他这次居然还为了顾筱柔对小狐狸那么凶！我都看不过去了！小狐狸真挺可怜的！那件事确实是顾筱柔做得不厚道啊！”

冷透淡定地浅酌一口普洱：“都别乱操心，这些年老大跟小乔闹过多少次，你们又不是不知道。最严重的一次，老大命都差点没了，那丫头依旧无动于衷自闭、自残、自虐，老大前脚说再也不会管她，结果还不是说完就忘在了脑后，照样宠着她！”

“唔，话是这么说。老大对小狐狸是好，可这次没理啊！是顾筱柔夺人所爱在先，老大却不帮着小狐狸，还动了手，多伤人心啊！想想都委屈！”沈乐天为可怜的小狐狸掬了一把同情泪。

“没办法，顾筱柔毕竟是亲妹妹，老大总不能帮着外人。”盛宇表示理解，这也是没办法的事。

对于盛宇的话，冷透嘴角微勾：“我倒不觉得。我问你们，如果你们有个女儿……”

沈乐天立即插嘴：“我可没女儿！”

“只是假设而已，你这么心虚做什么？”冷透瞥他一眼。

“我……我哪里心虚了！”沈乐天奓毛。

盛宇轻笑着揶揄：“都结巴了还不心虚？你不会是在外面处处留情，惹了什么风流债吧？”

“如果我有个女儿怎样？”沈乐天愤然扯回正题。

“如果你有个女儿，跟别人家的孩子吵架了，你作为父亲会怎么做？”

沈乐天积极回答：“这个我最了解，小时候闯了祸，不管对错，我爸肯定先揍我，然后跟人家道歉。”

冷透点头：“这就是自己人和外人的区别。”

沈乐天一脸迷茫：“不懂，太深奥了！”

“二哥是说，其实老大是把小乔当成自己人，这不太对吧。”盛宇犹豫着得出结论。

沈乐天抽了抽嘴角：“二哥，你的推论一如既往的异于常人啊！”

“我只是喜欢换一个角度探究问题而已。”

“喀，虽然小狐狸也没少摧残老大啦，但我还是觉得这次的情况特殊，两人和好的可能性不大。平时他们关起门怎么互相蹂躏、摧残都没关系，那是情趣！坏就坏在老大在顾筱柔面前偏了心。他这次是真的伤了小狐狸的心，小狐狸现在肯定恨死他了！”

“恨是一定的，你爸不帮着你还揍你那会儿，你肯定也恨死他了，恨得想换一个爸。”冷透并不反驳。

沈乐天连连点头。

“可是，父子哪有隔夜仇？是不是你爸打了你一巴掌，你就真的一辈子都不认他了？”

沈乐天抓了抓头发：“话是这么说，可是二哥，你这是把老大和小乔比作父女吗？我觉得你这句话比我和三哥的话加起来杀伤力都大！老大可是最介意和小狐狸的年龄差距了！”

闻言，冷透轻咳一声，他也失误了。

盛宇又接了一个电话，疲惫地揉了揉眉心：“截至刚才那通电话，从后勤部到设计部，各部门主管已经挨个来跟我诉苦了一遍！包括扫厕所的大妈，都紧张兮兮地来问我，我们公司是不是快要倒闭了，要不总裁怎么一张心如死灰的脸。”

沈乐天把转椅一推，探头探脑地看了眼对面“魔窟”里的顾行深，摇头晃脑地叹道：“啧啧，小乔一出，谁与争锋。谈笑间，Boss灰飞烟灭！”

“别显摆了，还是抓紧时间把人找到吧！”

“你们真以为老大不知道小乔在哪儿？”冷透挑眉。

“什么意思？”盛宇问。

“什么意思啊？”沈乐天也跟着问，“话说老二，我最讨厌你这副就你知道我们都不知道的嘴脸了！”

“没办法，智商问题。”

沈乐天：“……”

A大。

期末考试刚结束，考生陆续从考场出来。

守株待兔的顾行深终于看到了穿着一身水蓝色民国时期学生装的宫小乔，她似乎是刚考完话剧。

如果她诚心不想让他找到，就算他有通天的本事也找不到她。

可是他知道，不管发生任何事情，只要她没死，就不会错过任何一场考试。

外面正下着细雨，她和身旁几个女孩子都没有打伞，嬉笑玩闹着往雨里冲，脸上是和平常一样明媚的笑，丝毫看不出阴霾的痕迹。

他没有现身，那样的笑，就算只是伪装，他也不忍去惊扰。

过了一会儿，宫小乔换了衣服从寝室楼走出来，脸上戴着口罩，穿着一身大红色的风衣，很显眼。

顾行深侧身隐入树后。

他已经四年没有见她穿这样明艳的红色。

她很适合红色的衣服，小时候总喜欢穿得鲜艳，跳来跳去吸引他的注意："深哥哥，小乔在这里，这里！"

她说，这样深哥哥就会比较容易看到她。

那时候的小乔，总是用尽一切方法强化自己的存在感，她那么害怕被人忽视和遗弃。

不知道为什么，顾行深突然回忆起自己离开去美国留学那天，小小的人儿也是一身红衣站在机场，死死扯着他的衣角，神情倔强，眸子里满是恐惧。

当初去美国的时候，他从未想过会有这样一个人出现代替自己，可是这个人真的出现了。

顾行深一路跟着她来到了城郊的陵园。

墓碑旁放着大束白玫瑰，花瓣上沾着雨滴，看起来还很新鲜，似乎不久之前有人来过。

宫小乔见了，立即愤怒地冲上去把那束花扔掉，然后从口袋里掏出一株小小的紫黑色花朵放在墓碑前。

竟然是……黑色曼陀罗。

绝望的爱，不归之路，复仇。

他一直以为这些年他多少已经治愈了她的心，可是那株小小的花似乎在嘲笑着他所有的努力。

顾行深的脑海中又浮现那天的情形。

她一字一句说着那些他不在的日子里，她和秦尧的曾经，她和秦尧的海誓山盟。她为了秦尧痛不欲生，为了秦尧歇斯底里，为了秦尧心碎神伤。即使已经过了整整四年，秦尧一出现，他之前所做的一切努力瞬间就灰飞烟灭。

不知道从什么时候起，他们之间每一次吵架，每一次战役都是因为秦尧。

“秦尧”这两个字，就像是他无法挣脱的梦魇。

或许是当局者迷，顾行深并不知道，在宫小乔的角度，每次引起战争的直接原因根本不是秦尧，而是顾筱柔。

她在乎的是他不管什么情况下都偏着顾筱柔，而他介意的是时隔四年，她依旧为了秦尧如此失控。

那天她离开之后，他发现了那张用粉色蝴蝶结系着的特殊卡片。

小小的卡片乖巧地躺在那里，瞬间颠覆了他的一切原则，让他前所未有地悔恨！

后悔让她委屈的，一切的一切……该做的，不该做的；对的，错的。

他原以为她跟自己闹脾气，真的忘了他的生日，却发现了这张没有来得及送出去的卡片。

这张那天她很宝贝的不许筱柔碰触的卡片。

卡片是空白的，上面什么都没有写。

空白卡片，代表一个他任意想要的礼物。

她总是有办法让他感动到心都疼痛。

第八章 决裂

“对不起，要我怎样你才肯消气？”

宫小乔终于抬起了头：“我只有一个要求。”

顾行深说：“你说。”

宫小乔的目光让他觉得前所未有的陌生：“别再插手我的任何事情。”

静谧的墓地里，宫小乔打着黑色的伞，穿着鲜艳的红衣，显得有一丝诡异。

“妈妈，小乔今天好不好看？”她蹲下身子，脸贴在冰冷的墓碑上，神色温柔。

她明明不想哭的，可是一放松下来，眼泪便完全抑制不住地开始往下坠落。

她懊恼地埋着头，双肩颤抖：“唔，怎么回事，明明不想哭的！”

“可是，妈妈，小乔好难过，好难过。”

“所有的人都欺负我，我好恨……好恨。”

她依恋地抚摸着墓碑上妈妈的照片：“妈妈，我好想你能抱抱我，好想听你骂我几句，打我也好，可是再也不能了。”

“对不起，对不起，那天我为什么要对你说那样的话，让你带着那样的伤心离开？”

四年前，她疯了一样推开追上来的妈妈，对妈妈嘶吼着：“你从来没有养过我，有什么权利管我！”

那是她这辈子最后悔说的一句话，让她悔得痛彻心扉。

宫小乔死死握着拳头：“我从来没有恨过你，我知道你的苦衷，我相信你说的话。我一直都明白，你是爱小乔的，你只是不能要小乔。”

她仰着头，试图止住眼泪：“你们都爱我，可是你们都不能要我。”

“都不要我……”她哭泣着跪靠在墓碑旁，身体颤抖着，时不时发出剧烈的咳嗽声。

不远处，一双沾了泥泞的鞋子掩映在枯萎的草叶里，雨水打湿了他的肩头。

过了很久很久，宫小乔依旧保持着那个姿势没有动，他才担忧地走上前去，却发现她闭着眼睛，疲惫地睡着了。

“傻丫头，为什么要让人这么心疼？”顾行深小心翼翼地将她揽进怀里。

一句爱却不能要，令他心如刀绞。

她的发上还残留着医院药水的气味，刚才又一直在咳嗽，肯定是病了。

这丫头的皮肤一向很嫩，夸张点形容就是吹弹可破，稍微碰下都会留下痕迹。

怎么就失控了呢？

她见了筱柔和秦尧失控，为什么连自己也要跟着失控？

顾行深执起她的手，看到她除了手背上吊水扎的针孔，还有手心里被指甲弄出的伤和手臂上刺目的伤口。

顾行深眉头紧蹙，坐了下来，背对着风雨将她安置在怀里，让她以舒服的姿势睡着，然后从她的外衣口袋里掏出钥匙串，上面挂有绿色青蛙卡通形状的指甲钳。

顾行深握着她依旧有着婴儿肥的嫩白小手，小心地为她修剪指甲，认真的模样似乎是在做着无比神圣的事情。

如果那张空白卡片没有过期还有效用，他只想换一个原谅。

可是，小丫头现在一定恨死他了吧！否则她怎么会一声不响地消失，将他的心吊在半空里凌虐。

虽然见到她时她是笑着的，可是他知道她只是一直在强撑着，只有在这里才能得到片刻发泄。

才几天不见，宫小乔就病得这么厉害，她的小脸苍白，下巴都瘦尖了。

她分明知道，她最能做到的、最能伤害到他的事情，就是伤害自己。

顾行深贴近她的唇，顿住后，最终只是移到额头，落下蜻蜓点水般的吻。

会议室里。

“老大到底去哪儿了？”沈乐天郁闷地翻着非洲那个项目的草案，正准备再努力争取一次去美好的非洲大草原，可他早早来了公司，却发现顾行深居然不在。

冷透抿了一口茶，劝道：“你最好三思而后行。”

沈乐天正要问他是什么意思，盛宇匆匆走了进来，将刚才收到的传真递给两人。

“老大一直让咱们查的那个人有消息了。”

“哟！霍彦东！这家伙几年不见怎么肥成这样了？”沈乐天看着照片上满脸富态，挺着大肚子，身边美女环绕的中年男人，不禁发出感叹。

“想不到他居然还敢回国。”盛宇叹道。

“老大的意思是？”沈乐天问。

“往死里整。”盛宇回答。

沈乐天困惑地问：“这人跟老大到底是什么恩怨？怎么把人逼出境了不算，还要一直死咬着不放？简直比人民警察还敬业啊！”

“谁知道，老大从没说过原因。”盛宇耸耸肩，“不过霍彦东那老贼行事阴险歹毒，而且完全不讲江湖规矩，黑白两道名声都极差，整死了也是为民除害。”

“以我的经验来看，会不会又是因为小狐狸？”

“顾筱柔也有可能。”

“啧啧，我发现宫寒念还真是可怜，老大身边最重要的两个女人，她貌似一个都没排上。”沈乐天吐槽。

“在老大身边这么久了，如果是因为筱柔或小乔，没道理我们会不知道，他也没有隐瞒的必要。”冷透推翻两人的猜测。

“不管是为谁，反正肯定有仇就对了！那二哥，这事儿现在要跟哥说吗？”沈乐天请示。

好吧！他承认，在智商方面他确实不如这个排行第二、但脑子绝对不二的家伙。

“为什么不说？正好可以转移一下老大的注意力。”冷透做出决定。

两人附和地点头。

“可是，谁去说呢？”

沈乐天和盛宇面面相觑，然后同时看着冷透。

冷透拿起电话说：“找唐誉。”

“够阴险！”

顾行深回来的时候，四个人都惊了！冷透大跌眼镜，其他三人大跌下巴。

过了好半晌，沈乐天才干笑：“哥，你这身……咯……可真嫩。”

唐誉不住地点头：“美少年！小乔最喜欢的那种！”

难得他们老大为了讨好小乔居然不惜自毁形象！

其实，顾行深只是为了在学校比较方便才换的这身比较休闲和学生气的衣服。

不过，唐誉那句话却引起了他的注意，小乔似乎是喜欢这一类型的男生。

自己果然是老了。

303寝室里。

宫小乔伏在桌子上伤心泪流：“到底是哪个浑蛋，浑蛋！”

她只是去扫墓了而已，不知不觉睡着了，一觉醒来竟然就发现她精心打理的十个指甲都被剪没了。

温雅一脸同情：“小乔，别伤心了，以后还会有的。”

尹熙娣摊开两只手：“不就是指甲嘛！我也没有啊！”

这陵园里到底有什么变态的鬼，居然有吃人指甲的怪癖！

宫小乔看着一排被修得齐齐整整的指甲依旧百思不得其解，鬼啃的应该是凹凸不平才对啊。

“我说你们几个，从刚才起就一直在搔首弄姿，春天来了？”宫小乔嫉妒地看着叶梦沁漂亮的指甲。

叶梦沁吹了吹指甲油：“可不就是春天来了！”

尹熙娣神秘兮兮地道："小乔，这几天你没来学校不知道，有大事件啊！"

"那得多大的事件？连梦沁都赶回来了。"

"那个顾氏集团你知道吧？"尹熙娣问。

宫小乔心里咯噔一下："唔，当然知道，怎么了？"

韩樱奈飞速蹿了过来，满脸兴奋的红晕："明天元旦晚会的嘉宾顾氏CEO会出席哦！是活生生的顾行深！嗷嗷嗷！"

"奈奈，你不是对大叔级别的男人不感兴趣吗？"宫小乔无语。

"别提了，昨晚我们人肉搜索的时候，奈奈看到了顾行深学生时期的照片，从此一发不可收拾！"尹熙娣摇头叹道。

"学生时期的照片？"

"这里这里！有美人大家一起分享！乔哥哥过来看！"

宫小乔凑过去，看到了那张被韩樱奈做了个花里胡哨的边框包围在里面的照片。

照片里的顾行深一条腿屈膝靠着大树，目光所落之处竟是一个粉嫩可爱的小女孩。

"看那清冷的气质、宠溺的眼神，最重要的是总攻的强大气场！啧啧，我准备把这张照片设置成桌面！"

宫小乔翻了翻白眼："能不能别这么花痴！"

"其实，相比顾行深，我倒是对这个小女孩更感兴趣。"一旁的温雅说。

尹熙娣点头："会不会是妹妹啊？"

韩樱奈大惊失色："不会是私生女吧？"

众人沉默。

外面雷电交加，下着暴风雨，A大的大礼堂里却如火如荼，大家的热情丝毫没有受天气影响。

元旦晚会，宫小乔不仅参与了本系的节目，还因为欠学姐一个人情，客串了服装设计部的走秀。

整个元旦晚会光彩排就来来回回十几次，而且是校领导亲自到场监督，确保每一个细节都做到尽善尽美。

元旦晚会往年都是学生自己组织，领导到时候出场露个脸就行了，什么时候有过这般亲力亲为的举动。

这架势，简直比重要领导人会晤还夸张。

宫小乔一边在心里叹着腐败啊腐败，一边往脸上一层层涂上厚厚的粉，总算可以遮掉脸上的伤。

服装设计部的那些鬼才们这次可不敢再像圣诞晚会一样胡闹。

此次展示的作品都是高格调、高品位的，那帮家伙甚至因此嫌弃宫小乔的身材太好，穿不出那种超凡脱俗的感觉。

哼！她义务帮忙，他们居然还敢嫌她俗气！那他们干脆找一个男人男扮女装好了！

得知顾行深会来参加元旦晚会的消息之后，宫小乔的心情就一直很烦躁。一想到自己要站在台上卖力表演，他众星捧月地坐在下面观看点评，她就觉得心里特堵。

她知道顾行深对A大有数目不小的赞助，可这种感谢性质的晚会他随便找个人过来走个过场就行了，为什么偏偏要亲自跑来呢？还是在这个节骨眼上！

怨不得她多想，这也实在是太巧了！她总觉得他是在故意找她麻烦。

在加班加点的魔鬼式彩排下，她总算是熬到了第二天的元旦晚会。

今年晚会的门票简直是一票难求，除了学生会的成员可以凭证入场，每个班级只分配了十个名额。

晚会还没开始就里里外外出动了十几个保安，并且有电视台记者全程拍摄。

A大的表演系一直很有名，元旦演出不仅会有不少小有名气的小明星出场，这次更是有顾氏集团的Boss镇场子，实在是很容易制造新闻。

一向低调的顾氏总裁此番居然如此高调出席大学校园的元旦晚会，会不会有某些特别的原因呢?

这无疑是很令公众感兴趣的八卦看点！好不容易得到学校采访许可的几个电视台记者早已整装待发！

随着一阵喧闹，顾行深终于在万众瞩目中入场，校领导客气地在前面引路。

A大那些疯狂的女生们素质还算不错，都拼命压抑住了直接扑过去的冲动。

晚会开始，先是主持人陈词滥调的开场白，然后是报节目。

主席上坐着校长，顾行深坐在校长旁边，一旁的领导和老师时不时跟他低声交谈着些什么，顾行深或颔首，或回应一两句，节目结束便象征性地鼓掌，神情似乎有些意兴阑珊。

直到主持人报幕——

“大家都知道，这几天A市持续降雨，接下来的这个节目相当应景。下面是表演专业50631班给我们带来的《水漫金山》。”

宫小乔他们系排演的这场戏确实非常应景，改编自中国古代四大爱情悲剧之一《白蛇传》。

光她们303寝室就有三个人出演了，并且是重要角色。叶梦沁出演白娘子，尹熙娣女扮男装出演许仙，宫小乔演的是小青蛇。

顾行深换了一个姿势，眸子明显亮了些。

一旁察言观色的正是这几天亲自负责彩排的系主任，见顾行深似乎很感兴趣，急忙适时在一旁跟顾行深介绍。

“扮演白娘子的是表演系才女，很优秀，最近刚接拍了郭导的《红装》，她的父亲是YH集团的董事长……”

顾行深也不知有没有在听，只是认真看着台上的表演，突然出声问：“小青呢？”

主任愣了几秒才反应过来，立即热情介绍：“宫小乔同学也非常优秀，学习相当刻苦，三年来每次都是拿一等奖学金。听说母亲早逝，曾经也是一个小有名气的演员。”

台上的小青默默跟在白娘子和许仙身后，专业地做着姐姐和姐夫的陪衬，时不时说一两句承接剧情的台词。

见顾行深的目光始终落在宫小乔身上，系主任低声加了一句："宫小乔同学特别刻苦，一心扑在学习上，大学三年连恋爱都没谈。"

明显能感觉到某道炙热的目光一直锁着自己，宫小乔有些头皮发麻，只想着赶紧结束表演。

突然，宫小乔注意到前排竟然开始陆续有同学激动地站到了椅子上。出什么事了？难道是他们的表演太精彩了？

渐渐地，前排站到椅子上的同学越来越多。不管，她还是专心演完再说。

"我不信！不信光明正大的爱情，敌不过那些人的私心妄欲！"

此刻，台上正好演到白娘子和小青立在云头做法发水。

下面的情节应该是众人大呼"水来了"，然后惊慌逃窜。不过，宫小乔没想到底下的观众们居然那么配合，立即有好多同学开始惊呼："啊，水来了！水来了！"

礼堂里越来越喧闹，老师们急忙去查看发生了什么事。

没过一会儿，老师气喘吁吁地跑了回来："不好了，进水了！"

老师话音刚落，后面就有一个小浪头跟着涌了进来。

大礼堂在负一楼，外面大暴雨，排水系统跟不上，水全顺着楼梯流了进来。

座位是阶梯式的，前排坐着的人最先被水淹到。

一开始还只是轻微的水量，后来要站在椅子上才能躲过，现在水越来越多，居然眨眼间就已经淹到了腰部。

宫小乔和其他演员站在舞台上，不约而同地停止了演出，纷纷走到舞台边往下看，不看不知道，一看吓一跳，这水都快淹没一米高的舞台了。

几个人无辜地面面相觑，这水可不是他们施法唤来的。

所有老师开始紧急出动，保安簇拥着顾行深准备护送他离开。

顾行深不动神色地站在原地，只说了一句："先组织学生离开。"

他一句话，瞬间镇住了场面。

“对对！同学们不要慌不要急，按照顺序离开！老师殿后！”

“太夸张了吧！礼堂居然被淹了！”尹熙娣哭笑不得。

叶梦沁也惊叹：“还真是水漫金山。”

尹熙娣这回角色转变，不当演员了，而是作为观众一脸兴奋地看着台下。

顾行深半个身子都淹没在水里，有条不紊地发号施令组织学生离开。

尹熙娣由衷赞道：“真看不出来顾行深居然这么Man，简直比我还Man！”

宫小乔：“……”

“怎么办怎么办，乔哥哥，人家好怕哟！”

宫小乔瞥了眼正死死挽着自己胳膊的韩樱奈，问：“你什么时候跑上来的？怎么不跟着大家一起走？再不快点，就你这身高，还不会游泳，待会儿你想出去都出不去了！”

韩樱奈委屈地抽抽鼻子，双颊有些红：“人家也想走啊！可是……可能人家的大姨妈也很仰慕顾行深，昨晚兴冲冲地提前跑来找我了。”

宫小乔满脸无语：“韩小奈同学，拜托不要乱用拟人句！”

台上的女生渐渐多了起来，不少都是和韩樱奈相同的原因。

宫小乔想着，还好自己没来大姨妈，可是她感冒还没好，大冬天的在水里蹚一遭估计也够呛。

水位越来越高，礼堂里面还好，楼梯走道那里的深度已经快到脖子了。还好人员已经疏散得差不多了，最后只剩下舞台上面挤着的十几个女生。

系主任大吼：“你们怎么还不走，快走啊！”

有女生小声道：“我们害怕那个……”

女生话未说完，就被系主任义正词严地打断：“你们这些个小女娃，平时就是太娇生惯养了！别人都能下水，你们怎么就不能！快点下来！”

这系主任一看就是想在领导面前显摆，宫小乔看着他就不顺眼，正准备反驳，一旁的顾行深轻咳一声："主任，她们是生理期，不方便。"

系主任一张脸顿时涨成了猪肝色。

宫小乔觉得真解气啊！

话说，顾行深，为什么你会这么了解呢？

这下，台上的女生看顾行深的目光更崇拜了，个个含羞带怯。

"小乔，怎么办啊，我不会要淹死在这里吧？"

韩樱奈居然规规矩矩叫她小乔了，看来是真的被吓到了。

台上一群受惊的小白兔顿时激起了宫小乔强烈的怜香惜玉之心。

"别怕，有我呢！"宫小乔一边安慰韩樱奈，一边抬头打量着礼堂。

宫小乔若有所思地拉了拉刚才吊着她和叶梦沁腾空施法的钢丝绳，又目测了一下舞台到楼梯的距离。

接下来，宫小乔做了一个惊人的举动。

宫小乔试了试那根钢绳的结实程度，然后利索地把钢绳在自己腰间绕了几圈，后退几步，助跑，一个用力，整个人在众目睽睽之下腾空跃起，一路贴着水面，直接从舞台飞到了阶梯上。

顾行深眼睁睁看着她飞过去，想要阻止已经来不及，只能无奈地扶额。没想到她胆子大到这个地步了，她也不想想万一失误掉下去了怎么办，她就没有一时一刻让他省心过。尤其是他回国之后，她不仅从少林寺学成归来，还交了男朋友，那时候她就已经渐渐脱离他的掌控。

"哇。"已经划上岸的学生纷纷惊呼，"传说中的女超人。"

"我们学校什么时候出了这种彪悍的人才？"

"我认识我认识，那不是表演系的宫小乔吗！"

"啊！她就是宫小乔啊！"

……

"小乔，你不要丢下我一个人啊！"

韩樱奈看着上面，已经快要哭出来了，此刻水已经漫过了她的小腿。

毕竟这种高难度动作可不是每个人都能完成的。

"奈奈，别怕，等我回来！"宫小乔说完，便把手里的钢绳交给尹熙娣，“帮我拿一下。”

“小乔，你太彪悍了！我错了，你才是最Man的女人！”尹熙娣瞠目结舌。

宫小乔飞速跑到学生部仓库，平时钥匙都是由她保管的，她记得里面有个充气的橡皮艇。

仓库就在大礼堂的后面，不到一分钟，宫小乔就拖着橡皮艇回来了。

宫小乔先自己坐上去，然后拉着钢绳，借力一点点朝着舞台接近。

“小乔，你是我的英雄！以后我要嫁给你！”韩樱奈夸张地抱住她。

顾行深已经不能言语了。这都什么室友！

宫小乔摸摸她的脑袋：“快上来吧！”

“不要，小乔，你先送她们上去吧！我等你一起走。”

“等着爷来接你!”

宫小乔把女生一个个送了上去，校领导、老师们本来还有些担心，直到看着最后一个韩樱奈也被安全送上岸才放下心来。

“呵呵，我们学校的学生还是很有能力的啊！”

最后只剩下顾行深他们了，眼见着水越来越高，顾行深还好，仅仅到胸部，其他稍微矮点的可就惨了，如果要回来，必须得游回来。

想象着一群平时西装革履的领导们在浑浊的水里游上来的场景，啧啧，宫小乔叹了一声，划着橡皮艇又下去了。

“老师，你们谁先上来？”

“顾总先，顾总先！”

“不必，你们先上去。”顾行深拒绝。

“这怎么行！”领导们推辞。

“顾先生，您不先走的话，老师们怎么敢走！”领导们附和。

顾行深看了眼那粉色的小小橡皮艇，显然还是不太愿意上去。

本来他还准备英雄救美的，为什么会是这个情形？

“这位先生，快上船吧！您都湿透了。”

顾行深闻言，面色黑沉，宫小乔神情悠然，似乎完全没有意识到有什么不对。

一波雨水突然涌来，橡皮艇开始剧烈摇晃，宫小乔吓了一跳。

但橡皮艇很快稳了下来，原来是顾行深伸手牢牢扶住了，然后一言不发地推着她往前走。

一直到把她护送上了岸，顾行深才站在那儿，全身湿淋淋的，朝她伸出手。

宫小乔微微垂下眼睑，并没有让他搀扶，自己跳下了橡皮艇。他收回手，没说什么。紧接着，老师们就陆续游了上来。

直到所有人都安全上来了，消防队才姗姗来迟。

雨一直不停地下，整个大礼堂已经完全被淹了。

有好事的学生大声喊着："素贞，别闹了！许仙他真的不在A大！"

顾行深被众人簇拥着离开了。宫小乔也跟室友一起回宿舍洗澡换衣服。

在食堂吃完夜宵，宫小乔正准备回去的时候，在门口看到了顾行深，而他身旁的女人竟然是叶梦沁！

两个人似乎聊得挺开心的，宫小乔什么也没说，绕道而行，刚走几步却突然被人拦住了去路。

叶梦沁已经离开了，顾行深不知什么时候站到了她面前："小乔，我们谈谈。"

"没什么好谈的。"宫小乔绕开他。

顾行深随即跟上去："伤还疼不疼？"

宫小乔沉默不语。

顾行深小心拉着她的手，想要查看伤口，她蹙着眉头抽回。

顾行深一脸无奈："你准备一辈子跟我冷战吗？"

见女孩依旧沉默着不说话，顾行深想要触摸她的头发，却被她躲开，他的手停留在半空中，轻叹一声："对不起，要我怎样你才肯消气？"

宫小乔终于抬起了头："我只有一个要求。"

顾行深说："你说。"

宫小乔的目光让他觉得前所未有的陌生："别再插手我的任何事情。"

顾行深的瞳孔微微收缩了一下，似有寒芒闪过，随即便化作深不见底的沉郁。

不知过了多久，就当宫小乔以为不可能的时候，终于听到他声音低沉地回答："可以。"

顾行深顿了顿，然后继续开口："小乔，我知道，我从来都不是你的什么人，也根本没权利管着你、束缚你。但是我也有要求，你不要伤害自己，就算要找男朋友，也要找一个真心对你的男人。"

宫小乔对上顾行深仿若能看透人心的目光，莫名地心头一颤，难道他知道她想做什么？

不可能……

同样让她惊讶的是，在这个问题上，顾行深之前从来没有妥协过，这次居然亲口说让她去找一个好男人！

看来，她这次的伤没有白受。

这时，一辆红色的汽车开了过来，在两人身边停下。

车上走下一个黑衣墨镜的男人，见了宫小乔就摘了眼镜，兴奋地黏过去："嗨！小师妹！"

"为什么你会出现在这里？"

"听说A大被淹了，我来陪小师妹水上泛舟！怎么样？感动吧！"

宫小乔："……"

被顾行深森寒的目光凌迟着，金沐璘那只揽着宫小乔肩膀的手简直快要僵硬得冻结成冰了。

"啧，你家饲主那目光还是一如既往的瘆人，且功力又更深一层。小师妹，师兄这几年疏于修炼，你可要保护我！"

宫小乔白了他一眼，出息！

金沐璘笑嘻嘻地道："你说我要是当着他的面给你来一个法式热吻，

他会不会兽性大发撕了我啊？”

“你可以试试。”宫小乔面无表情地开口。

“咯，还是不要了，爷是矜持的人，咱回家关着门亲热比较好。”

见两人背着自己小声打情骂俏，顾行深的眉头从越来越紧蹙到慢慢平复，最后终于忍了下来。

顾行深伸手将她头发上的饭粒拾去，嘴角扯了扯，似乎是想对她做出长辈式的微笑，结果却被扼杀在襁褓里，变成了一个无比僵硬的表情。

“注意安全。”最后，顾行深只说出了这四个字，话音未落，便毫不犹豫地转身离开，似乎不愿多看一秒钟。

金沐璘愣愣地看着顾行深突然离开的背影，满脸狐疑地挠着头：“这次居然光打雷不下雨，这算怎么回事啊？不太对劲吧！”

宫小乔问：“哪里不对劲？”

“难道你都没觉得吗？太不对劲了啊！这要是平时，你家饲主早翻脸魔化，置我于死地了，这次居然这么温柔！嗯嗯，跟他平时的态度相比，确实是算得上非常温柔了。我说，他……他不会是……”

宫小乔掩去眸子里的异色，睨了他一眼：“收回你脑子里乱七八糟的想法！”

“还有，别老是我家饲主饲主这样叫！叫得好像我是他养的宠物一样！”宫小乔不满地抗议。

金沐璘轻笑着替她打开车门：“去哪儿？我送你。”

“南丰路。”

“这么晚了，你去那儿做什么？去我那儿住吧！总统套房哦！”

“我在外面租了房子住。”

金沐璘立即兴奋地道：“那我去跟你住！”

“不行。”

“为什么？”金沐璘瞬间变脸，一副怨妇模样。

“我那儿地方小，而且只有一张不足一米宽的床。”

“没关系，我不介意挤挤的。”金沐璘眨着眼睛卖萌。

宫小乔明显早已经对他这一套免疫了："少废话，你乖乖回你的酒店住。"

"小师妹，人家可是特意来看你的，你怎么可以不负责地把人家扔去酒店呢！"

"就是因为对你负责，我才要把你安排到酒店。"宫小乔回答。

"嘁，小师妹，你这是不想负责，所以才不让自己对我犯错，对吗？"

"你知道就好。"

红灯停车，金沐璘一只手臂撑过去："那如果就算你对我犯错，我也不要你负责呢？"

宫小乔说："不好意思，我是一个有责任感的正义人士，这位施主，请您自重！"

金沐璘挫败地靠回原位："服了你了！不受我引诱的女人，小师妹，你还是第一个！"

"不必觉得挫败，你可以把我当男人看。"宫小乔真诚地建议。

金沐璘目光往下，落在她的胸口处："喀，这恐怕有点难度。"

宫小乔无语："你眼睛在看哪里？"

金沐璘嘿嘿笑着问："说正事儿，顾行深同意你搬出去住吗？"

宫小乔说："为什么需要他的同意？"

金沐璘眉头一挑："怎么？看你的意思是小鸟儿终于自由了？"

宫小乔别开头，看着窗外不语。

"哈哈，这是不是代表今后不管我对你做什么，那家伙都不会来干涉我了？"金沐璘一脸小人得志的神情，邪笑着凑近她。

宫小乔一拳砸过去，金沐璘身后的真皮座椅立即凹陷下去一块："他不会对你做什么，可我会！"

"小师妹，现在都没大魔头阻碍了，你不要对我这么冷漠嘛！"金沐璘委屈地抱怨。

"八戒，你什么时候才能稳重一点？"宫小乔无奈地扶额。

这家伙八成是之前在少林寺被憋疯了，一下了山就跟撒泼的猪一样！

金沐璘的脸瞬间就黑了：“哼，如果我是八戒，你就是高翠兰！”

“滚，姐是嫦娥！”

“嫦娥抛下丈夫吃独食，不好不好！”

“那爷还是做齐天大圣吧！八戒，死心吧！猴哥我的心里只有师父！”

两人你一言我一语，我噎你一句，你噎我一句，就这么开到了住处门口。

宫小乔突然发现自己其实也挺不稳重的，二师兄是撒泼的猪，她绝对就是那只撒泼的猴子。

真是物以类聚，人以群分。

“好了，就送到这里吧！”宫小乔下了车跟他挥手。

金沐璘也跟着下来：“我送你进门。”

“好吧。”

于是，两人走到了门口。

宫小乔又挥手：“拜拜，明天再陪你玩。回去早点睡吧！”

“好的，晚安。”金沐璘老实地点点头。

宫小乔转身就要关门的刹那，金沐璘突然一个侧身挤进来，啪一声关上门。

“别明天了，小师妹，今晚就陪我嘛！”

金沐璘就这么言而无信，厚颜无耻地硬挤了进来。

那家伙跟进自个儿屋一样脱了鞋子，穿上她不合脚的粉色小兔子拖鞋，蹿到沙发上，靠着她的绿色跳跳蛙靠枕，甚至把她的宝贝小熊也揪过来抱到了怀里。

这货还把下巴搁在小熊脑袋上，抓着小熊的双手做可爱状：“小师妹，有吃的没有？我好饿哦！”

师兄不愧为师兄，比起无赖来，她还真不是对手。

“卖萌可耻！”宫小乔抢回拖鞋穿上，鄙视地白他一眼。

金沐璘看着她，正要说话，却突然变了脸色，一把将她拽了过来圈在怀里。

“金沐璘！你又抽风了？”宫小乔一拳挥过去。

金沐璘准确地接住她的拳头，握在手心里，神色严肃地盯着她，丝毫没有平时的玩笑。

“怎么了？”见他神色不对，宫小乔狐疑。

他一字一句地问：“谁弄的？”

“啊？”

“你手上的伤是谁弄的？”

刚才只顾着怼顾行深，他竟没发现她胳膊上的绷带。

宫小乔怔了怔，随即无所谓地道：“没什么，我自己不小心。”

金沐璘沉着脸色说：“撒谎，肯定跟顾行深有关！”

见金沐璘说得这么肯定，宫小乔看了他一眼：“大师兄告诉你的？”

“木无邪也知道？不公平，他居然比我先知道！”金沐璘懊恼地以头撞熊。

宫小乔心疼地把毛绒小熊抱回来：“有没有搞错！这种事情也要比！”

“我就说你不对劲，难怪你会搬出来住，原来是因为这件事！”金沐璘恍然大悟。

“这点小伤换回以后的自由，挺值的。”宫小乔自嘲。

金沐璘气愤难当：“他居然对你家暴！实在太过分了！我今天看他，他还好好的，没伤没病，你怎么不还手啊？”

宫小乔笑了笑：“他毕竟是长辈。”

金沐璘当场拍案：“什么长辈啊！那家伙绝对对你存着龌龊的心思！既然决定离开了，以后你就少跟他扯上关系，离得越远越好！”

宫小乔面色微变：“二师兄，别随便开这种玩笑！我一直把他当成哥哥！”

金沐璘摇了摇头："傻丫头，我是该说你笨，还是该说你迟钝呢？你太天真了！相信我作为一个男人看另一个男人的眼光，你把他当成哥哥，他可没把你当妹妹！"

宫小乔微微垂着头，扯了扯嘴角："这我当然知道，他只有一个妹妹，我可高攀不起。"

金沐璘见她有意回避，也不再多说，不过还好她已经脱离魔爪了。

"哈哈，不管怎样，恭喜你脱离魔爪，今晚去买点酒回来庆祝吧！"金沐璘立即恢复了精神，兴奋地建议。

宫小乔白他一眼："我感冒，不能喝酒。这是我的地盘，禁止喝酒，所以你也不许喝。"

"唉！真没意思！"金沐璘抱怨。

"没意思你回你的酒店住好了！"

"有意思有意思，简直太有意思了！"金沐璘急忙口是心非地改口。

"你刚才说饿了，我这儿只有方便面。"

"成，我不挑食。"

第二天早上，金沐璘腰酸背痛地爬了起来。

昨晚，他睡在客厅的小沙发上，因为地方太小伸展不开，他好几次摔到地上，早上起来全身都快散架了。

"嗨，二师兄早安。我这小沙发跟你的总统套房相比怎么样啊？"宫小乔笑嘻嘻地打招呼。

金沐璘扶着腰站了起来，夸张地说："销魂！太销魂了！"

第九章

冤家路窄

谁来告诉她这是怎么回事？乱娆居然会是他！这也太让人风中凌乱了吧！

这听起来似乎应该是一个妖娆女人的笔名，想不到居然是一个清逸绝尘的男人！

“嘁，活该！”宫小乔幸灾乐祸。

见宫小乔似乎正准备出门，金沐璘急忙问：“你去哪儿？”

“去买菜。”

“买菜？你不用上课吗？难道是特意请假在家陪我？”金沐璘的眼睛亮了亮。

宫小乔说：“不好意思，让你失望了，我们已经放假了。”

金沐璘笑嘻嘻地穿衣服：“嘿，放假更好，这样我就能天天找你玩了，你去买菜啊！我也要去。”

“你给我在家好好待着！等会儿我给你带早餐回来！”

“我一个人多无聊啊！你带我一起去嘛！”

“再闹信不信我把你卖了？”宫小乔火了。

金沐璘立即以柔克刚，可怜兮兮地瞅着她：“不要卖人家嘛，人家不仅会吃饭，而且还会吃饭！小师妹，我会化妆的，给我十分钟，我绝对不给你惹祸，好不好？”

宫小乔满脸无奈：“……”

其实宫小乔妥协的原因是把他放在家里她更不放心，还是放在眼皮子底下看着好了。

外面的雨虽然已经停了，但是寒风刺骨。宫小乔全副武装，因为怕冷。金沐璘也是全副武装，因为怕被人认出来。

金沐璘随便一扫，看到不远处停着一辆蓝色保时捷，眸子里先是透出一丝惊讶，随即又转为玩味。

“小师妹，过来过来！”金沐璘招呼道。

“做什么？”走在前面的宫小乔转过身，因为戴着口罩，说话吐字有些不清楚。

金沐璘将她揽过来，二话不说，直接俯下身，对着她嘴巴的位置压了下去。

宫小乔问："金沐璘，你搞什么？"

"啊，没什么！纯洁的早安之吻，隔着我一只手掌和两层厚口罩呢！"金沐璘伸出两根手指比出一个"二"，以显示有多厚多纯洁。

"越看你越二！"宫小乔同情地看他一眼。

金沐璘瞥了眼蓝色保时捷离开的方向，笑嘻嘻地搂着她往超市方向走去。

一想到可以肆无忌惮地挤对顾行深了，而且对方还绝对不会还口，金沐璘就表示相当兴奋，刚才他只是小试牛刀而已。

想当年，他每次找亲爱的小师妹出来约会，总是会看见顾行深凶神恶煞的脸，以至于给他幼小的心灵造成了巨大的伤害和阴影。

唉，往事不堪回首。

超市里人很多，宫小乔挤在一堆大妈之间不停地穿梭，以至于一不小心忘了金沐璘的存在。

千辛万苦找到宫小乔的时候，金沐璘简直委屈极了。

"小师妹，你故意丢下我，果然是要偷偷把我卖了吗？"

宫小乔嘴角微抽："谁让你自己不跟紧了！我倒是想卖你，那也得能卖得出去啊！谁会买你这个只知道吃，什么事都不会做的家伙！"

金沐璘立即一副自恋的神情："嘁，小师妹，你也太不了解行情了，想养我的女人可多得是！"

宫小乔无语。这是很值得自豪的事情吗？

其实，金沐璘说的话也不完全是自恋，而是有据可查。

某个八卦杂志曾经做过一个调查，公布了两个排行榜，一个是女人们最想娶的男人排行榜，以及她们最想嫁的男人排行榜。

前者演员兼歌手的金沐璘票数久居榜首，而后者的榜首是一向低调却依旧令女粉丝们狂热不已的商界人士顾行深。

话说，这两个男人的性格还真是两个极端。

一个是风流多情，女人心中完美情人的对象；一个是成熟稳重，女人心中的完美老公形象。

“哎！小师妹，你要不要试试？其实我很好养的哦！”金沐璘开始十分热情地推销自己。

“免了。”宫小乔表示完全没有兴趣。

“小师妹，你太让我伤心了，你这是不相信我的人格吗？”金沐璘正泫然欲泣，突然扯着宫小乔跑到海产品那里，“小师妹，我要吃这个！”

“不要，这个我不会做。”宫小乔无语，他前脚说自己好养活，后脚就扯着她要买海鲜。

“那这个呢？我想吃肉！”金沐璘双眼放光。

宫小乔瞥了眼猪肉上的价格，这年头猪肉越来越贵了。

“也不会！”

“那你会做什么？”吃不到肉，金沐璘有些不高兴。

“西红柿炒蛋。”

金沐璘看了眼宫小乔选购的一篮子西红柿，说：“小师妹，你买这么多西红柿做什么？我记得你不爱吃这玩意的啊！我也不爱吃！”

宫小乔挑完了西红柿又去挑番茄酱，然后是各种不同品种的红色果蔬：“我做什么你吃什么就是了！少给我挑三拣四的，刚刚还说自己好养活来着！不满意你就去住酒店，别黏着我！”

宫小乔这话一出来，金沐璘立即不敢有怨言了，但嘴里还是不甘心地喃喃着：“小师妹虐待我！”

宫小乔不理他，认真地转悠。她在卖鸭血的地儿徘徊了一会儿，想着要不要去菜市场买一只活鸭放血，不过，她脑海中一浮现出血腥的场景就开始双腿发软，终于还是没能撑住。

算了，先搞定西红柿吧！

“二师兄，扶我一下。”

“怎么了？”金沐璘收回玩笑的心思，急忙过去扶她。

“我有点儿晕，没事，一会儿就好！”

“我记得你好像晕血吧？都说别买西红柿了，红红的多吓人啊！”金沐璘说着就要去拿她手里的篮子。

宫小乔抱着不肯撒手：“我想练练看能不能克服晕血的毛病，否则以后拍戏，如果道具需要用到血怎么办？”

金沐璘想了想，说：“唔，说得也是哦！就算不拍戏也挺麻烦的，尤其是作为女人，每个月都会有那么几天！我有点好奇小师妹你都是怎么过来的，不会都是晕过来的吧？”

她闭着眼睛就行了，但是肯定还是会有不方便的地方。

“没听说过好奇害死猫吗？你别整天都好奇一些不该好奇的事情！”宫小乔恼羞成怒，涨红着脸瞪了他一眼。

宫小乔这次留下金沐璘，其实还有一个重要原因，那就是以免自己训练的时候意外晕倒没人善后。

很快，所有道具都已经采购完毕。

宫小乔回到住处，将买来的西红柿挑了两个，用刀切成一块一块的，然后都放进玻璃大碗里，完了用擀面杖开始捣。

不一会儿，西红柿就被捣得稀巴烂，红通通的一大碗汁液。

金沐璘坐在沙发上，一边看电视一边啃西红柿，瞥了一眼厨房，顿觉触目惊心。

这丫头搞得好像在碎尸一样，未免也忒吓人了一点！金沐璘默默地放下嘴边吃了一半的西红柿，咯，实在是看得吃不下去了。

啧啧，太残暴了，太残暴了，可怜的西红柿，我为你默哀。

这边金沐璘刚要默哀，就听到厨房传来“扑通”一声，宫小乔晕倒了。

金沐璘急忙把宫小乔放到沙发上，然后看着她发愁。

之前那丫头就提醒过他，万一她晕倒了，要把她弄醒。弄醒啊，用什么方法都行吗？

她就这么突然躺在他面前，并且他有名正言顺的理由，那他到底是吃呢，还是不吃呢？

当金沐璘犹豫不决的时候，宫小乔的手机响了。

“顾叔叔，难道是顾行深他爸？”

金沐璘正想着吃与不吃的问题，有些心不在焉，本来想按掉的，居然按错接通了。

“小乔。”

金沐璘吓了一跳，这不是顾行深的声音吗？

他干吗要惊悚？反正现在又不用怕顾行深！呸呸，他从来就没怕过顾行深！

“啊！是顾叔叔啊！”

顾行深顿了顿，然后语气平静地说：“金沐璘，让小乔接电话。”

金沐璘说：“找我小师妹有事？不好意思啊！她现在不太方便接听！”

顾行深问：“她在做什么？”

金沐璘说：“刚才运动太激烈，晕过去了！”

啪。金沐璘后面准备了无数台词呢，想不到顾行深只听到这一句就挂了电话。

唉，真不好玩！

顾氏集团。

唐誉颤巍巍地道：“哥，您手里的资料都快被您捏成粉末了。”

顾行深扔下手里的废纸，一言不发地走了出去。

沈乐天抹了一把汗：“真危险，老大这几天随时都处在暴走状态，防暴措施很重要啊。”

金沐璘正纠结着，门突然从外面打开，顾行深拎着大包小包，旁若无人地推门进来。

金沐璘瞠目结舌地看着他：“你……你怎么进来的？”

顾行深直接侧身走进去，屋子里一股子西红柿味儿飘了过来，又看到躺在沙发上的宫小乔，他瞬间便明白过来发生了什么事。

于是，他严峻吓人的神情慢慢变得舒缓起来。

“为什么你会有钥匙？”金沐璘质问道。

顾行深直接越过他，来来回回把手里的东西都一一放好。

“我要告你擅闯民宅！”金沐璘抓狂。

顾行深把行李箱放到宫小乔屋里，拉开拉链，衣服拿出来都挂好，大包小包解开，零碎的小东西也一一归置好。

“喂喂！你把这儿当自己家了？你到底有没有在听我说话？难道我隐形了自己不知道？”金沐璘彻底奓毛，跟在顾行深后面团团转，可是后者连看都不看他一眼。

忙活了一会儿，宫小乔还是没有醒来。

顾行深倒了一杯温水走过去，先把水放在茶几上，然后半扶起宫小乔的身子。

她穿得太多太严实，圆圆的像一个球，而且颈边的扣子也扣得死紧。顾行深伸出修长的手指，从领口处开始，一一解开她外套的扣子。

见状，金沐璘咆哮着冲过去：“喂，放开那姑娘！你想对我小师妹做什么？”

顾行深终于肯正眼看他了，不过那一眼却夹杂着战场的刀光、远古的风暴、侏罗纪的血腥。

金沐璘“刺溜”一声缩回去，躲在电视机后头。

顾行深收回目光，帮宫小乔脱了外衣，又拉开她紧身棉背心的拉链。

金沐璘不停地用手挠墙：“禽兽！禽兽！禽兽……”

怎么办？怎么办？小师妹要被吃掉了，可是自己根本打不过那家伙！

金沐璘密切注视着顾行深的一举一动，时刻准备冲过去做最后一搏，还好顾行深没有继续往下脱衣服，而是开始掐人中。

见她有些清醒了，顾行深便扶着她喂水。

宫小乔慢慢睁开眼睛：“咯咯，师兄。”

“你醒了。”顾行深总算开口说话了。

宫小乔的神色有些迷茫，略有些愣怔地看着出现在眼前的男人："顾行深？"

顾行深放下杯子，应道："嗯。"

宫小乔清除掉脑子里的一片血红，顺了顺呼吸："你怎么会在这里？"

"我帮你把行李搬过来。"顾行深回答。

"那你怎么进来的？"之所以这么问，是她知道金沐璘绝对不会给他开门。

顾行深言简意赅地答："钥匙。"

宫小乔问："钥匙哪儿来的？"

顾行深说："我跟房东要的。"

宫小乔又问："房东为什么会给你？"

顾行深说："我说我是你哥哥。"

宫小乔问："她相信？"

顾行深答："嗯。"

宫小乔："……"真是一个不靠谱的房东，这么轻易就为色所迷了！

宫小乔想着，看来以后找房东不能找女人，否则在顾行深面前完全没有一点抵抗力。

此刻，金沐璘已经哀怨得要死了！这也太歧视人了吧？

小师妹问话，顾行深有问必答，自己跟在他后面转悠那么久，他一个字都吝啬给。

"对了，师兄呢？"宫小乔一边朝四周看了看，一边问。

金沐璘泪流满面地咬着袖子，小师妹啊！我在这里！小师妹你终于想起我了，师兄好感动，师兄对不起你。

"那儿。"顾行深看向电视机的方向。

"二师兄，你窝在那里做什么？"宫小乔狐疑地看过去。

"小师妹，你要为我做主啊。"金沐璘哭诉。

见金沐璘那伤心欲绝、不想再活的样子，宫小乔的表情有些怪异，转过头，严肃地看着顾行深："顾行深，你趁我昏迷的时候，对我二师兄做了什么？"

顾行深说："没什么。"

宫小乔问："真的？虽然我二师兄他长得比较好看，但是他毕竟还是男人，你可不能……"

顾行深无语："……"

为了证明自己的清白之躯，金沐璘被迫出来澄清："他没对我做什么啊！"

"中午吃了吗？"顾行深问。

"吃了樱桃、番茄酱、西红柿炒蛋、西红柿蛋汤、糖拌西红柿……"宫小乔细数。

"肚子不疼吗？"

"是有点难受。"

顾行深打开冰箱一看，红艳艳一片真欢乐。还好他有先见之明，来的时候买了菜。

"我给你做饭？"

"不用了，我自己会解决的，你回去忙吧！我没事了。"宫小乔拒绝。

"就是就是！小师妹有我照顾呢！你别乱操心了！"金沐璘开始逐客。

顾行深没有跟他计较，而是换了一个说法："我还没吃，可不可以借你厨房用一下，我自带材料。"

宫小乔挠挠头有些为难地说："那好吧。"

金沐璘捶胸顿足："这个老奸巨猾的家伙！小师妹，别这么轻易妥协啊！你还是太嫩了！"

宫小乔淡淡地开口："身正不怕影子歪，我没必要刻意躲着他！"

金沐璘立即道："话是这么说啊，可是你身正，不代表他影子不斜啊！"

“别烦我，我忙着呢！”宫小乔继续未完的工程。

顾行深自然地围着宫小乔的围裙在厨房里忙碌，不过一会儿，里面便传来阵阵食物的香气，引得她更加觉得饥肠辘辘，西红柿什么的可都是帮助消化的东西啊。

饭做好了，顾行深把菜都端了上来。三菜一汤，每道菜都是红通通的，做得很辣，勾人食欲。

宫小乔已经不记得自己多久没有吃过辣的了，之前她是无辣不欢，后来一看到红红的油水就恶心。

有些人晕血只是很轻微的，或者只是不能见血，或者只晕自己的血。而宫小乔的症状比起一般的晕血症，属于重度血液恐怖症，迁怒于很多红色的物体。

唔，看来顾行深果然不是做给她吃的，否则怎么会做得这么辣呢？

可是，她记得顾行深也不能吃辣的啊？难道他是特意做给二师兄吃的？二师兄倒是特别喜欢辣的！

宫小乔越想越歪。

“你要不要过来吃点？”顾行深出声。

宫小乔这边还没出声呢，金沐璘居然直接一屁股坐过去：“哈哈，那我就不客气啦！”

有便宜干吗不占啊！

宫小乔无语，这家伙，她还以为他一定会拒绝，没想到他这么没节操！她真是太高估他了。

“小乔，过来。”

“做什么？”

“不是想克服晕血吗？你可以看着我们吃或者一起吃。”顾行深说。

最后，宫小乔果断选择了后者。

无比美味的食物吃进嘴里的时候，宫小乔觉得顾行深背后仿佛有一对洁白的翅膀在扑打。

之前顾行深因为太顾及她，都不敢给她做辣的，现在看来以前真是太浪费资源，这些菜真是人间美味啊！她已经多久没有吃得这么尽兴了！

更让她兴奋的是，美味居然让她忘了内心的恐惧！

连一向嘴刁的金沐璘也表示对顾行深的厨艺相当惊叹，同时也越来越有危机感。

顾行深这一招对他实在是很大的威胁啊！

吃完饭，顾行深把两人叫过来："我有些话要跟你们说。"

"什么事儿啊？"金沐璘像大爷一样往沙发上一靠，"不是顺带给我们做顿饭就要提出什么无理要求了吧？"

顾行深习惯性直接忽略金沐璘，看着宫小乔问："你们是不是在交往？"

不等宫小乔回应，金沐璘立即揽着她的肩膀说："废话，这还用问吗？我们都同居了！"

见宫小乔没有反驳，顾行深眉头微蹙："小乔，你交男朋友不是不可以……"

金沐璘打断他："当然可以了，这还用你说。"

顾行深看着宫小乔，顿了一会儿，又说："但是，结婚之前不可以越轨。"

这下宫小乔总算有反应了，眉梢微微扬了扬。

金沐璘则是直接抗议："我说大叔，这都什么年代了！你说不许就不许啊！"

"你可以试试！"顾行深唇角微勾，笑得那叫一个瘆人。

"居然威胁我！我小师妹交男朋友关你什么事儿啊！你又不是她什么人，有什么资格干涉她的私生活？"金沐璘怒目而视，誓死捍卫自己的幸福，好像自己已经真的成了小乔的男朋友。

是啊！一句不是什么人，一句没有资格就能彻底否决他们之间的联系。不管他陪她多久，都无法改变这点。

顾行深眸子里的寒意如流星般转瞬即逝，很快转为一抹精光："那我只有请空慧大师主持公道了！”

“你太无耻、太卑鄙了，居然拿我师父压我！你以为我会怕？”金沐璘怒发冲冠。

“哦？不怕？你出道那么多年，身边绯闻不断，却极少真的动哪个女人，难道不是因为惧怕空慧大师？”顾行深说完，连一口气都没喘。

金沐璘已经气得头上黄毛都竖起来了：“我怎么也比你不近女色的好，这么可爱的小师妹放身边那么多年居然都没动过！”

宫小乔实在忍无可忍，制止他们：“喂，我说你们够了吧！”

“顾行深，我跟谁交往，怎么交往，都不关你的事！别忘了你答应过我的事情。”宫小乔又说。

闻言，顾行深的脸色沉了下去。

金沐璘喜形于色，只是还没来得及得意，就受到了重大打击。

“还有你，金沐璘，你别掺和。”

“想要继续讨论这个问题请出去讨论！”宫小乔发飙了，最后，两个人都被撵了出去。

顾行深看了眼同样被赶出门的金沐璘，表示对这个结果很满意。

“反正小师妹早晚要去拍戏，以后我们有的是机会相处！”金沐璘恨恨地瞪了顾行深一眼。

在金沐璘说完这句话之后的第三天，剧组那边就传来消息，让宫小乔过去和编剧见面。

见面的地点是D市一家不错的茶馆，名字叫香茗居。

环境很幽静，室内古风典雅的装潢也挺有感觉，看来这编剧应该是一个挺雅致的人。

到目前为止，宫小乔连这编剧是男是女都不知道，不过她直觉应该是一个男人，因为剧本中很多情节都能体现出是从男人的角度出发，显得有些一厢情愿。

宫小乔早早就赶了过去，根据金沐璘的介绍，今天一同过来的还有一个最近风头很强的新人白梨茉和老牌女星毕洛烟。

“小师妹，别紧张嘛！有我在呢!”金沐璘在一旁安慰。

“今天是选女主，你干吗也要跟过来？”宫小乔没好气地白他一眼，她可不想落下借男人上位的名号。

就算是潜规则，那也得注重一个“潜”字啊！他这也太光明正大、太不专业了吧！

“女主可是跟我息息相关的，我当然要来把关了！万一碰到一个让我连吻戏都演不下去的人，多悲剧啊！”金沐璘煞有介事地强调。

“你就这点专业水平？没听到那天风导说的吗？作为一个合格的演员，就算对方是一根木头桩子，你也要能对他说出肉麻的情话！当然，以此类推，就算对方是一头猪，你也得给我亲下去！”

“哈哈哈哈。”不远处传来一阵轻笑，“想不到宫小姐把我的话记得这么清楚！”

“啊！风导好！”宫小乔急忙打招呼。

制片人凌越也跟着走了过来，夸道：“哈哈，现在像你这么好学的新人可不多了！”

金沐璘鄙视地看了两人一眼：“看我出丑你们两个很开心是吧？”

凌越摸了摸鼻子：“我表现得有那么明显吗？”

听着三人搞笑的对话，宫小乔感觉稍微轻松了一些，这毕竟是她的第一部戏，也是很重要的一次机会，她怎么可能不紧张。

过了片刻，白梨茉和毕洛烟也到了，她们两人一个清纯可人，一个明艳性感。

果然当明星的都生得一副好皮相，真人比电视里还好看，两个人各有千秋，而且非常有气质。

“你好，白梨茉！”

“毕洛烟。”

“你们好，我是宫……乔十一。”

“乔十一？呵呵，挺特别的名字。”白梨茉亲切地笑道。

如何，大家彼此都互相认识了一番。

两个大美女坐在跟前，宫小乔看得目不暇接。

金沐璘看到宫小乔惊艳的目光，侧过去凑到她耳边说：“宝贝儿，自信点，她们卸了妆绝对没你好看，而且全身上下都整过。”

宫小乔顿时喷了：“你怎么知道得这么清楚啊？”

“嗨，沐沐，好久不见啊！”白梨茉一派天真可爱状。

“梨茉，最近拿新人奖了，恭喜啊！”金沐璘毫不吝啬地抛了一个媚眼过去。

宫小乔明白了！难怪呢！原来是老相识了。

“沐璘，听说你跟这位小朋友认识？”毕洛烟瞥了宫小乔一眼，眸子里似乎有敌意。

哟！这个也认识！不得不感叹，她二师兄的交际还真是广泛啊！

“是吗？”白梨茉有些惊讶。

毕洛烟资历老，圈子广，知道的事情自然也比较多。不过这个白梨茉，她看起来不知道，也不一定就是真的不知道。

“哈哈，认识啊！这位是我的小师妹，小时候一起在少林寺待过！”金沐璘大方地承认。

像宫小乔这样的新人，如果说没有后台一下子就拿到这样的重要角色，根本就不会有人相信，与其让别人去胡乱八卦，不如他大方承认，掌握八卦风向和主动权。

“既然人都来齐了，那就开始吧！编剧在二楼‘梅’字包厢，你们谁先去？”凌越发话了，也适时为宫小乔解了围。

“呵呵，总得照顾些后辈，那就我先去吧！”毕洛烟站了起来。

“烟姐姐加油哦！”白梨茉微笑道。

毕洛烟只是淡淡地看了她一眼，嘴角有些轻蔑，似乎是仗着自己的名气，不屑于做这些客套的伪装。

风司夏和凌越坐那儿品茶，金沐璘无聊地在桌上画圈圈，毕洛烟进去包间跟编剧单独交流了，剩下玲珑可爱的白梨茉不停心虚地向几位前辈请教问题，完全不在意刚才毕洛烟的态度。

大概过了十几分钟，毕洛烟便出来了，看了眼在座的几个人，神色不太好，连道别都没有就直接离开了。

啊，这似乎是没被看上吧！

连毕洛烟这么大牌居然都没戏，这编剧到底有多大牌？宫小乔心有戚戚。

“烟姐姐似乎不太顺利！”白梨茉有些遗憾地说。

“啊！”宫小乔慢半拍地反应过来。

“小乔！我可以这么叫你吗？我看沐沐也这么叫！”白梨茉拉住她的手。

“呃，当然可以。”

一口一个沐沐，宫小乔有些恶寒。

“虽说我也是新人，不过也算是你的前辈哦！别怕，我先去探探底，回来告诉你，你先好好准备！”

“那麻烦你了。祝你好运！”宫小乔礼貌地道谢。

白梨茉一离开，金沐璘立即放松下来，开始黏着宫小乔胡闹。他一会儿跟她说圈子里谁谁谁的八卦，一会儿又缠着她让她搬过去跟他一起住。

“你收敛点。”风司夏受不了地白了他一眼。

金沐璘不以为意：“我为什么要收敛？反正这里又没有外人！这编剧到底什么来头？出手够阔绰的啊，居然把整个场子包了下来。”

“为什么他只要求过目女主却不管男主选谁来演？”宫小乔请教心中疑问。

“男主是他钦定的。”回答的是凌越。

金沐璘立即一副得意的样子：“这编剧不错，有眼光！”

宫小乔沉默了。

白梨茉去得有些久，大概快一个小时了才出来。

看她的神情似乎进行得不错，她神秘兮兮地凑过来对宫小乔说：“是一个帅哥哦！”

“是吗？”看来她的直觉没错，居然真的是一个男人。

“梨茉，结果怎么样？”宫小乔是不好开口问的，金沐璘直接帮她问了。

“等通知，他说要看了小乔再做决定。不过，编剧真是一个美男子啊！我觉得他不当演员当编剧，真是浪费人才了！”

“演员可不是每个人都能当的。”金沐璘一副老练的语气。

“当然啦！我们沐沐最完美了，偶像派的相貌，实力派的演技！”白梨茉一脸崇拜。

“还是小梨茉会说话！”金沐璘表示很受用。

“小乔，快去吧！编剧挺亲切的，就算你现在紧张，见了他肯定就不会紧张了，正常发挥就好，加油哦！”白梨茉替她打气。

金沐璘也对她做了一个加油的手势。

“嗯，谢谢。”宫小乔点点头。

宫小乔走到二楼，敲门进去看到里面的人之后就完全僵掉了。而那人见了她，也惊得打翻了手边的茶杯。

谁来告诉她这是怎么回事？乱娆居然会是他！这也太风中凌乱了吧！

这听起来似乎应该是一个妖娆女人的笔名，想不到居然是一个清逸绝尘的男人。是一个男人也就算了，反正她早就猜到了，可这个男人竟然是秦尧！

冤家路窄，狭路相逢什么的，都无法表达她现在的心情。

清逸绝尘，在被顾筱柔勾跑之前，秦尧在宫小乔心目中一直都是这四个字，并且带着几分飘飘欲仙的脱俗味儿。跟他在一起，有时候她还挺自卑的，觉得自己太俗气了配不上他，心里也没安全感。

可是在他走之后，宫小乔的字典中就只剩下了一句俗语：男人没一个好东西！

宫小乔在他对面坐下之后，秦尧也已经淡定了下来。

“你就是乔十一？”

“嗯，我为了方便改的艺名。”

秦尧用纸巾擦拭着桌面上的茶渍，似乎在借此缓解自己的心情：“难怪在演员名单里没有看到你，原来金沐璘给你推荐的是女主的角色。”

“现在你的身份是编剧，我是演员，我们公事公办，你有什么要考的就考吧！当然，你要是私下看我不顺眼直接KO了我，我也没办法！”

秦尧摇了摇头：“不用考了。”

宫小乔笑了笑：“不用这么直接吧？做做样子为难我的工夫都省了？”

“小乔，你可不可以不要总用这种语气跟我说话？你明知道我不是那个意思。”秦尧无奈地说。

“我怎么知道你是什么意思？”

“我的意思是女主就是你，我不会要别人。”

宫小乔也不惊讶，只是笑了笑：“你跟梨茉不是聊得很投机吗？”

“白梨茉确实是一个不错的演员，所以我准备让她演柳依依。”

“再怎么说你也只是一个编剧而已，你有权力随便决定角色由谁来演？”宫小乔沉吟着提问。

“如果只是编剧当然不行，我还是这部剧的投资商。”秦尧回答。

“原来如此。以前我也没听说过你有这方面的兴趣啊！居然写小说，改剧本，还拍电视剧。”

秦尧的神情有些缥缈：“不过为了圆一个梦罢了。”

“不过，我想不到女主会是你。”秦尧露出欣慰的神情，随即却又蹙起了眉头，“这样的话，男主……”

“你不是想换了男主吧？”宫小乔挑眉，似乎完全掌控了他的心思。

“确实。”秦尧不否认。

宫小乔神态悠然：“我不是跟你说了我跟二师兄没有那种关系吗？”

“可他似乎并不这么想。”

“我们有没有关系跟你有关系吗？”宫小乔好整以暇地看着他。

秦尧扭开头，不答反问：“你希望他做男主？”

“我第一次演戏，比起别的不认识的人，当然希望演对手戏的是知根知底的人。如果二师兄不演了，我也不会演的，本来我也不想再跟你扯上关系。”

秦尧一点也不恼，反而完全顺着她：“那不换了，依你。”

“这么容易答应，真让我没有成就感。”宫小乔无聊地感叹。

不管她怎么刁难怎么噎他，他都是一副“我大人有大量，我不跟你计较”的模样，好像只有她在无理取闹一样。

她真想撕了他这副面具。

面试完之后，宫小乔就直接回了在D市租的房子。

需要在这边取景的戏大概有几个月，住酒店的话也太烧钱了。

金沐璘得知乱娆就是秦尧之后，如预料中的一样暴跳如雷：“有没有搞错，怎么会是那个浑蛋！”

“你先前不是还夸他眼光好来着吗？”

“那是因为我眼睛瞎了！”金沐璘愤然，“小师妹你听我说，这戏咱不演了。哥带你去别处，演什么不是演啊！”

“我都答应了。”宫小乔翻开剧本开始背台词。

“你明知道是秦尧还答应，你到底在搞什么啊？”金沐璘抽了她手里的剧本，简直快被她气得发疯了。

“秦尧又怎么了？做亏心事的是他又不是我，我为什么要一见了他就躲？”

“小乔，你总是这一套说辞，算哥拜托你了，你不要再跟这些人扯上关系了成不成？”

“二师兄，我心里有数。”

金沐璘指着她的脑门：“你有数个什么！木无邪信你这套，我可不信！你老实告诉我，你到底想做什么？我早就觉得你不对劲了，你是不是对秦尧还没死心？”

唉，果然二师兄没大师兄好对付！宫小乔目光微闪，随口答：“是又怎样？”

“怎样？你要是敢胡闹，我就押着你去师父跟前剃度！”

金沐璘知道，她最宝贝她这一头长发了。

两人正争执着，宫小乔的手机响了。

“喂，有事吗？”

“我租了房。”

“我一个弱女子确实挺不安全的，怎么，你要来陪我？”

“我可没开玩笑。”

“吃饭啊？可以啊。”

“好，待会儿见。”

宫小乔说完便准备去换衣服。

“谁的电话？”金沐璘一脸醋意地跟在后面。

“秦尧的。”

金沐璘的脸色瞬间变了，刚要暴走，宫小乔“啪”的一声带上卧室的门换衣服去了。

金沐璘在外面挠了好半天的门，整整半个小时，那丫头终于出来了。

看着她这一身精心打扮，金沐璘双拳握得死紧。要知道她平时化妆从来不超过十分钟的，可见花了多少心思。

“你居然要去赴秦尧的约会，还穿成这样！宫小乔，你一定是疯了！”

“或许吧。”宫小乔扯了扯唇角。

“站住，你今天要是敢去，我就直接退出剧组。”

“你走不走是你的自由。”宫小乔顿了顿脚步。

“你为了一个人渣居然这么对我？”金沐璘难以置信地看着她。

宫小乔背对着他，只是沉默。

“谁都可以，为什么偏偏要是秦尧？你就这么贱，没有他不行吗？你忘了当初他怎么对你的了？你还是不是我认识的小师妹？”金沐璘失控地吼着。

意识到自己的话说得太重了，他又懊恼道：“抱歉……我……”

“不用道歉，你说得对，我就是疯了，就是贱。不要管我！你看不下去，可以退出剧组。”

“小乔！”

秦尧见她下楼，替她打开车门，看到她今晚的打扮，眸子里闪过一丝惊艳。

宫小乔坐进车里，问：“去哪儿？”

“西餐可以吗？”

“去酒吧。”

“酒吧？”秦尧蹙眉。

“嗯，我想喝酒。”

“女孩子还是不要喝酒比较好。”

“那你陪是不陪？你不去我可以自己去。”

……

“小乔，别喝了！”

“秦尧，我有话要对你说，可是不敢说。”

到最后，秦尧从劝她到陪着她一起喝。但秦尧的酒量很浅，他只喝了几杯就醉了。

宫小乔拉着他站起来：“去跳舞吧！”

“我不会。”

“没关系，我可以教你。”

秦尧揉着眉心，无奈地被她拖进舞池。

昏暗的灯光，魅惑的旋律，暧昧的舞步，宫小乔勾着他的脖子，媚眼如丝。

秦尧神情恍惚地看着她，突然有些清醒了，于是试图去推她：“小乔，我们……”

宫小乔没有准他说完，突然用手指贴住了他的唇：“你知不知道……”

秦尧全身僵硬，惊愕不已地看着她，却没有打断她，而是等着她的下文。

“知不知道你被私家侦探跟踪了？”

秦尧的神色里有惊讶，却没有惊慌，反倒是相当平静地看着她：“是吗？”说完便化被动为主动，反而拥紧了她。

这次倒是轮到宫小乔惊讶了，微微挑了挑眉头，轻笑一声，问：“嗬，你不怕？”

“怕什么？”许久没有这么亲近，秦尧的呼吸愈渐急促。

“今晚我们在一起的照片、视频都会传到她那里哦！”宫小乔微笑着，像一个勾人的妖精。

秦尧再一次拥紧了她，以行动证明，死死将她揉进怀里：“你是不是要把我逼疯才甘心？”

宫小乔抬起头，神情娇憨地瞅着他：“你还爱我的对不对？”

“那你呢？”秦尧的声音沙哑。

宫小乔眸光流转，眸底的嘲讽一闪而过，娇声开口道：“我当然也是啊！”

秦尧的身子猛然一颤：“再说一遍。”

“我说我爱你啊！从来没有变过，恨你，也只是因为太爱。”

“小乔。”

“我知道你跟筱柔就要结婚了，我不在乎名分，只要可以和你在一起。”

“小乔，你说的都是真的吗？”秦尧扶着她的双肩，将她推开一些，死死盯着她，不放过她的每一个表情。

宫小乔将脑袋埋在他的胸前：“没想到你就是乱娆，这说明我们的缘分未尽对不对？”

“《天下无魔》难道不是为我写的吗？”

“你知道。”秦尧双颊微红。

“你知不知道，你走了以后，我为你疯了半年，自杀过无数次。就算所有人都鄙视我、唾弃我，就算你也看不起我、嫌弃我，我都不能没有你啊。”宫小乔一字一句地说着，几乎连自己都要相信这番话了。

第十章 放手

顾行深伸出手，揉了揉她柔软的发，他的表情是微笑的，俊逸的眉宇间却满是阴霾。

他的语气还是一如曾经的宠溺：“宝贝，抱歉，这一次无论你想做什么，我都不会阻止。”

宫小乔回去的时候，发现金沐璘居然还没有走，而是蹲在墙根下抽烟。黑暗里只剩下烟头的红点在闪烁，他脚下已经积了一堆烟蒂。

“你还知道回来？”

宫小乔在金沐璘跟前顿住脚步：“二师兄，晚上冷，你回去吧！”

她刚走出一步，就被金沐璘揪住裤子：“你真的这么放不下他？”

宫小乔蹲下身子，覆着他的手，说：“二师兄，不要阻止我。现在没有了顾行深的束缚，又是近水楼台，我不会放过这个机会！”

金沐璘抬起头，双目血红，死死捏住她的手：“你不是宫小乔，不是我的小师妹！不是！”

手腕被他用力捏着，疼痛难忍，宫小乔仅仅是微微蹙起眉头。

“我最后问你一次，非秦尧不可？”

“是。”

“嗬，”金沐璘低笑，神情突然变得狠戾，“你信不信我整死他？”

“你伤害他，我也会痛苦。”

“你！”金沐璘一拳砸在地上，鲜血一滴滴顺着手背流淌，下一秒他就感觉肩头一重，是宫小乔晕了过去。

金沐璘懊恼不已地将她扶起来，抱进了屋里。

死丫头倔起来，他拿她一点办法都没有！

难道女人真的是这么傻的动物？明明已经被伤害成这样了，还是忘不了、放不下、飞蛾扑火。他还以为她离开了顾行深是好事，想不到情况居然会糟糕一万倍！

就像虽然狼是羊的天敌，但如果赶走所有的狼群，羊群却会因为太过安逸而抵抗力下降，提前衰老死亡。

世间万物相生相克，师父的话果然是真理！

第二天早上。

顾氏集团一干高层正在开会，突然闯进来一个不速之客。

“这位先生，请问您找谁？”

“先生，抱歉，里面正在开会，您不能进去！”

“拦住他！”

“快快！哎哟！”

“臭小子，你再乱闯我就报警了！”

七八个保安被打得七零八落，来人一路如入无人之境。

“砰”的一声巨响，会议室的门被粗鲁地踢开。

“顾行深。”

正在开会的几十个人齐刷刷地看向门口黑衣墨镜、一身煞气的男人，无一不目瞪口呆。

全场寂静，唯有顾行深不紧不慢地关闭大屏幕上的机密商业资料，双手交叉合十，看着门口狂乱的男人：“我们公司的保全系统似乎该换了。”

闻言，负责管理保卫科的部长开始全身冒冷汗。

“顾行深，我告诉你，你别想就这么不负责任！”来人怒气冲冲。

沈乐天的下巴快掉到了桌面上：“不，不是吧！”

冷透自顾自地开始收拾东西：“准备散会吧！”

果然，话音刚落，顾行深开口了：“散会。”

会议室里只剩下两个男人，金沐璘扔了墨镜，双手撑在桌前：“顾行深，你到底是不是男人？你真的准备就这样对小乔不闻不问了？”

顾行深淡淡地瞥了他一眼：“照顾她应该是你的责任，你不是她的男朋友吗？”

“我要是管得住她，你以为我会找你？”金沐璘一脸憋屈。

“我也管不住，而且没立场，没资格。”

被他用自己的话反驳，金沐璘被堵得无话可说。

金沐璘依旧不死心：“只有你可以！小乔说了，你是她的长辈！我想她一定会听你的话。你看，你连打她，她都不还手的！要是我对她动手，她肯定得把我全身的骨头一块块拆卸了扔太平洋里去喂鱼！”

“我倒是希望她也能对我动手。”顾行深喃喃自语着，神情阴郁。而不是让那一次的动手成为永远横亘在他们之间的一根刺。

他知道的，她迟早会离开，而那天的事情只是催化剂，让他们之间决裂得更加彻底而已。

“我说顾行深你不是吧？难道你有被虐倾向？”金沐璘一脸无奈。

长辈两个字点到了顾行深的死穴，以至于他异常烦躁：“你废话说够了吗？我已经答应过小乔，她的事我不会再管，她要自由，我给她自由，这也是我现在唯一能弥补她的东西。”

他无法忍受她看着自己时绝望、伤心的眼神，无法忍受她恨自己。

在固执这方面，宫小乔和顾行深还真是挺有默契！金沐璘无奈地说：“你都不问我到底发生了什么事？”

“没有必要。”顾行深依旧是一副冷血无情、置身事外的样子。

这时候，敲门声响了起来。

冷透站在门外，手里拿着一个文件袋：“刚刚收到的匿名快递，我想必须立刻交给你。”

顾行深随手接过来，拿出里面的东西。

“什么东西啊？”金沐璘好奇兮兮地凑过去看。

结果突然“砰”的一声巨响，面前的桌子居然大半边都被拍塌了！

金沐璘当时正一只手撑着桌面，差点一个踉跄摔倒，又被这一声巨响吓得一溜烟蹿到了冷透身后，怯怯地看着顾行深。

那家伙满手是血，看上去十分吓人。

此情此景，冷透居然面无表情地站在原地，金沐璘表示相当佩服：“兄弟，够淡定啊！”

冷透推了推眼镜，说：“过奖。”

高速公路上，一辆蓝色的保时捷正不停飙速超车，车内时不时传来男人的哀号。

“喂喂，顾行深，你慢点开慢点开！”

“我说顾行深，你淡定点，不要这么激动嘛！”

“顾行深，你不要命我还要命呢！”

“大哥，您那手还在滴血呢！算我求您了，您让我开成吗？您自个儿冷静一会儿！”

不管金沐璘说什么，顾行深都听不进去，完全处在了暴走状态。金沐璘叫苦不迭，早知道就不上他的车了。

是谁刚才无比淡定地说绝对不会管的？这会儿就跟疯了似的。

当时自己看到那个文件袋里散落出来的小乔和秦尧的亲密照片之后，也非常震惊和气愤，不过也没顾行深这么夸张啊！

话说回来，匿名信到底是谁发的呢？

吱呀一声，车终于停了。金沐璘冲下车就开始吐，吐得天昏地暗。

“她住哪里？”顾行深终于开口说话了。

“喀喀，大哥您等一会儿，容我先吐完！”

过了一会儿。

“好了，你不认识地方，还是我来开吧！拜托！”

顾行深终于答应了，金沐璘差点喜极而泣。

宫小乔一直睡到中午才起来，家里没菜了，她准备去超市买点，结果一下楼就发现秦尧的车停在楼下。于是，宫小乔走过去敲了敲车窗。

“小乔！”秦尧立即惊醒。

“一大清早的，你在这儿做什么？”宫小乔笑盈盈地问。

秦尧跌跌撞撞地下了车，踟蹰地看着她：“小乔，你昨晚是不是喝醉了？”

“我好像喝了不少，肯定喝醉了啊！怎么了？”宫小乔问。

秦尧艰难地开口问：“那……那你昨晚跟我说的话都是醉话吗？”

“是醉话。”

听到她的回答，秦尧的神色立即沉了下去。

宫小乔顿了顿，话锋却又一转：“不过也是真话。当然，是当成醉话听，还是当成真话听，全在你。”

“小乔，我是不是在做梦？”

“等着，我帮你清醒清醒哈！”宫小乔把手从手套里拔出来，伸出两只冰凉的手使劲捏了捏他的脸，“手感还是一如既往的好啊！”

秦尧情难自禁地拥住她：“我以为再也不可能了，你再也不可能这样对我笑，对我说话了。”

宫小乔的眸底满是冷漠，说出来的话却无比令人动容：“我也以为再也不会见到你了，想不到弄丢的东西还能够找到，虽然现在已经易主，不过没关系，我没有想要夺回什么。”

秦尧松开她，满脸心疼：“抱歉，现在我什么都不能给你。”

宫小乔摇摇头：“没关系，我什么都不要。”

“可……”

宫小乔打断他，将一绺被风吹乱的发拂到耳后：“你不用有负担，陪陪我就好，我不会打扰你多久的。”

闻言，秦尧蓦然捏紧她的双肩：“你这话是什么意思？”

宫小乔立即恢复大大咧咧的微笑：“你这么紧张做什么，我的意思是说等你结婚了，我就会离开这里。在这之前，我只想平时可以多见见你而已。”

“离开？你要去哪儿？”秦尧有些紧张地追问。

“Z城，妈妈的故乡。”

“只是这样？”秦尧依旧狐疑地看着她。

宫小乔轻笑：“你以为是怎样？难道以为我得了绝症将不久于人世？这种情节狗血一次就够了。”

“不许胡说！”秦尧捂住她的嘴。

她扒拉开他白皙修长的手指，温热的呼吸近在咫尺：“秦尧。”

“嗯。”

“如果我死了，你会难过吗，会想念我吗？”

秦尧眉头紧蹙："小乔，别说这种话，没有这种如果！"

"怎么会没有？只差一点点了呢。"

"四年前我自杀的时候就想，你怎么可以这么狠心、这么残忍？我眼睁睁看着你们离开，什么都没办法做，唯一能做的伤害你的事情就是伤害我自己！"

"我想，要是我死了，你会不会就能一辈子后悔、一辈子痛心、一辈子记住我呢？"

"别说了，小乔，别说，我无法承受这种如果。"

宫小乔继续说："可是，顾行深对我说，对于一个不爱我的人而言，无论我做什么都只是可笑的独角戏而已，伤心着自己的伤心，难过着自己的难过，影响不到任何人。秦尧，是这样吗？我对你而言，是不是无关紧要的人？"

"不！不是！你是我这辈子最重要的人！我会难过、会伤心、会心疼得要死！"

"只要有你这句话就够了，我不会再问你为什么离开我，为什么不要我。"

"小乔，我现在还无法对你做出任何承诺，但是请给我一点时间。"

不远处的汽车里。

金沐璘极尽所能缩到角落，离顾行深远远的。

这家伙疯了一样赶来，现在人到了，而且还看见了，为什么反而这么平静？好可怕！

顾行深只是砸了方向盘一下，然后埋着头。他保持这个姿势已经有好一会儿了。

金沐璘小心翼翼地伸出一根手指戳了戳他，怂恿道："别光砸这玩意儿啊！上去砸那个人渣！对方正勾搭你家孩子呢！"

难道他就这么没有威胁力吗？顾行深看到他跟小乔在一起的时候明明还挺淡定的，可是一涉及秦尧，顾行深就跟变了一个人一样。

“啊，顾行深，他们拉小手了。”

“啊啊，顾行深，他们抱抱了。”

“啊啊啊，顾行深，他们……”

“闭嘴！再吵信不信我扔你下去？”顾行深烦不胜烦地揪住金沐璘的衣领。

咚咚咚。这时候，有人敲击车窗玻璃。金沐璘用背部压按钮把车窗蹭开。

秦尧似乎在他们争执的时候已经离开了，宫小乔正一脸惊愕和尴尬地站在车窗外看着他们两个，一个人俯身在另外一个人身上。

“呃，不好意思，打扰了，你们继续！”宫小乔拔腿就跑，好像撞破了什么见不得人的事。

“别走，你给我站住！”金沐璘狂流汗，“这丫头脑子里到底装的什么乱七八糟的东西！”

直到宫小乔去买完菜回来，顾行深和金沐璘才上楼找到她。

结果两个人刚进门，还没来得及说一句话，宫小乔一眼就瞥到顾行深满是鲜血的手，直接一头栽倒，晕了过去。

金沐璘看着顾行深，一脸抱怨：“刚才就说了让你先把手处理了，你偏不听！”

顾行深一言不发地将宫小乔打横抱起放进屋里，然后娴熟地帮助她苏醒。

宫小乔一睁开眼睛就是一句：“你们两个怎么会一起出现？太诡异了！”说完，她立即扭开头闭上眼睛，“对了，顾行深，你的手是怎么回事？”

“我已经包扎过了。”顾行深无甚表情地回答。

宫小乔这才敢重新睁开眼睛。

见顾行深迟迟不说正事，一旁跟宫小乔闹别扭的金沐璘被迫开口：“刚才那个是不是秦尧？”

“你不是看见了吗？还问什么。”

“你这是什么态度！”金沐璘气得不行。

此刻宫小乔还是有几分慌张的，刚才他们一直都在，那就表示顾行深也知道了？

虽然早就已经有心理准备，但她还是想能多瞒一时就多瞒一时，没想到这么快就让他知道了，而且还是当场看见。万一顾行深插手，那么……

“顾行深，你到底管不管？”金沐璘催促。

看样子，居然是二师兄把顾行深找来的？这家伙居然不惜去请顾行深出马，由此可见他有多不待见秦尧！

该来的躲也躲不过，宫小乔深吸一口气：“你有话跟我说？”

顾行深没有立即回答，却一直沉默着，气压越来越低。金沐璘屏息凝视，看顾行深怎么回答。

半晌后，顾行深抬起头说：“没什么，我只是来看看你。那边还有会议没开完，我先走了，你好好照顾自己。”

“顾行深，你……你有没有搞错？这就是你全部想说的？”

顾行深再一次光打雷不下雨，金沐璘表示对此失望透顶！

他还指望顾行深回天呢！原来顾行深也是无力回天，回天乏术！亏他还冒着生命危险千里迢迢地把顾行深请过来，最后居然就只这么一句话？

“哦。”宫小乔垂下头，淡淡地应着。

她本来已经准备好很多种说辞，晓之以理，动之以情，包括不惜利用上次的事情让他对自己愧疚。可是，她什么都没能说。

意料之外地，他完全没有出手干涉，甚至连提都没提。可她心里完全没有松了一口气的感觉，反而更加沉重。

他忍了金沐璘她可以理解，这次居然连事关顾筱柔的秦尧也忍了没有发作，说她不惊讶是不可能的。

顾行深伸出手，揉了揉她柔软的发，他的表情是微笑的，俊逸的眉宇却满是阴霾。

他的语气还是一如曾经的宠溺：“宝贝，抱歉，这一次无论你想做什么，我都不会阻止。”

两个人就这么气势汹汹、翻天覆地地来，然后悄无声息、风平浪静地离开。

这一次，顾行深是真的决定放她离开，不会再管她了。

今后，不会再有人提醒她不许早恋，不会再有人警告她不许跟乱七八糟的男人来往，不会再有人教育她婚前不许跟男朋友乱来。

她觉得自己就像一头在笼子里关久了的小兽，突然获得自由，却不知道要去哪里。她越放纵、越喧嚣、越自由，就越寂寞、越迷失了自己。

这些日子，风司夏一直处在暴走状态，原因是两个主演没有一个在状态。

当初试镜的时候明明相当默契，为什么现在会变成这样？简直是惨不忍睹！惨不忍睹！

机械的台词对白让一向好脾气的凌越也忍不住扶额：“拜托两位，你们是青梅竹马、两情相悦、燕尔新婚，不是苦大仇深、毫无感情的陌路夫妻！小乔经验不足，金沐璘你应该带着她找感觉，而不是被她影响得没感觉！”

“咔！给你们三天时间，如果再找不到感觉直接换人！”风司夏已经连咆哮都省了，直接扔了剧本离场。

风司夏刚一离开，宫小乔便找了一个角落蹲坐下来，四周工作人员们对她演技的质疑声瞬间消失在耳边，因为她几乎一放松下来就立即睡着了。

金沐璘远远地看着她，想上前，又拉不下脸。更何况他看到秦尧已经走了过去。

秦尧走近她，一脸担忧地看着她的睡脸。

听说最近剧组进程很慢，主角状态不佳，秦尧特意从A市赶了过来。

似乎意识到有人靠近，宫小乔立即被惊醒了，揉了揉眼睛：“秦尧，你什么时候来的？”

“听说你最近的状态好像不太好，我不放心过来看看，有没有什么我能帮上忙的？”见她一脸疲惫，秦尧忧心忡忡地问。

“没事，我睡一会儿就好了。”宫小乔又将脑袋埋回双膝之间。

“你好像很困，晚上没有休息好吗？”

“轻微的失眠而已，不用担心。”宫小乔迷迷糊糊地回答。

“轻微的失眠怎么会这么严重？小乔，你是不是生病了？我陪你去医院看看好不好？”

“我没那么柔弱，强壮着呢，别操心了。”

秦尧眉头紧蹙，拉住她的手，态度坚决：“小乔，听话，我们现在就去医院，看完就回来，很快的。”

“我不去。”

“为什么？小乔，你是不是有事瞒着我？”

宫小乔有些不耐烦：“比如我得了绝症就要死了？拜托你不要总是想象力这么丰富！这个问题我们已经讨论过了，你别再乱想。”

她越是这么说，秦尧反而越是担心，越是怀疑。

因为她的状态看起来实在是很糟糕，可她偏偏又不愿意让他陪着去看医生，怎么看都像是有事瞒着他。

秦尧拥住她，近乎哀求：“小乔，算我求你，去看看，我不放心你。”

宫小乔耍赖：“唔，可是我好困，只想睡觉。”

“还说没有骗我，你刚刚才说自己失眠睡不着，现在分明又困成这样！”秦尧微怒。

其实原因很简单，她不是失眠，只是不敢晚上一个人睡而已。

宫小乔也怒了：“那你亲亲我，我就去。”

秦尧的双颊顿时染上红霞。

“不亲就不去。”宫小乔小脸一扬，一副他不答应就誓不妥协的模样。

秦尧看了眼四周，确定没人，迅速俯身亲了亲她的额头。

“这里！”宫小乔一副痞痞的神情，又指着脸颊。

秦尧轻咳一声，蜻蜓点水。

“这里也要！”宫小乔得寸进尺。

看着她柔软的唇，淘气的神情，秦尧又爱又恨地说：“女流氓。”

“只对你流氓！”宫小乔笑得妖娆。

四年不见，她已经完全不是当初那个跟他说话都会脸红的小孩子了。

“你们……”

这时候，一声惊愕而柔弱的女声打破旖旎的气氛，令炙热的空气瞬间冷却冻结。

顾筱柔一脸错愕地站在几步远的地方，难以置信地看着他们的亲密姿态。

秦尧有些惊慌地后退一步，宫小乔则是云淡风轻地看着顾筱柔气势汹汹地走来。

顾筱柔全身颤抖着走到宫小乔跟前，扬起手重重地挥了下去。

意料之中的巴掌声并没有响起，那只手被宫小乔死死扣住手腕，停在半空中。

“你……你松手！”顾筱柔愤怒地挣扎着。

宫小乔像扔垃圾一样扔开她的手：“顾行深动我，我不还手，那是因为我欠他的。你凭什么？”

顾筱柔死死咬着唇，立即又转过头去扇秦尧，秦尧微微垂着头，显然不准备躲。

可是这一次同样被宫小乔截住：“我的人也是你能动的？”

“秦尧，我恨你！”顾筱柔双眸蓄满了泪，推了秦尧一把便转身跑开，跑着跑着还摔了一跤，伏在地上不停啜泣。

宫小乔冷笑，见讨不到好处就以退为进，并且特意摔倒等着秦尧追上去。

以退为进是吧？

“去追吧！”宫小乔一只手臂覆着双眼，淡淡地道。

装可怜是吧？

秦尧看着不远处摔倒的顾筱柔，本准备追过去，却看到宫小乔脸颊上无声滑落的泪痕，却依旧故作坚强，用手臂遮住不让他看到。

当筱柔受伤的时候，还有一个人更加痛苦，这样他看不到的眼泪，还有多少？

秦尧的脚黏在原地动弹不得，最终，他转过身坐到她身边，竟没有追过去，似乎是下定了某种决心。

“我不会再让你受委屈。”

听着秦尧意料之中的回答，宫小乔内心竟平静得没有丝毫胜利的喜悦。

宫小乔一脸疲惫地回到住处，倒头就睡，可是每次刚有些睡意就被噩梦惊醒。

和往常一样，她索性不再逼自己入睡，而是跑到客厅里，盘腿坐到沙发上，怀里抱着枕头，嘴里叼着一袋牛奶，打开笔记本电脑开始放电影看。

正看到关键的部分，敲门声急促地响起。大晚上的，也不知道是谁。

宫小乔不耐烦地跑过去开门，连拖鞋也没来得及穿。她本来猜是金沐璘或者秦尧，一打开门，看着眼前已经快一个月没见面的顾行深，一时之间她有些恍惚，但很快便反应过来，今天发生了这么重大的事件，怎么可能会不传到顾行深的耳朵里。

千里迢迢的大晚上赶过来讨伐她，不愧是十佳好哥哥。

宫小乔正穿着一身大熊猫样式的黑白连体睡衣，嘴里还叼着一袋子牛奶，难得这样还能吐字清楚：“怎么？来兴师问罪？”

顾行深看着她，脸色很不好，温暖的大掌摩挲着她的脸颊，眸子里满是责备：“怎么瘦成这样？”

完全出乎意料的台词让宫小乔有些愣怔。

宫小乔愣怔的几秒钟，顾行深已经侧身进来，并且帮她关上房门：

“门口冷，进来说。”

这貌似该是她这个主人的台词吧？他还真不见外。

进屋后，宫小乔直接开门见山：“不要拐弯抹角了，你今晚特意来找我有什么事直接说！说完我还要睡觉！”

正巴巴等着他为顾筱柔讨回公道呢，却听得他若无其事地开口：“我就不能是来看看你？”

宫小乔嗷嗷抓狂：“不说算了，我去睡觉了！”

“那我不打扰你了。”顾行深站起身。

“你要走了？”宫小乔怔怔地问。

“嗯，明天我再来看你。”

宫小乔坐在沙发上，双眼发红，死死盯着他转身离开的背影。

顾行深走到门边的时候顿住脚步，转过身来看着她的兔子眼睛，神情有几分无奈：“怎么了？你不想让我走？”

“才没有！滚吧滚吧！谁稀罕你啊！浑蛋！”

顾行深走到她跟前，轻叹一声，揉了揉她的头发：“我突然发现我忘了订酒店，可不可以借住一宿？”

“不可以！想来就来想走就走，你当我这是什么地方！”宫小乔恶狠狠地推开他的手，“不准摸，当我是小猫小狗呢！”

“可不就是被惹急的小猫！毛都竖起来了！”顾行深又伸手去摸。

最后，她睡在卧室里面，他睡在客厅的沙发上，卧室的门开着。

宫小乔翻来覆去了几个来回，最终还是睡不着，探着脑袋问：“顾行深，你睡了吗？”

“还没有，怎么了？”顾行深一只手枕在脑后。

“顾行深，你没话跟我说吗？”宫小乔问。

“没有。”

过了几分钟，卧室里又传来一阵翻来覆去的声音，然后是嗖的一声蹿起来的声音。

“顾行深，你真没话跟我说？”

“没有，睡吧。”

这下宫小乔没声了。

第二天中午。

“什么时候了？”宫小乔从被子里爬出来，脑袋埋在枕头里，睡得有些意犹未尽。

彼时，顾行深正在客厅里小声打电话。

那头唐誉开了扩音，四个人一起听着顾行深的安排。

“非洲的项目，沈乐天，你去监督，什么时候上了轨道什么时候回来。”

“Yes，Sir！”沈乐天立即振奋精神。

“城郊的29号地务必拍下来，找时间去请张局吃顿饭，唐誉，你去谈。”

“收到！唔，对了，老大，你人在哪儿呢？”

没有来公司，也没有用视频会议，唐誉好奇地发问。

“我在D市。”顾行深回答。

唐誉惊道：“啊？老大，难道你准备亲自出马收拾霍彦东？”

沈天乐敲了唐誉的脑袋一下：“笨，虐老家伙是顺便，去看小狐狸才是主要的。”

“冷透，你明晚之前过来D市。”

“老大，你说你人在D市的时候，二哥就已经出发了。”盛宇回应。

顾行深颔首：“如果你们几个都能像冷透一样，我会省心很多。”

作为最不让顾行深省心的代表人物唐誉立即对号入座、心虚地擦汗。

沈天乐撇撇嘴：“哥就知道偏心冷透。”

盛宇委屈得蔫了：“哥，我也让你不省心吗？”

“嗯，老三还是很稳重，我不在的时候看好公司。”

闻言，盛宇立即原地复活了。

出息！沈乐天一脸鄙视地看过去。

“啊，顾行深！”

三人听到电话那头突然传来一声极为熟悉的女声。

“怎么了？”顾行深侧过头去看屋里。

“顾行深，你为什么不叫我起床？”宫小乔手里拿着手机，怒气冲冲地从卧室里杀出来。

“我看你好像很累，所以让你多睡一会儿。”顾行深不紧不慢地回答。

三人面面相觑，心照不宣，想不到老大居然真的在小乔那里！而且这对话还这么不和谐！

继续听，继续听！三人八卦地集体把耳朵凑到了手机跟前。

结果，“啪”的一声，那端顾行深已经把电话挂了。

没八卦听了！沈乐天掀桌！

“多睡一会儿？你当我是猪啊！还差一分钟就十一点了！我的手机是不是你关的？”宫小乔怒道。

“嗯。”顾行深不否认。

“你凭什么关我手机？”宫小乔抓狂。

她一打开手机，就看到无数未接来电和短信，所有人都在找她，剧组的人都快把她的电话打爆了，一想到咆哮帝风司夏那张凶神恶煞的娃娃脸，她简直不寒而栗。

“太吵了。”顾行深回答得理所当然，毫无犯罪感。

“我挠死你！”宫小乔挥着手就扑了过去。

顾行深气定神闲地站在原地任她发疯：“还好我把你的指甲剪掉了。”

宫小乔愣了半晌，然后勃然大怒，再次被侏罗纪喷火小恐龙附身：“顾行深！我的指甲！我花那么长时间保养的指甲，我玩游戏都没舍得剪掉的指甲！是你剪的？”

顾行深轻咳一声：“谁让你一激动就喜欢掐自己，你看，没有指甲你手心里的伤就好了。”

“我掐自己怎么了？我主要还是为了掐别人啊！别说得这么伟大，你就是想剪了我的指甲，以免被我袭击！就像现在这样！”宫小乔悲愤不已地干瞪着他。

“好了好了，大不了我给你买一副假的戴着好不好？慈禧太后戴的那种？”顾行深哄她。

“你哄谁呢？当我三岁小孩呢！”宫小乔怒目而视，“那你现在就去给我买！”

“成，先吃饭，吃完饭我就去给你买凶器，然后任你处置。”顾行深满口答应着把她推进洗手间里，“先洗脸刷牙。”

宫小乔飞速洗漱好，穿好衣服，说：“顾行深，我不吃了，真的来不及了！我这些天状态本来就不好，耽误了不知道多少时间，浪费好多钱，今天居然还迟到这么久，风司夏非得杀了我不可！”

“反正浪费的是秦尧的钱，他都不心疼，你倒替他心疼了？”顾行深声音微冷。

“你知道是秦尧投资的？”宫小乔有些惊讶，又一想，有什么是顾行深不知道的呢？

既然他都知道，为什么什么都没有说？什么都没有做？她完全猜不透这只老狐狸的心思。

“快过来，菜都凉了。”

“说了不吃了。”宫小乔抱怨着，连她自己都没察觉这样的语气是多么亲昵、任性。

顾行深把保温桶的盖子打开，顿时香气四溢，宫小乔的眼睛就黏在那些美味上移不开了。

“反正已经迟到这么久了，也不急在这一时，吃饱了才有力气工作。”顾行深推着她坐下来，把米饭递到她手里。

过了一个月没爹养、没娘疼的日子，突然有人给她做好了饭，还送到了嘴边，她心里有点酸。

“很难吃吗？”看她蹙着眉头、板着脸，顾行深不太确定地尝了一口她放进嘴里的奶汤鲫鱼。

宫小乔摇头，迅速扒完饭，然后飞速逃离这样温暖得令她快要难以抵抗的情境。

跑出去之后，她才发现她把顾行深一个人留在家里，却忘了问他什么时候走。

“但是，中华民族的儿女啊，谁愿意像猪羊一般任人宰割？我们抱定必死的决心，保卫黄河！保卫华北！保卫全中国！风在吼，马在叫，黄河在咆哮，黄河在咆哮……”

宫小乔一路狂奔到剧组，伴随着她那响个不停的雷人的手机铃声。

“你总算是来了，我还以为你顶不住压力临阵逃脱了！”说着，凌越瞥了眼暴风中心风司夏。

宫小乔冲他笑了笑，终于气喘吁吁地跑到风司夏跟前：“风导，对不起对不起，我来晚了！”

风司夏嘴角抽搐：“风在吼？”

“呃。”宫小乔急忙按掉手机。

“宫小乔，给你三天时间的话现在收回，今天，就现在，我最后给你一次机会，如果你依旧如此，那么明天起你就不会听到风在吼了，嗯？”风司夏黑着一张脸，显然已经失去了最后的耐心。

话音刚落，立即有人小声议论：“导演总算是发话了！”

“这种什么都不懂、靠男人进来的新人早就该换了！真不懂当初是怎么选人的！”

“既没演技又不懂事，浪费大家这么多时间，这都快中午了，饭都吃不成还要陪着她折腾！”

“开工了！开工了！反正这种浪费时间的日子总算要结束了!”

……

这一个月来，这些话宫小乔早已就已经听习惯了，也没多大反应，急忙跑去准备。

化妆师一边抱怨，一边随便给她上好妆。

金沐璘斜倚着墙壁眉头紧锁，见她终于来了，眉头跟着舒展开来，但只是暗暗松了一口气，什么也没说，一言不发地去换装。

昨天他看到顾筱柔来了，结果没过一会儿就哭着离开了，想也知道发生了什么事。今天他一直担心，还以为宫小乔被找麻烦了，现在看来，她的脸色貌似还不错，红扑扑的，不像那几天都是苍白憔悴的。

难道是遇到什么好事了？是秦尧？

金沐璘越想越窝火，差点怒得破功，直接去质问她！但最后他还是忍住了！

他一定要冷暴力到底，让她自己来认错！

可是听到导演严厉的斥责，工作人员的冷嘲热讽，以及外界质疑她的传言，他还是无法避免的心疼、心焦、心急如焚。

由于进度过慢，这一个月仅仅拍到上官弦月和君逸尘刚刚成亲。

昨天拍到君逸尘去灾区治水，三个月之后才回来，两人小别胜新婚的场景。

这段戏台词很少，主要是表情和眼神表达内心的情感，宫小乔拍了整整三天都没过。

“Action！”

丫鬟毓秀穿过走廊，一路跑进屋里：“小姐小姐，王爷回来了！”

上官弦月正在刺绣，闻言一惊，手指不慎被针扎到，却也顾不得手上的伤，急忙匆匆往外跑。

结果，人在眼前了，她却停住脚步，不敢上前，眸子里含着盈盈水光，似有千言万语。

“月儿。”君逸尘见了她，看得痴了，随即大步上前，紧紧拥着她，内心的思念激荡万分却又带着隐忍，最后终于冲破礼数抱起她走进屋里。

上官弦月的神情一分惊讶、两分妩媚、三分依恋、四分羞怯，每一种情感都是一分不多一分不少，简简单单的一个眼神却令人心神荡漾。

场景转到屋内。

君逸尘将她放置在榻上，无比珍视地以手抚摸着她的发丝、脸颊，然后将唇轻轻印在她的额头、鼻子、脸颊、唇角，辗转流连。

一直到宫小乔几层古装都快被脱得走光了，才终于有人出声提醒：“导演，是不是该喊咔了？”

“喀，咔。”风司夏这才喊了停。

第十一章

复仇

“什么叫于情于理都不认同我？我拿回自己的东西有什么错？”

“那是东西？明明是一个渣！你捡回来干什么？”

“我要挑战自我、化腐朽为神奇不行吗？”

顾筱柔夺走了她最重要的亲人，她怎么可能不让顾筱柔付出代价！

宫小乔实在有些无语。

其实到君逸尘把上官弦月抱进屋里的时候就该喊咔了，这家伙居然让金沐璘把前戏都做足了才喊停，居然还有点意犹未尽的意思。

同样意犹未尽的还有金沐璘。

风司夏矜持地说了一句：“嗯，还可以。不过，如果这次的表现只是偶然，我还是会随时换人！”

“明白明白！风导，我一定好好表现！我选那首歌做铃声其实完全是为了时时刻刻提醒自己，要谨记您老的教诲！我最近状态不好，主要是因为研究剧本的时候在两种角色之间转换走火入魔了，昨晚我灵光乍现，被打通任督二脉！风导，这次我一定不会让您老人家失望的！”

宫小乔表示要对着这张可爱的娃娃脸说出这番话实在是很需要演技的。

“最好是这样。”看宫小乔又开始巧舌如簧，风司夏才确定她是真的恢复状态了，不过他倒是有些好奇让她恢复状态的真正原因是什么。

“好了，各位先去吃饭，下午继续。”凌越拍了拍手。

此刻，金沐璘正一脸愤然地瞪着刚才提醒喊停的工作人员。

宫小乔正在卸妆，无语地伸出手绕过化妆师，一巴掌拍到旁边的金沐璘肩膀上：“八戒，你准备跟我闹到什么时候？”

金沐璘正要说话，宫小乔的手机响起来了，是顾行深打来的。

“小乔，我出去有事，晚饭做好了，你回来自己热一下吃。”

“哦。”

出去有事？这个意思是他的事办完了还会回来吗？

工作人员都去吃饭了，只剩两个人，一个坐椅子上，一个坐化妆台上。

宫小乔挂了电话，发现金沐璘那张俊脸已经放大凑到了手机跟前，她吓得往后一缩。

“躲什么躲，我都看见了！”金沐璘斜眼看过去，“而且我还知道，顾叔叔就是顾行深！”

“你怎么知道是他？”宫小乔问。

“上次在你那儿的时候他打你的手机，你被西红柿酱吓晕了，电话是我接的。”

“难怪他突然跑来，你是不是对他说了什么奇怪的话？”

“实话实说而已，你难道不是运动得太激烈所以晕过去了？”金沐璘理所当然地回答。

宫小乔垂着眸子，身体抖了一下，然后猛地扑了过去：“金沐璘，我掐死你！”

这浑蛋！不会用省略句就不要用啊！

“啊啊啊！师父救命，小师妹要大开杀戒了！”

两人大闹一阵，金沐璘捂着脖子哼道：“顾行深果然去找你了！那个变态的妹控是不是又不分青红皂白为难你了？虽然这次于情于理我也不认同你的做法，不过，反正轮不到他来管。”

“什么叫于情于理都不认同我？我拿回自己的东西有什么错？”

“那是东西？明明是一个渣！你捡回来干什么？”

“我要挑战自我、化腐朽为神奇不行吗？”

顾筱柔夺走了她最重要的亲人，她怎么可能不让顾筱柔付出代价！

可是顾行深一天护着她，自己就一天动不了她。唯一可以用的，只有这种方法。

“行行行，随你折腾去！到时候被欺负了可别找我哭！死丫头，你突然又活蹦乱跳、精力充沛的，顾行深到底对你做了什么？为什么你莫名其妙地容光焕发复活了？”金沐璘一脸猜疑。

“还能做什么？做了一顿饭呗！”

金沐璘沉吟着，回想起顾行深的手艺，觉得这个理由还是有可能的。

“有没有给我带饭？”金沐璘瞅着她。

“啊？没有啊！我来得太急了！”宫小乔挠挠头。

金沐璘痛心疾首：“就知道吃独食，没良心的家伙！”

“二师兄，好开心哦！你终于肯骂我了！以后你心里不高兴尽管打我骂我，别不跟我说话！”宫小乔黏过去，眨着眼睛开始卖萌。

“嘁，谁敢打你啊！这不是找虐吗！”金沐璘酷酷地别过头，对她的道歉很是不屑，嘴角却微不可见地扬起。

金沐璘的脸色忽然又沉了下去：“小乔，我知道这次我无论做什么，你都不会改变主意了，我只希望你不要做傻事。”

“我知道。”

宫小乔回去的时候，顾行深果然已经不在了。

她吃过晚饭，正准备吃点零食看一会儿电视，却发现零食的存货所剩不多了，于是懒洋洋地爬起来出去买。

这边有家店的泡椒凤爪特别好吃，就是地方有点偏，听说经常发生拦路抢劫之类的乱七八糟的事情。

不过宫小乔走了几次都没遇到过这种情况，结果今天走到路边，忽然就听到暗巷里传来一声惨绝人寰的惨叫声。

宫小乔打了个激灵，下意识地往声音传来的方向看去，隐约看到一辆黑色的宾利停在路边，几个穿着黑色西装的男人堵在巷子口，里面时不时传来男人凄惨的叫声。

打架？群殴？

“啊，你们，你别过来，我不知道，我真的不知道我们老大在哪里啊！”

“什么都不知道，留着你还有什么用？废了。”

这透心凉的声音怎么如此熟悉？好像冷小透的声音啊！宫小乔更加好奇了，兴奋地偷偷凑过去。

结果刚一靠近，她就发现熟人竟然不只冷透。那个冷漠的侧影是……

“喂！顾行深，你们在这儿干什么？”

宫小乔突然出声，几个人都被吓了一跳。

“什么人？”有人警惕地出声，甚至已经掏出了枪。

“没事。”冷透开口稳住几人。

“这么晚了，你出来乱逛什么？”顾行深的语气有些严厉。

“我只是出来买凤爪！你们在干吗？”宫小乔歪着脑袋想往里面看。

顾行深伸手挡住她：“别闹，快回去。”

“干吗不让我看？顾行深，你在做什么坏事？”他越不给她看，她越是想看，一直跳啊跳的试图越过他探究情况，结果都因为他的身高被挡住。

“正事，别掺和，我送你回去。”顾行深头疼地揽着她离开，她依旧不死心地扭头往后想看清楚，却被顾行深的大掌扭了回来。

宫小乔嫌弃地挣开他的手臂：“顾行深，你身上有血腥味儿。”

“放心，我没做违法的事情。”

“我才不管你。”

宫小乔腹诽，就知道骗人，谁信啊！刚才那人叫得跟杀猪一样。

看着手里的零食，宫小乔突然想起来：“对了，顾行深，我的假指甲呢？”

“买了，在你屋里，没看到吗？”

“没。”

“回去我拿给你看。”

夜里风大，她冷得瑟瑟发抖，偏偏还是馋得出来觅食，要是以往，她肯定是差遣顾行深做这事。

顾行深拥住她帮她遮着风，她不着痕迹地蹦跳着脱离他的怀抱：“顾行深，快点，冻死了。”

有些事情粉饰太平，不代表就是真的完美无缺。欲盖弥彰，不代表裂痕就不存在。

她越是装作不在乎，他就越是心慌。

一个月后，D市的取景结束后，整个剧组回到了A市。

《天下无魔》这部剧还没有播出，相关报道和花边新闻已经铺天盖地。

宫小乔从一开始的默默无闻，到如今已经成了冉冉升起的新星。

而作为空降女主的宫小乔，与编剧和男主角之间暧昧不清的关系也很大程度地炒热了群众的八卦热情。外界对她的评价褒贬不一，但她得到了剧组内部的一致好评。

有关对女主演技的质疑，风司夏并不特意公开澄清什么，相信只要这部剧一播出，观众的疑虑都会烟消云散。

海岸别墅。

客厅的桌子上放着几本杂志，那些娱乐周刊上的某些内容相当夸张，而一些比较三流的八卦杂志写得更是不堪入目。

秦尧坐在沙发上，顾妈妈坐在对面，一脸凝重："秦尧，这是怎么回事？"

秦尧扫了眼那些杂志："伯母，这只是炒作手段而已。"

"炒作？我不是反对你投资娱乐业，但是你要考虑到自己的身份，你不仅是秦氏企业的继承人，还是筱柔的未婚夫，你这个时候跟女演员传出绯闻，你让筱柔情何以堪？偏偏这个演员还是小乔！你到底是无意，还是一开始就……"

"伯母，您多虑了。这件事完全是巧合，我先前并不知道小乔受金沐璘的推荐进入剧组，她完全是凭借演技胜任女主一角，和我没有任何关系。作为好朋友，有些时候我自当多照顾她一些。至于那些杂志怎么写，一部分是我们故意为之的炒作，还有一些无稽之谈则完全是报刊、杂志赚销量的手段。"

"我明白我现在的情况，可是，就算我现在已经跟筱柔结婚了，今后也难以避免还会发生这种情况。我认为筱柔作为我的妻子会支持我的工作，也会理解和相信我。如果我们之间连这些考验都无法经受，我认为我们似乎也没有在一起的必要！"

秦尧一番话说得顾妈妈哑口无言，这孩子一向温温和和的，想不到也有这么咄咄逼人的时候，不过，他说的话也确实不是没有道理。

而且，小乔那孩子似乎也不是那样的人。

只是，她心里还是没办法释怀，毕竟秦尧和小乔还有那样一段曾经，这让她如何能完全放心！

上次筱柔本来是去D市看秦尧，结果没过多久就跑了回来，一回来就躲在房里哭。

那时候起她就觉得不太对劲，于是让小深去看看到底发生了什么事。结果小深去了一趟D市回来了，只说都是空穴来风，这件事就这么不了了之。

但是看着女儿日渐憔悴沉默，她这个做母亲的没办法看着不管。

“伯母，没事的话，我先离开了，晚上还有个记者发布会要开，需要提前做准备。”秦尧站起身。

“等等，怎么刚来了就要走，你上去看看筱柔吧！”为了女儿，顾妈妈放软语气。

秦尧顿住脚步，点头。

他上楼推开顾筱柔的卧室，就看见她穿着单薄的睡衣坐在地毯上，满地都是撕碎揉烂的照片。

顾筱柔捏紧一张秦尧和宫小乔在暧昧的路灯下亲密相拥的照片，脸上丝毫没有天真烂漫的神色，只剩满脸的嫉恨。

她低声开口：“秦尧，你说，要是我把这些照片交给记者会怎样？”

秦尧拿起床上的毛毯盖到顾筱柔的肩头，温柔地拥着她，语气更是柔情似水：“亲爱的，你以为你的私家侦探能拍到的东西，记者会拍不到？他们不是不发表，而是不敢！”

顾筱柔的身体猛然一颤，愕然回过头，死死盯着他：“你为了方便跟小乔见面，居然早就收买了所有的记者？”

秦尧轻笑：“我可没有那么大的本事，这些消息是你哥哥拦下来的。”

“才不会！哥怎么可能帮你们？”顾筱柔难以置信地反驳。

秦尧随手拾起一张照片：“他不是帮我们，而是为了保护小乔。”

“不！哥不会帮着外人！为什么，为什么你要告诉我这些？”顾筱柔歇斯底里地尖叫着。

“嘘！这么大声，你是想所有人都知道我们在吵架吗？”

秦尧语气宠溺地抱着她坐到床上：“傻瓜，你就这么不相信我吗？我和小乔只是为了配合炒作逢场作戏。”

“真的？”

“要我说多少遍你才相信，我的心里只有你。”

“秦尧。”顾筱柔怔怔地看着他，似乎一瞬间又从地狱回到了天堂。

“不许胡思乱想，我马上要去工作，你在家要乖乖的，不许再让伯父伯母操心。”

顾筱柔满眼惊惶不安地看着眼前的男人，总觉得他哪里不同了，明明是那样温柔的表情，耐心哄着的语气，为什么却令她感到丝丝森寒？

泰安小区。

宫小乔一只手叉腰，一只手挥着锅铲，指向拎着水果、蔬菜，柴米油盐，匆匆赶来的男人怒目而视：“你看看这都几点了！我等你的菜等得一部《楞严经》都背完了！”

“对不起，饿了吗？有点事耽搁了！”秦尧满头是汗地道歉，毫不在意她恶劣的态度。

宫小乔撇撇嘴：“是去见顾筱柔了吧？满身都是她的气味儿。”

她连生气吃醋的样子也是赏心悦目的。

“今大的午饭我来做好不好？就当是赎罪。”秦尧的语气满是纵容。

宫小乔一脸惊恐：“你得了吧！就你那手艺，别折磨我了！”

秦尧各方面都很优秀，唯独在厨艺方面完全没有天分。

“帮我把围裙拿来！”宫小乔指示。

“好，等等。”秦尧急忙放下手里满满当当的东西，去给她拿围裙。

他站在她的身后帮她穿上围裙，顺势将她拥住，握住她的手：“小乔，如果这是梦，我宁愿一辈子都不醒来，就算是溺死在这样的幸福里。”

“别整天跟一个文艺青年似的，去把洋葱剥了！”

“遵命！小乔大人！”

“其实我更爱听‘老婆大人’。”

闻言，秦尧的身子僵了僵：“对不起。”

宫小乔切的不是洋葱，眼睛却红了：“秦尧，怎么办？如果到了该离开的时候，我还是舍不得你怎么办？”

“小乔。”

“因为我，这些天很多人找你麻烦吧？”

“这些我会处理，你不必担心。”

“秦尧，你喜欢我吗？”

“嗯。”

“那你爱我吗？”

“爱。”

“喃，这世上又多了一个爱我却不能要我的人。”

一句话，就让他心如刀绞。

顾氏集团。

沈乐天正如狼似虎地沉迷于八卦新闻中。

“一个多月没回来，我居然错过了那么多八卦，真是可惜啊！你说这叫怎么回事？眼见着秦尧和顾筱柔的婚期越来越近了，结果秦尧却跟小狐狸越来越暧昧了，他要娶的到底是谁啊？”

“你回来了就好好干活，别整天看这些没用的！”盛宇将一堆文件推到他跟前，“你怎么不继续在非洲待着了？我还以为你真准备待个三年五载的！”

那个项目起码要半年才能上轨道，沈乐天这家伙居然如此拼命，一个月就搞定了，可见他有多急切地想要回到祖国的怀抱！

沈乐天一脸苦瓜相：“唉！非洲的妹子太重口味了，我还是喜欢白白嫩嫩的妹子！终于能回到祖国美女的怀抱了！”

盛宇不由得轻嗤。

沈乐天说着，一脸猥琐地凑过去：“嘿嘿，三哥，有空要不要去那边走走？”

“一边玩去，我忙着呢，没空跟你贫！”盛宇一脸鄙视地把沈乐天踹了过去。

沈乐天仰慕道：“话说，你们三个够能耐的啊！这种情况下居然都能稳住哥没有暴走！”

盛宇挑眉：“暴走倒是没有，不过，这个月办公室已经换了……唐誉，今天多少号来着？”

“明天是情人节，今天是二月十三号。”唐誉回答。

“嗯，对了，这个月老大的办公室已经换了二十六个咖啡杯，平均早晚各一个，并且折断了无数支钢笔，我在考虑要不要请人打造一支金刚钻做的。”

唐誉补充：“书桌、椅子、橱柜都已经从实木的换成了钢板的！”

冷透抬起头：“还好窗户本来安装的就是防弹玻璃。”

盛宇好整以暇地啧啧摇头：“沈乐天，你居然这个时候跑回来。我看你还是少八卦几句，省点工夫为自己默哀吧！”

闻言，沈乐天顿时傻了。

“我想不通啊！哥要是不高兴，随便动动手指，就能让小狐狸这辈子都见不着秦尧！何必在那儿自虐？”沈乐天不解地咕哝道。

盛宇叹道：“还不是因为那次的事情闹的，哥似乎是因为愧疚答应了小狐狸不会干涉她的事情。现在哥可疼小狐狸了，对她千依百顺的，甚至包括默许了她跟秦尧的暧昧关系，顾筱柔跟在后面哭了好几次，哥都愣是没有动手。”

沈乐天摸了摸下巴：“啧啧，厉害厉害，小狐狸不愧是小狐狸啊！”

“还有一件大事！”唐誉神秘兮兮地说。

“哟！还有八卦啊！来，说说，说说！”沈乐天急忙凑过去，满脸兴奋之色。

唐誉瞥了他一眼，叹着气说道：“我们啊，马上就要集体卷铺盖走人离开顾氏了！”

“什么！”沈乐天被这个八卦吓了一跳，小脸都白了，一副被始乱终弃的表情，“哥不要我们了？”

唐誉摇头：“哥也一起走！”

“这是干吗？集体离家出走？到底怎么回事儿，唐誉你说清楚！”沈乐天催促道。

“老大准备把顾氏集团给顾筱柔当嫁妆。”唐誉撇撇嘴回答道。

沈乐天立即掀桌：“开什么玩笑！用整个顾氏做嫁妆？凭什么！这顾氏江山可是我们兄弟几个一砖一瓦打下来的，那顾筱柔是女王啊还是埃及艳后啊！就算是亲妹妹也用不着把那么大的公司送出去吧！哥这几天是不是被小狐狸逼疯了？你们一个、两个、三个也不带着哥去发泄发泄，这要是憋坏了可怎么办！”

“那种事，哥不愿意的话，我们还能逼着他去做不成？”盛宇无语地看了他一眼。

“当时哥跟我们说这件事的时候我也挺惊讶的，因为顾氏毫无疑问是该由哥继承的，可他居然要完全放弃继承权，全部转给顾筱柔。顾筱柔一个小姑娘，根本不懂什么商业经营，身体又不好，顾氏转让过去之后，实际掌权的肯定就是秦尧！”唐誉开口道。

“就是啊！你们怎么都不劝着点啊！”沈乐天急道。

盛宇摊手：“劝了，是我和唐誉都被二哥劝了。”

“什么意思？”沈乐天看向冷透。

冷透习惯性地在分析事情之前推了推眼镜：“老大早就在外面注册了公司，真正的实力也都在那边，老大要给的嫁妆是顾氏企业，而不是整个集团。顾氏企业看似是本部，其作用充其量也只不过是一面旗帜而已。当然，即使如此，单单一个作为附属的顾氏企业在老大接手之后也早已经今时不同往日。老大把顾氏给顾筱柔继承，虽然这份礼有些重，但也是合情合理的。当然，老大做这个决定还有一个深层次原因。”

“什么原因？”见冷透又开始卖关子了，沈乐天恨不得把他倒提起来，将他肚子里的话全抖出来。

“顾氏集团将会作为顾筱柔的嫁妆，这件事情公布出去之后，就是明摆着告诉别人，娶了顾筱柔，就等于得到了整个顾氏！你认为有哪个男人能经得住这样的诱惑？”冷透继续分析。

“所以？”沈乐天沉吟。

“所以，秦尧要娶的必定是顾筱柔。”冷透得出结论。

沈乐天被点拨了一番，顿时恍然大悟，如醍醐灌顶：“啊，哥已经断定不管小狐狸和秦尧现在怎样，到最后都不可能在一起。就算小狐狸现在对秦尧还有什么遐想，等秦尧为了金钱名利娶了顾筱柔之后，小狐狸再怎么也得死心了！原来，这就是哥虽然不淡定，但依旧忍着没有狂化暴走的原因啊！”

“老大为了小乔和筱柔真是煞费苦心。可是这样建立在利益之上的婚姻会有幸福可言吗？”唐誉特忧郁地吟了一句。

盛宇无奈地道：“顾筱柔对秦尧这么执着，如果这个时候秦尧又回到小乔身边，对她而言绝对是致命的打击！虚假的幸福也比心如死灰强吧！”

“喂喂！我说你们，都别在这儿谈论这忧郁得令人头疼的话题了，明儿个是情人节，大把妹子等着我们狂欢呢！兄弟们都High起来！明天晚上我在魅色包场举办单身派对，兄弟们都要来啊！”沈乐天跟打了鸡血一样，一脸亢奋。

冷透瞥了他一眼:“这才是你赶着回国的原因吧？”

“哈哈！还是二哥聪明！”

众所周知，顾氏集团盛产黄金单身汉、极品钻石男。

五个人中，老大顾行深在外界看来将来肯定是要跟宫家联姻的，有宫寒念在那里挡着，基本不会有女人去觊觎。沈乐天是“万花丛中过，片叶不沾身”，唐誉是“弱水三千，只取一瓢”，盛宇是无欲无求，冷透向来是独来独往，似乎有一段不为人知的曾经。

魅色酒吧。

顾氏集团的沈少举办单身派对的消息一经传出，就吸引了无数俊男美女，其中不乏一些非单身人士情人节没什么花样玩，也纷纷跑过来凑热闹。

沈乐天坐那儿跷着二郎腿：“搞什么搞什么！没看到哥今天举办的是单身派对吗？你们这些成双成对的都跑来凑什么热闹？都给哥出去！要不就立刻出去分手，分手完才给进来！”

“沈少，你也忒损了些！”

“哈哈，沈少，哥们我又没结婚，带个姑娘来而已，不用做得这么绝吧！我人都带来了，总不能让我把人家赶回去是吧？”

“唉！想来想去还是沈公子你潇洒，万花丛中过，片叶不沾身！”

灯红酒绿中，人群热闹地狂欢着，唱歌、跳舞、联谊，气氛相当热烈。

果然，没了冷场的顾Boss和小狐狸，他沈乐天要炒热气氛就是三言两语、轻而易举的事。

沈乐天左手勾着盛宇的肩：“三哥，活跃点啊！”右手又搭着唐誉的背，“兄弟，振作点！天涯何处无芳草，何必单恋一枝花！别在一棵树上吊死，可以多找几棵树试试嘛！”

“二哥，拜托别冷着一张脸，好像所有人都欠你几千万似的，你看美女都被你吓走了！”

沈乐天这边忙着兄弟的终身大事，那边还要忙不迭地应付蜂拥而上的美女，真是如鱼得水，不亦乐乎。

他们这一桌子几个人可都是黄金单身汉，所有女人努力的终极目标，今晚几乎一大半的女人都是冲着他们来的！

正互相调侃着，一个穿着手绘中国风山水画衬衫的男人朝这边走来。

“沈兄，好久不见！”

“哟！确实好久不见啊！平野君，开玩笑的吧！你也单身？”沈乐天惊愕道。

平野凉直对中国的文化非常感兴趣，平时的吃穿用品都是专人定制，有浓厚的中国古典文化色彩。

看他这身衣服就知道，最近他又迷上了王维的山水画。

“是啊！沈兄不给我介绍一个？”平野凉直在对面坐了下来。

“那还不简单，今晚美女这么多，任君挑选，包君满意！”沈乐天豪迈地道，那神情颇有几分古代青楼老鸨的架势。

“不知道今天那位小乔小姐来了没有？还是，她已经并非单身？”平野凉直试探性地问。

“哟，你还记着那只疯兔呢！据我所知，她应该还是单身，不过就是不知道今晚是否孤身。”沈乐天沉吟。

“什么意思？”平野凉直的中文水平还没到能理解他这么绕的一段话的程度。

“得，我帮你打一个电话问问。”

“那就拜托了。”平野凉直感激道。

“看不出来你还挺痴心的。”说着，沈乐天拨通了宫小乔的电话。

这时，宫小乔刚跑完一天的通告。今天是情人节，邀请她和金沐璘去参加特别节目的特别多，这会儿忙完了才闲下来，她正窝在床上补眠。

凌越那家伙看起来文质彬彬的，使唤起人来真是一点都不含糊，这些天高强度的拍戏和宣传工作已经快把她榨干了啊！

算那家伙还有点良心，知道今天是情人节，把晚上时间空出来了。

不过，她猜想他压根不是因为体贴，而是他自己也要出去和女朋友浪漫！

唉，作为一个单身狗，今晚她只能跟卧室这张寂寞的小床相伴了。

宫小乔躺下没多久，白衣服的美女妈妈刚露出个脸来梦里找她，就被沈乐天的一通电话吓跑了。

“喂，沈小天，这么晚了，有什么事啊？我刚睡就被你吵醒了！”宫小乔迷迷糊糊地抱怨道。

“这么晚了？”沈乐天拔高声音，“晚什么晚？这才八点，我们的夜生活才刚刚开始！而且今天可是情人节，你居然给我在家里睡觉！你这是浪费青春，浪费生命好不好？速度给我起来！马上来魅色酒吧！有人想着你呢！”

说最后一句话的时候，沈乐天意味深长地看了眼平野凉直。

宫小乔无语：“沈小天，你打了鸡血啊？今天怎么这么亢奋？”

“一句话，来不来？”

“不来，我要睡觉！”宫小乔斩钉截铁地回答。

一旁的唐誉耳尖地听到电话里宫小乔的回答，忍不住扑哧一声笑了出来。小乔不愧为沈乐天的克星啊！

沈乐天简直颜面尽失，被迫使出撒手锏：“小狐狸啊！你现在发达了，出名了是吧？叫你出来玩都不给面子了，这要是以后真成巨星了，我见你一面是不是还要预约啊？”

闻言，宫小乔的脸黑了，她揉揉头发坐起来：“得了得了，我十分钟后到！”

“嘿嘿，我就知道小狐狸最讲义气了，等你啊！速度来！”沈乐天乐呵呵地挂了电话。

“搞定了！平野君，等着啊，那只小疯兔马上就来!”

“谢了。”平野凉直敬了沈乐天一杯。

盛宇瞥了沈乐天一眼：“胆儿够肥啊！居然敢撮合平野跟小乔。”

“你懂什么？我这是为哥分忧呢！秦尧如果跟小乔走了，顾筱柔肯定活不了，秦尧要是跟顾筱柔结婚了，小乔二次被抛弃也一定也好不到哪儿去！不管是哪种结果，最后肯定会有一个人受伤，我现在如果能给小乔找一个好男人，那不是皆大欢喜？”沈乐天答道。

这次冷透倒是没有持反对意见，只是淡淡地道：“前提是老大能接受，那确实是皆大欢喜。”

沈乐天只注意到了后半句，没关心冷透的前半句，他继续美好地憧憬着。

十分钟后，宫小乔准时到了魅色酒吧。

她化了淡妆，也穿了小礼服，是完全跟众人相同风格的打扮，努力隐匿着自己，只想过去走个场子就继续回去睡觉。

既然是沈乐天举办的聚会，来的人无疑个个都是有头有脸的人物，其中不乏许多娱乐圈中的人，所以她这样初出茅庐的新人，只要不做太出格的傻事，就不会引起什么会阻碍她赶回家睡觉的风波。

“小狐狸，这边这边！”沈乐天一招呼，立即有人开始关注她。

宫小乔扒拉几下长长的刘海，迅速从人群里挤过去。

沈乐天上下打量她一眼，然后点评：“啧，小狐狸，你今天穿得可真没特色！”

“天天穿猫耳装、女仆装、女巫装的，不是特色，是神经病！”宫小乔白了他一眼。

“小乔小姐今天很漂亮！”一个如润玉般的声音传来，带着几分熟悉。

“你是平野凉直？”宫小乔看了身旁的男人一眼。

“是，很荣幸小乔小姐还记得我！”

沈乐天白了她一脸：“小狐狸，你确定你那时候是真的喝醉了吗？居然把人家四个字的名字记得这么清楚！”

“谁说我醉了？世人皆醉我独醒！”

平野凉直完全没有缓冲，说了一句：“小乔小姐，我一直在等你。虽然春天还没有到，不过，我还是忍不住提前来见你。”

“呵呵，你不会当真了吧？我开玩笑而已！”宫小乔干笑。

“小乔小姐。”

“我说平野君，你怎么总叫她小乔小姐？不别扭吗？”

“不会，我挺喜欢他这么叫的。”宫小乔答道。

她最讨厌的就是名字里那个“宫”字，这个平野凉直倒是挺细心的。

“哟，这么快就勾搭上了？要是成了可得请我这个媒人吃饭啊！”沈乐天揶揄道。

宫小乔看着他：“沈乐天，我发现你的八卦和某些品质特适合古代的两个职业。”

“什么职业？”沈乐天直觉她说不出什么好话。

“媒婆和老鸨！”

“小乔小姐真幽默！”平野凉直笑道。

哪里幽默！沈乐天腹诽。

盛宇浅酌一口红酒：“人家正二人世界交流着，你凑什么热闹，该功成身退的时候就果断退了吧！”

“那多无聊啊！来来！我们来玩骰子，谁输了谁受惩罚！”沈乐天提议，并且让服务员去拿了一副水晶骰子过来。

“这样啊！谁掷的点最小，就要替点最大的人做一件事！不管什么事都得做！”

几个人先后都掷出了点数，目前是沈乐天最大，掷出了五六六六。

“小狐狸，快来快来！”

宫小乔拿起骰盅，随手一摇。

“哇！小狐狸，你这手法太拉风了！”沈乐天目瞪口呆地看着她把四个骰子摇得噼啪作响。

啪。众人屏息凝视。

沈乐天心里有点犯怵：“小狐狸不会掷出四个六吧？”

雕花的红木骰盅开启。

冷透也好奇地瞥了一眼，接着淡定地开口：“一一一一。”

“居然是四个一！”盛宇哭笑不得。

“掷出四个一也是需要技术的。”冷透评价。

“哈哈哈哈！”沈乐天仰天长啸。

她要是真有那技术，早就掷出四个六了，怎么可能让沈乐天占便宜。

宫小乔的脸色黑如锅底：“别笑了，笑得瘆人，说吧！要我做什么？给我个痛快！”

沈乐天摸着下巴，故意不痛痛快快告诉她，直到她扭动着手腕关节准备动用武力了，才肯老老实实开口：“也没什么事，就是我希望你能给我兄弟一个机会。”

“你兄弟？一个机会？”宫小乔不解。

“平野君啊！人家对你可是一见钟情，一往情深，一心一意，一意孤行！正中了你掷出的四个一！你看你们多有缘分啊！”

平野凉直听得一知半解，只觉得沈乐天一下子用那么多成语很有内涵。

宫小乔无语：“你别乱用成语成吗？”

“那你答不答应？这可是游戏规则哦！违反没品！下次不带你玩！”

“谁想跟你玩啊！我想回去睡觉！”宫小乔打了个哈欠。

“这么急着回家干吗？回去有睡美人等着你呢还是怎样？”

“小乔小姐最近拍戏肯定很忙，如果太累就早点回去休息吧！”平野凉直体贴地道。

宫小乔摆摆手：“不用！既然已经出来了，那就玩个痛快！那什么，沈乐天，你要求的事情我答应了！”

“痛快！”沈乐天一拍桌，“今晚不醉不归啊！”

平野凉直的眸子一亮，虽然她答应是因为游戏规则，但是他想她对自己还是有好感的。

宫小乔暗自懊恼，又冲动了，唉！

不过出来玩难免身不由己，这帮家伙一个比一个能折腾，她反正是别指望回去睡觉了，索性就一起闹吧！

“沈少，玩什么呢？”

“是啊！这么热闹！”

“来来，一起来玩，人越多越好玩！”

有帅哥美女陆续加入了进来，大家都各自介绍认识了一番。宫小乔是以乔十一的身份介绍的自己，只是她没想到，今晚居然会遇到熟人。

“梦沁！你也在啊！好久不见！”宫小乔高兴地拉着她打招呼。

叶梦沁见了她并没有露出高兴的表情，只是勾起嘴角，有些嘲讽：“哪儿啊，小乔，我这些天可是天天见你呢！娱乐头条，杂志封面，电视采访。之前你说只是一个龙套，未免也太过谦了！”

不管是金沐璘的事还是秦尧的事情，宫小乔都没有跟别人说过，所以叶梦沁大概以为她是那种谁都瞒着，只顾着自己偷偷往上爬的人。

今天来这里参加这个派对，叶梦沁也是托了好多关系，想不到会遇到宫小乔，而且她居然还跟沈乐天他们玩得很好，似乎很熟的样子，所以不由得对她更加鄙视。

之前她还装作很单纯什么都不懂的样子，没想到也是那种不惜一切往上爬的人，能结识这些人也不知道是出卖了什么，用了多少手段。

叶梦沁的态度让宫小乔有些落寞，但她也并没有太伤心，只是笑笑，什么也没解释。

只要进了娱乐圈这个大染缸，她就没指望过昔日的同学还能保持当初的友情。

游戏继续。

这些人每个都是会玩会闹的，简单的游戏也玩得花样百出。不仅仅是整人的方法，还有骰子的个数也越加越多，从四个一直加到十二个，最后居然加到二十个。

随着骰子的个数越来越多，能够参加游戏的人也越来越少。

还有几个高手，比如沈乐天之流能够把二十个骰子都摇得竖起来，平均四柱，相当拉风。这哪是玩游戏，分明是表演杂技嘛！

宫小乔本来是准备故意装作摇不起来，可沈乐天那家伙居然让她一直摇，直到摇成功为止。于是，她只能无奈地舍命陪君子。

叶梦沁恨恨地站在一边，早知道她也提前去练练了，而不是像现在这样只能在旁边看着。

"哈！看来又是我最大！"

"呵呵，沈少好厉害！"

"沈少今晚已经赚了一块地，两栋房子，三辆车！"

"哈哈，还有两位美女！"沈乐天左拥右抱，笑得春风得意。

"小狐狸快摇，就剩你了！"沈乐天催促。

"不玩了，手都摇酸了。"宫小乔开始尥蹶子。

叶梦沁有些惊讶，觉得她也太不懂规矩了。

沈乐天却一点生气的意思都没有，笑嘻嘻地凑过去："小狐狸，别蒙人了，当年十几块板砖也能抛得风生水起，何况几个小小的骰子！"

"沈乐天，我跟你有仇是吧！你明知道我今晚运气不好！"宫小乔恨恨地看了沈乐天一眼，手一拍，继续摇。

果然！她又是最小。

"好了好了！让你休息一会儿行了吧！你去站到门口，待会儿第一个进来的男人，你去亲他一下就行！简单吧！哦，对了，补充一下，位置是嘴唇，时间是三十秒以上。"沈乐天一脸慈悲地斩断她的退路。

"算你狠！"宫小乔的嘴角抽啊抽。

沈乐天，此仇不报非君子！最好别让我逮到机会！

那边还在继续玩，宫小乔悲哀地站到了门口，等下一个进门的男人。

天哪，她要怎么说？难道让她扑上去就强吻？

第十二章
暴风雨前夕

全城都知道，下个月顾家的掌上明珠将要举行盛大的婚礼，整个A市都笼罩在一片粉色的浪漫之中。

对于宫小乔而言，这结婚的两个人，一个是她曾经最好的闺密，一个是她刻骨铭心的初恋。

因为今晚魅色酒吧沈乐天包了全场，所以没有其他客人来，更何况现在都快凌晨了。宫小乔无聊地倚着吧台靠着，等了半个多小时，连个鬼影都没见到。

如此保持下去，混到他们散场，她应该就可以平安回家睡觉了，现在可以先眯着眼睛睡一会儿。

沈乐天看了眼正百无聊赖就快要睡着的宫小乔，说：“小狐狸今晚果然运气不好，等半天了一个人都没有。我说，要不我就委屈一下，先出去然后再进来，让你完成任务？”

宫小乔白了他一眼：“免了。”

“唉，真伤心，小狐狸居然嫌弃我！那让平野君去好了。”沈乐天建议。

平野凉直轻咳一声：“沈兄，别再拿我开玩笑了！”

“拜托，我这可是千方百计地帮你，你单刀直入追女孩子的勇气上哪儿去了？这种时候怎么可以矜持呢！难道你愿意眼睁睁看着喜欢的女孩子亲吻别人？三十秒哟！”

“沈乐天，你能让我安静一会儿吗？”宫小乔头疼地揉着额头。

“啧啧，小狐狸，别打如意算盘了，我们今晚要high到天亮，你可别指望能等到我们散场！”沈乐天一句话再次断了宫小乔的退路。

宫小乔咬牙切齿地瞪了沈乐天一眼，然后把目光定格在唐誉身上：“唐誉，你出去！”

正忙着填肚子的唐誉顿时把嘴里的蛋糕喷了出来：“姐，不带这样的，每次倒霉事你都找我！”

宫小乔怒了：“唐誉你什么意思？怎么，姐借你亲一下你很委屈吗？别忘了你还欠我一个人情呢！哦，现在我跟冷小静绝交了没有利用价值了，你就可以把我一脚踹开了是吧？”

宫小乔这招是跟沈乐天学的。

“分明已经还了。”唐誉怯怯地自言自语，她都说得这么严重了，他当然不敢再拒绝，只好慢腾腾地起身走过去。

宫小乔见他走过来，松了一口气，但是，他脸上悲壮得犹如去刑场赴死的表情是怎么回事啊？

“美女钦点呢！”

“哈哈，唐少艳福不浅啊！”

众人都哄笑着看好戏。

也有不知情的私下里好奇地议论着这个刚出道的乔十一到底是什么背景，居然跟顾氏集团的这几个人这么熟。

“唐誉，你快点成吗？这几步路难道准备走到天亮？”宫小乔不耐烦地催着。

三十秒接吻而已，就当演戏排练好了！宫小乔心里想着。

结果，当悲催的炮灰唐誉正要走出去的时候，酒吧外面居然走进来两个人！

但是，这两个人为什么是同时进来的啊？

这不是重点，重点是为什么这两个人居然是今晚根本不可能出现在这里的顾行深和秦尧！

谁来告诉她这到底是怎么回事啊啊啊！

唐誉瞅了眼走进来的两个人，顺理成章地躲过一劫。

沈乐天、盛宇以及冷透显然完全没有料到会是这么个情况，都相当惊愕！

众人也是一片哗然！

而此刻的宫小乔正无力地扶额，神情犹如九天神雷当头劈了下来。

“沈乐天，貌似你没有说过这种情况下该怎么办吧？”宫小乔要死不活地问。

“呃，这个嘛。”

沈乐天也头疼了，哥在这儿呢！他断然不能说两个都亲这种话啊！

这可怎生是好！他真是自作孽不可活啊！

事实再次证明，小狐狸果然是他的克星！他发誓以后再也不招惹小狐狸了！

“怎么了？”秦尧注意到似乎所有的人目光都落在这边，神情有些困惑。

顾行深黑曜石般的眸子波澜不惊地扫了眼宫小乔：“又在玩什么？”

宫小乔还是一副要死不活的神情看着两个人。

“小乔玩游戏输了，惩罚是亲吻第一个走进酒吧的男人半分钟！等了半个多小时都没等到人，小乔都准备让唐少先出去再进来，帮个忙完成惩罚了，没想到这时候居然把你们等到了，这一来还就是两位！”有人好心地出来答疑解惑。

闻言，顾行深和秦尧的眸子都微微波动着看向宫小乔。

“哈哈，小乔，要不你两个都亲了吧！每个平分十五秒，公平！”有人建议道。

宫小乔嗤了一声：“得了吧！以这两位大佬的人气，染指一位就够我受的了，还两个？”

又有人开始出馊主意：“小乔啊！外面有关你跟秦编剧的绯闻可早已经铺天盖地了，也不在乎多这一条！要不就选秦编剧吧！”

闻言，秦尧的面色微红，顾行深的面色一黑。

冷透抬头看了眼屋顶某处，开口道：“监控录像。”

“对对对，既然要公平，就公平到底嘛！把酒吧的监控录像调出来，慢动作回放，看到底是谁先走进来的！”沈乐天急忙附和，抹了一把汗，感激地看了眼解围的冷透。

众人都表示这个方法不错，宫小乔已经懒得发表意见了，随他们怎么折腾吧！不管是谁，她只负责扑上去占人便宜就好！

啧啧，看看顾行深那张脸黑的，生怕自己是先进来的那个吧！早知如此，何必当初，在家待着陪宫寒念不是很好？非要跑出来作孽！

最后，看监控录像得到的结果是——

“啊！老大先一步！”沈乐天松了一口气，刚松完又提起来，貌似让老大跟小狐狸太亲近也不是好事啊。总有种禁忌的感觉。

话说，老大今晚到底是干吗来的？还有那个秦尧也是！

由于顾行深不近女色是出了名的，大家都在猜测顾行深会不会配合，宫小乔会不会在他面前碰钉子。

即使只是游戏，怕是顾行深也不会任由她接近的，毕竟他这样的身份根本不需要给谁面子。

叶梦沁幸灾乐祸地看着宫小乔，等着她出丑。

一个凭着绯闻出位的小演员而已，顾行深怎么可能配合她这种拙劣的勾引伎俩。叶梦沁相信就算她搞定了顾氏集团那几个人，也绝对不可能搞定顾行深。

顾行深此刻的面色确实是不太好的，因为他想到了一件事。

如果他今晚没来或者他晚一步，是不是她就要跟别人接吻了呢？一想到这个可能，他就心情极差，于是脸色更差了。

宫小乔瞅他一眼，别开头：“那什么，顾行深，你别这么哀怨地看着我，要怪就怪沈乐天，我也是受害者，大半夜的他非要把我叫过来。”

“你在紧张？”顾行深有些好笑地低头凑近她。

宫小乔跳后一步躲开他，恼羞成怒：“谁……谁紧张了！”

“你紧张的时候喜欢不停地说话，而且不带断句的！”

“别一副自以为很了解我的样子！”宫小乔咬牙切齿。

见两个人小声交流，有人揶揄：“只是一个游戏而已，还要交流下感情才亲，会不会太敬业了一点啊！”

“少废话！速战速决！”宫小乔伸手将他的脖子一勾，就啃了上去，带着几分报复的心态，凭什么每次都是他占她便宜，这次正好占回来。

众人一阵喧哗：“真是女中豪杰！”

“沈少，别忘了计时啊!”

顾行深似乎没料到她会突然袭击，愣了一会儿。

就在一群嫉妒红了眼睛的女人等着看好戏的目光注视中，顾行深见她踮着脚实在费力，极为配合地低下头，然后主动吻了上去！

完全不同于她的小猫啃，而是实实在在的、令人脸红心跳的深吻。

一阵喧闹声差点掀了屋顶，秦尧捏紧双拳移开目光。

“顾行深，松手，时间到了！”宫小乔不相信沈乐天那家伙，在心里默数了三十次，急着挣脱他。

“怎么？你担心被秦尧看到？”顾行深不仅没有松开，反而扣紧了她的腰，压向自己。

“担心个头，该看的都看到了！”宫小乔瞪他。

顾行深没有生气，一只手搂着她的腰身，下巴抵着她的额头：“我好像已经很久没有这样抱过你了。”

宫小乔心头一颤，忘了挣扎。

“玩够了就回来。”顾行深拍了拍她的肩膀，然后在她耳边低语，“还有，不要试图挑战我的底线。”

那句话丝毫听不出威胁的意思，反而很温柔，宫小乔却感觉到了强烈的危险感。

“来点即兴节目吧！听说小乔是A大才女，那唱歌一定很好听吧？”一吻结束，立即有人起哄要求道。

A大的校花是叶梦沁，可是此刻她被冷落在一边无人问津，就像是一个笑话。

叶梦沁握紧双拳，朝顾行深走去，露出一个甜美的微笑：“顾先生，好久不见！”

顾行深看了她一眼，略一点头。一旁的宫小乔看了两人一眼，原来那天没看错，他们果然认识。

沈乐天听闻有人建议宫小乔唱歌，急忙大惊失色地跳出来：“别，可千万别！”

经历过上次的事情之后，再给他一百个胆子他也不敢再让她唱歌啊！

偏偏这帮人好多都不知情，这会儿闹起来非要撺掇着宫小乔上去唱歌。

等沈乐天想要阻止的时候，宫小乔已经代替酒吧歌手的位置，然后跟乐队说了要唱的歌曲。

“那天我爱上了仰望暗红色天空的你，

如胶卷中的每个镜头都不会消失，因为铭刻在心里。

是你，就是你，曾经告诉我，

若黑暗也能绽放光芒，便会化作星空。

……

不要再用笑脸掩饰悲伤，

因为每颗闪耀的明星都会照亮你。

就这样迎来旭日，

刺痛了我的双眼。

内心消沉，头痛不已，

若能与你相遇，便会烟消云散。

……

你的声音萦绕全身，

是你，就是你，曾经对我微笑。

若泪水也能发光，便会化作流星。

再也不要松开那双受伤的手，

指引我的那道光就是你，

答案不是偶然就是必然，

唯有选择的路才是命运。”

充满漂浮感的无垢嗓音是那么透明无邪，瞬间温柔地夺去人们的注意力，慵懒的声音，有春天下雨的感觉，透着小女人的纯真质朴，时而含情脉脉，时而热情奔放，一丝一扣，一举一动引来人们倾听与关注。

浮躁喧嚣的夜，一下子就在这样纯净的歌声里安静下来！

她的演技，她的才华，她对艺术的领悟，就像一朵含苞待放的花，历经风霜之后终于开始静静盛开，热烈释放着她的香气。

平野凉直的眸子里满是惊艳：“这是一位已逝德国歌手AIKO的日语歌曲《Nico》，很老的一首歌，没想到还有人能唱出这样的感觉！”

沈乐天也不管平野凉直说的什么，反正她没“大闹天宫”就好。

宫小乔这边刚下来，就有人找过去。

一个男人礼貌地递上一张名片：“您好，我是DG的经纪人，不知道乔小姐有没有兴趣加入我们？”

小乔惊了，DG帝国娱乐公司，这个名字可以说是如雷贯耳。

DG与金沐璘所在的天艺娱乐是死对头，天艺是演戏、唱歌等多栖发展，DG旗下捧红的大多是歌手。

“抱歉，她已经签了天艺。”秦尧走了过来。

男人轻笑:“呵呵，秦总监，据我所知，乔小姐在你们天艺没有签全约合同，只签了影视约，并没有签唱片约吧？”

“就算她要签唱片，自然也会在天艺签。”

“我想，这个还是要看她本人意愿。乔小姐，我等你消息，你可以随时过来找我。”男人勾了勾唇，虽然长得不算多好看，但笑起来却很有魅力。

“好的。”宫小乔微笑着点头。

秦尧正要说话，沈乐天匆匆忙忙跑过来，一脸殷勤:“嘿，小狐狸，累了吧？你先回去睡觉吧！”

宫小乔瞥了他一眼：“你脑袋被门夹了？”

沈乐天嘴角微抽：“不是被门夹了，是被我家Boss夹了！走吧，哥让我亲自送你回去！”

宫小乔也不跟他客套，跟大家打了个招呼便离开了。

回到泰安小区之后，宫小乔一下车就发现秦尧已经在门口等她了。

“秦尧，有事吗？”

大概是因为宫小乔先前没有当面拒绝DG的人，秦尧的神情有些不悦。

“小乔，DG那边水太深，不要轻易相信他们，你在天艺至少我还可以照顾到你。”

“我明白，不过多条后路总是好的不是吗？”宫小乔回答。

“你还是不相信我。”秦尧神情落寞。

“我不是不相信你，是理解你的难处。”

秦尧看着她，似乎又透过她回忆着过去：“小乔，我发现我从来没有了解过你，你说你还爱我，可是你的眼睛不在我身上，对我也没有丝毫的依恋。就算有一天我不在了，或许对你也没有影响吧。”

“同学，别这么敏感好不好？我的眼睛哪有不在你身上了？”宫小乔瞪大眼睛看着他。

秦尧苦笑，情绪有些激动：“小乔，是不是因为那个人比你先认识我，所以不管我多努力，都无法比过他？即使是当初你和我在一起，也是在他出国的情况下。很多时候我都在想，你只是把我当成他不在的时候弥补空虚的工具而已！”

宫小乔的脸色变了变，随即温柔地道：“傻瓜，你不需要跟他比什么啊！一个是恋人，一个是亲人，你们两个根本没有可比性的好不好？你是不是被今晚的事情刺激到了？游戏而已，别当真啊！”

秦尧看着夜空，突然开口：“小乔，我跟筱柔的婚期已经定了。三月三号。”

“阳春三月，春暖花开，挺好的！”宫小乔淡淡地道，“恭喜你们。”

秦尧看着她，似乎是在下定决心，最后紧紧拉住她的手：“小乔，如果我现在让你跟我走，你会答应吗？”

“跟你走？”宫小乔眸底闪过一抹微光，面上露出受惊的神色。

“是，我带你一起离开这里，去一个只有我们的地方。”秦尧拉着她，手心已经紧张得渗出了汗。

“只有我们的地方。”宫小乔喃喃着，眸子微敛，不知道在想些什么。

秦尧默默等着，紧张地观察着她的每一个反应。

半晌后，宫小乔扯了扯嘴角，牵强地微笑道："秦尧，你能跟我说出这样的话，我已经很满足了。"

"你的意思是不愿意？"秦尧提起的心一下子跌到了谷底。

宫小乔仰起头，抚摸着他的脸颊，眸子里满是忍痛："不是不愿意，是不可以！秦尧，我爱你，可是我不能那么自私地带走你。"

嗬，此刻秦尧的话，有很大一部分原因是今晚受了刺激，等他冷静下来，又会恢复理智，她自然不可能这个时候答应他。

"小乔，有时候，我真希望你不要那么善良。"秦尧握着她的双肩，闭上了眼睛，似乎一瞬间就被抽干了所有的力气和神采。天知道他斟酌了多久才鼓起勇气，焦急地赶来问她是否愿意。

他本来还在犹豫不决，可是今晚她和顾行深的那一吻，以及顾行深眸子里属于男人的强烈的占有欲，彻底让他乱了脚步，他有种感觉，如果他再犹豫，就会永远失去她。

好不容易失而复得，他是那样珍视小心，生怕她像泡沫一样只是幻影。

宫小乔的神色哀伤而又矛盾，揪着他的衣袖，踟蹰着沉吟："秦尧，给我一点时间考虑好吗？"

秦尧闻言，黯淡的眸子里立即又有了光亮："好，不管多久我都等你。"

宫小乔将脑袋埋在他的怀里。

秦尧一脸愧疚："抱歉，连情人节都没办法陪你，你一个人怎么过的？"

宫小乔细数着："晚上正要睡的时候被沈乐天叫去参加单身派对，白天不停出通告啊做节目啊！闲得无聊的时候，我就拿手机玩玩连连看，消灭一对又一对，一对又一对……"

"你啊。"秦尧本来心情沉重，立即被她逗笑了。

"唉，你这种人是不会了解我们单身大龄女青年一颗待嫁的心的！"

“你才多大！”

“不小了好吗！”

“唔，秦尧，为什么你会来魅色酒吧？”宫小乔问。

“你说呢？”

“难道是来找我的？”宫小乔有些自恋地问。

“嗯，只恨没有早来一步。”秦尧目光微冷。

全城都知道，下个月顾家的掌上明珠将要举行盛大的婚礼，整个A市都笼罩在一片粉色的浪漫之中。

对于宫小乔而言，这结婚的两个人，一个是她曾经最好的闺密，一个是她刻骨铭心的初恋。

身后一干人跟着她，时时关注她，生怕她受太大的刺激出什么事，可她本人还是一样每天拍戏，拍完戏之后回去拍西红柿，跟一个没事儿人一样。

所有人都觉得她是在强颜欢笑，但是她的工作似乎完全没有受到影响。感觉到她状态不对的，大概就只有每天跟她有对手戏的金沐璘和眼神犀利的风司夏。

风司夏也听到了一些消息，所以这段时间对宫小乔格外宽容，进程也放缓了。

虽然她能用演技来掩饰自己的情绪波动，使一般人看不出来，但精益求精的风司夏还是希望她能保持最好的状态演到最高境界，融入其中，做到情绪自然流露。

剧组休息的时候，宫小乔屁颠儿屁颠儿地挪到正摇着纸扇的金沐璘跟前蹲着。

“二师兄啊！几乎我身边的所有人都整天看着我、劝我、开导我、安慰我，生怕我出事，为什么你都不管我的死活啊！”

金沐璘合起扇子，瞥她一眼：“嘁，我跟你合作这么久了，还不知道你的演技？你看似强颜欢笑，可我在你的眼里看到的根本不是哀伤、绝望，而是凌乱、疯狂！我觉得你这是受刺激过度的反应！为了我的人身安全，我觉得这些天还是离你远点比较好！”

宫小乔摸摸鼻子，嘿嘿地笑。

金沐璘担忧地看她一眼：“你要不要跟我回寺里见见师父？有什么想不开的，让师父给你解解惑！”

宫小乔摇摇头：“师父不是‘放下屠刀，立地成佛’，就是‘苦海无涯，回头是岸’，我可受不了！”

“你准备怎么办？”金沐璘问。

这两个男人几乎占据了她生命的全部，她失去了一个，推开了一个，他无法想象今后她一个人将会怎样。

宫小乔说：“该怎么办就怎么办呗！”

她生命的全部，早就只剩下一样东西了。

A市最高级的婚纱摄影公司WHITEKISS。

今天WK只接待一对新人，正是顾筱柔和秦尧。

化妆间里，顾筱柔一身出自米兰大师亲手设计的雪白婚纱，她的周身仿佛沐浴着整个世界的阳光。不仅秦尧陪在身边，顾行深这个哥哥也是全程陪同，宫寒念殷勤地在一旁帮着参考选婚纱，一副未来嫂子的架势。

顾行深给宫寒念使了个眼色，两人转身出门，走到了一处僻静的地方。

“Sean，怎么了？”宫寒念狐疑地问。

顾行深点了一支烟，随即听不出情绪地对宫寒念开口：“Nancy，不要再找叶梦沁的麻烦。”

宫寒念闻言，面上的温柔和微笑瞬间褪去，见被揭穿，她也不隐瞒了，目光受伤地开口问道：“那天晚上的女人是叶梦沁对吗？”

顾行深说：“不是她。”

宫寒念闻言，顿时激动地道：“你到现在还是护着她，不是她会是谁？”

顾行深说："没有谁。"

"怎么会没有谁？那晚我在电话里亲耳听到的！而那段时间你唯一接触过的女人只有叶梦沁！情人节那天晚上，你去魅色酒吧也是因为她吧？如果不是她，为什么你要紧张地护着她？怎么，我只是让她在娱乐圈混不下去而已，你就心疼了？"一向善于掩饰和伪装的宫寒念竟激动到失控了。

那晚宫小乔的恶作剧，让宫寒念愤怒不已。

后来顾行深在A大参加元旦晚会，回去的时候遇到了叶梦沁，因为知道她是小乔的室友，便跟她多说了几句话。临走的时候，因为看她一个人等在路边，他顺便送她回家，路上问了些关于小乔的事情。

结果宫寒念听说A大礼堂被淹，不放心，亲自过来看顾行深怎样，到的时候正巧看到叶梦沁上顾行深车子的那一幕。于是，宫寒念理所当然地将叶梦沁和那天晚上的女人联系起来。

她跟顾行深从小就认识，后来又一起去留学，虽然顾行深从未对她表露过什么想法，但顾行深向来不近女色，这么多年他身边也始终没有其他女人。她默默陪在他身边等了这么多年，千方百计讨好他的父母、讨好顾筱柔，就是为了顾太太的位置。

这个时候，叶梦沁却突然不知道从哪里冒了出来，这让宫寒念非常恼火。

本来宫寒念虽然心里愤怒、嫉恨得要命，但是还有理智，不会对叶梦沁做什么，毕竟顾行深那样的身份在外面有几个女人根本不算什么。

直到情人节那天晚上，她想方设法想要约顾行深，甚至主动去找他，可是他接了一个电话之后还是离开了。

后来，她通过打听得知顾行深那晚是去了魅色酒吧，那么巧，叶梦沁也在，而且两人似乎也有亲密交谈的样子。

这才彻底引爆了宫寒念！

因为最近宫小乔跟秦尧的绯闻和暧昧太多，宫小乔完全一副对秦尧余情未了、不肯罢手的样子，让宫寒念完全没有把这些事情跟宫小乔联系在一起。

她等了这么多年，眼见着顾家二老对她这么满意，顾筱柔也完全站在她这边，顾夫人这个位置，只要她再努力一下，便唾手可得。她怎能忍受在这个时候出现绊脚石，所以才被迫采取行动。

她自信顾行深跟那个女人只是玩玩，他不会在意，没想到他居然会为了她来质问自己！

顾筱柔甚至已经要帮她跟父母提她跟顾行深的婚事，她想要的一切就要得到了，可越是这个时候她越是千百倍的患得患失，控制不住地心慌。

她明知道顾行深的底线，还是忍不住去挑战，企图以此证明自己在他心里的地位。

“宫小姐，我与谁在一起，似乎没有跟你解释的必要。”顾行深面无表情地看着她歇斯底里。

宫寒念神色一慌，难以置信地看着他：“顾行深，你怎么可以轻易说出这种话？Sean，这么多年了，难道我对你而言只是无关紧要的人而已？”

顾行深面无表情地开口：“否则你以为还有什么？”

宫寒念似乎是被男人冷漠的表情刺激到了，激动地质问：“顾行深，你怎么可以对我这么残忍！我默默等了你这么多年，你明知道……明知道我对你……”

她不是没有察觉，顾行深似乎心里有人。可是，这么多年过去了，她始终没有查到蛛丝马迹，顾行深也始终是单身。

顾夫人的位置她早已经视为己有，怎么可能愿意让出。

宫寒念失魂落魄地凝视着他：“我以为这么长时间了，我一直待在你身边，总有 天你会爱上我的。”

“抱歉，我并不能猜测到你心里的真实想法，也无法给予你任何回应。”顾行深嘲讽地看着她，“还有，这样的痴情角色并不适合你，在来质问我之前，你最好想想你跟多少男人睡过。”

“你！”宫寒念死死咬着唇，神色一慌，他什么时候查到的？

她虽然自信顾夫人的位置是她的囊中之物，可是在顾行深给她确切的答复之前，她当然不可能在顾行深这一棵树上吊死，她有什么错？

为什么？不管她陪他多久，她连顾筱柔的一根手指头都比不上，甚至连那个私生女都不如，现在，竟然随便出来一个女人居然都能取代她。

顾行深看着她，那毫无感情，只有冷酷和嘲讽的目光，将她那些所谓的自信都踩在了脚下。

看着顾行深冷漠的目光，宫寒念开始后悔了，她为什么要沉不住气跟他吵架，为什么要去追究那个女人的事情？

如果没有说得这么明白，她至少不会像现在这么难堪！

顾行深那么听他父母的话，那么疼顾筱柔，只要她再使使力，还怕他不妥协吗？

对，事情还没到这一步。

她跟顾行深门当户对、知根知底，顾叔叔、顾阿姨那么喜欢她，只要她在二老还有顾筱柔那边继续努力，就算顾行深不愿意也没有用。

此刻，宫寒念的脑子里突然冒出一个荒谬的念头，这些年顾行深身边确实没有一个女人，除了宫小乔！始终隐藏在顾行深身后的那个人，难道是宫小乔？

不可能！当年宫小乔才多大，顾行深不过是受老爷子的托付才会照顾那丫头，怎么可能看上那种低贱的小丫头。

倒是宫小乔那死丫头，长得越来越随她那个狐媚子妈妈，一直黏着顾行深，不得不防。

“哥，寒念姐，你们在聊什么呢？”顾筱柔出来找人。

宫寒念立即恢复如常，温柔地出声：“筱柔，没什么，我这就来。”

宫寒念和顾行深回到屋里，就好像刚才什么都没有发生过。此刻，顾筱柔和秦尧都已经换好了礼服，工作人员纷纷赞不绝口。

“筱柔，你在看什么？”见顾筱柔心不在焉地往门口张望，秦尧问。

“哦，我看小乔来了没有。”

"小乔？"秦尧惊问。

顾行深也下意识地看向顾筱柔。

"嗯，你知道的，我不太会选衣服什么的，想找个朋友过来帮我出出主意，可是，我想来想去只能想到小乔，所以就叫她过来了！"顾筱柔回答。

"她怎么说？"秦尧问，神色有几分不自然。

"小乔说忙完就过来。"

宫小乔居然会答应，其余三人闻言都有些惊讶。

正说着，就见穿着一套黑色运动服的宫小乔戴着墨镜走了进来。

"小乔，你来了！"顾筱柔见她来了，急忙热情地迎上去。

宫小乔摘了墨镜，看着一身洁白婚纱、楚楚动人的顾筱柔，嘴角微勾："到了这个时候你居然还能装，我真是服了你！"

顾筱柔闻言脸色骤变："小乔，你说什么呢？你看看我这身婚纱怎么样？你觉得我穿什么样的比较好看？过来帮我挑挑吧！"

宫小乔被顾筱柔挽着走过去挑婚纱，两个男人看着她们，皆是沉默。

宫寒念看到宫小乔，脑子里不由得又浮现了那个念头，微笑着走过去，亲昵地对宫小乔开口道："记得小乔当年来宫家的时候，还是一个小不点，转眼都已经这么大了呢！筱柔都要结婚了，你可也要加紧了！"

宫小乔无视了宫寒念一副温柔姐姐的嘴脸，似笑非笑地开口道："嗬，不急，我若那么早嫁人，怎么给筱柔当伴娘呢？"

此刻，一身雪白婚纱的顾筱柔仿若沐浴着整个世界的阳光，而一身黑色的她似乎隔绝了所有的光亮，暗藏在黑暗和阴影里。

宫小乔话音刚落，顾行深和秦尧都是神色微变。

她要当伴娘？

"哦？小乔你要做筱柔的伴娘？"宫寒念目光微动，这个宫小乔，是真傻还是假傻，顾筱柔抢了她男人，她还要给顾筱柔做伴娘？

顾筱柔开心地点头道："对啊！寒念姐姐，是我拜托小乔的，她已经答应我了！"

顾筱柔话音刚落，秦尧的脸色如坠冰窟。他还在傻傻等着她的回复，她却当着他的面说要当他的伴娘。

顾行深观察着宫小乔的神情，思索着微微眯起双眼。

最糟糕的情况并不是她大闹，而是像现在这样，他完全看不透她到底想做什么。

第一次，他居然对她的心思没有把握。

“对了，小乔，你的伴娘服也要做了，我明天就请人过来给你量身！”顾筱柔兴冲冲地开口道。

宫小乔微笑：“好啊。”

陪着顾筱柔试完婚纱之后，因为晚上还有安排，宫小乔拒绝了一起吃饭的建议。她正准备去车库开车离开，却突然被人堵住去路。

宫小乔背靠在车身上，顾行深双手撑在她身旁问：“你有驾照？”

宫小乔不答反问：“你跑来就是为了问我这个？”

顾行深说：“不是。”

宫小乔建议：“不管你要干什么，拜托换一个纯洁点的姿势。”

顾行深并没有理会她的抗议，直勾勾地盯着她，那眸光仿佛一路披荆斩棘地闯到了她的心里：“小乔，筱柔欠你的，我可以弥补给你，你想要什么都可以。”

宫小乔神色莫名地听着顾行深那句“想要什么都可以”，嘴角勾出一抹嘲讽的笑意：“不用了，深哥哥，你只要记得你的承诺就可以。”

宫小乔意有所指地提醒，虽然她知道，一旦涉及顾筱柔，不管什么承诺都只是空话。

顾行深问：“你确定没有想要的？”

宫小乔：“没啊。”

顾行深目光沉沉地盯着眼前的女孩，确定在她眼中看不到其他回答，放在身侧的拳头一点点捏紧，脸色蓦然变得无比冷凝，接着倏忽起身离开，只说：“我知道了。”

“莫名其妙的家伙。”宫小乔看着他突然离开的背影，努力挥去心里不同寻常的感觉，心不在焉地去打开车门。

结果没过几秒钟，顾行深折返回来。

宫小乔立即严阵以待地看着他，谁知他只是打开她的车门，然后自己坐在她的驾驶座上：“上车，我送你。”

宫小乔说：“虽然我没有驾照，但是我开车技术还是可以的。”

顾行深问：“车是谁的？”

宫小乔答：“二师兄的。”

顾行深说：“你生日快到了？”

宫小乔：“啊？嗯。”

顾行深，你说话能别这么跳跃吗？宫小乔腹诽！

顾行深问：“去哪儿？”

宫小乔说：“剧组。”

车在剧组前面一点的地方停下，顾行深下了车，漆黑的眸子凝视着她，说了一句：“乖一点。”

宫小乔：“……”果真是莫名其妙！

难道是传说中的婚前焦虑症导致的吗？

可是，结婚的明明是他妹妹好不好，他焦虑个什么劲？

之后的几天里，所有人都在忙着婚礼的事，没人有空再来烦她，宫小乔乐得清闲，就这么一直晃到了三月三日婚礼那天。

婚宴安排在朝锦酒店，司仪是电台著名主持人谢颖，宴请的宾客有亲朋好友，也不乏A市高层。

顾筱柔和秦尧的伴娘是宫小乔、冷静，伴郎是冷透、唐誉。

宫小乔原以为顾行深会安排唐誉和沈乐天做顾筱柔的伴郎，想不到居然会是唐誉和冷透。

毕竟以冷透的性子，实在不像是适合做伴郎的样子。

第十三章

只有爱你

“我的傻丫头真的很可爱，对吗？”见成功转移了她的注意力，顾行深低笑着轻啄她的唇。

宫小乔捂住自己的脸：“顾行深，你不许再说！”

“嗯，不说。”

宫小乔穿着一身剪裁修身的伴娘服，今天的她丝毫不比顾筱柔这个新娘逊色。

而今天一整天，不管宫小乔去哪儿，冷透都默默地跟在后面。

宫小乔不禁嘲讽顾行深的良苦用心。难怪选冷透呢！原来是在防着她。

走廊的落地窗前，宫小乔看了眼身旁的冷透：“都已经走到这一步，他以为我会做什么？抢亲吗？”

“你爷爷似乎在找你。”冷透突然说了一句。

今天是顾筱柔的婚礼，宫家和顾家是世交，宫家的人自然都会到。

“哦。”宫小乔目光顿时黯淡了几分，闪过一抹挣扎。

爷爷是她唯一顾忌的人。

“为什么躲着不见？”冷透问。

“不为什么。”宫小乔面无表情地回答，不流露一丝情绪。

冷透镜片后的双眸探究地微微眯起，却还是没有看出什么破绽。

“小乔。”

宫小乔转过头去，却看到秦尧站在身后，他不知道什么时候找了过来。

“我想跟她单独淡淡。”秦尧看着冷透说。

不待冷透回答，宫小乔已经开口打断他，直接开口道：“不用单独谈，有什么事说吧！”

最后，秦尧只是沉默地站在原地，无声地看着她。

冷透丝毫不理会两人是不是在眉目传情，镇定自若地夹在两人中间。

秦尧有些无奈地说：“我知道了。”

不知过了多久，最后，秦尧僵硬地扯了扯嘴角，然后转身离开。

又是这句话！

知道什么？他们知道什么？嗬，他们什么都不知道。

秦尧刚离开没多久，又找来了一个人。

这次，见到来人，冷透不用对方说话就自觉地先行离开了。

顾行深站在她旁边，又是一阵沉默。

如果说秦尧是一摊绝望的死水，那此刻的顾行深整个人就是压抑的风暴、休眠的火山，不知道什么时候就会令人惊骇地爆发。

啪。顾行深突然一只手臂撑到她身旁，在她惊愕的目光中俯身，一点点朝她靠近，直到距离她的唇只有几毫米。

宫小乔被吓得心跳都快停止的时候，他又突然站直，然后一声不响地转身离开。

“呃，莫名其妙。”宫小乔捂着躁动不安的胸口，一阵心慌意乱。

要回到大堂的时候，宫小乔又冤家路窄地遇到了宫寒念。

宫寒念风姿绰约地撩了撩耳畔的发丝，扫了眼满堂宾客，满脸得意和嘲讽：“一个低贱的私生女而已，居然不知天高地厚地往上爬。就算你再怎么死皮赖脸缠着顾行深又怎样？再怎么讨好爷爷又怎样？不是你的就不是你的，再怎么也抢不走！顾行深，还有宫家的一切，你都休想碰！”

见她不反驳，宫寒念更加得意：“你不是挺伶牙俐齿的吗？怎么不说话了？嗬，是一个男人都会选择顾筱柔吧，你有人家有背景吗？有人家会装柔弱吗？一个低贱的丑小鸭也妄想取代正牌公主，被秦尧甩了一次还不够，竟然还不死心地勾引他，简直是自取其辱！真是有其母必有其女，果然你跟你妈妈一样，都是不知廉耻的贱人！”

顾筱柔是天之骄女、是顾家的掌上明珠、是顾行深唯一的妹妹，受宠也就罢了。宫小乔一个私生女，凭什么这些年一直被顾行深亲自照顾！

还有爷爷，明明她才是宫家的大小姐，爷爷却一直对小乔那么偏爱。

过来找宫小乔的冷透站在不远处，正好看到了这一幕。他已经做好准备上去拉人，没想到的是，宫寒念说得这么过分，尤其是最后一句话，可这样都没能让宫小乔失控动手。

宫小乔仅仅是淡漠地扫了宫寒念一眼，然后越过她离开，根本没把她放在眼里。

见宫小乔这个反应，冷透不免更加担忧起来。越是压抑，到时候爆发起来就越是一发不可收拾。他不觉得以宫小乔的个性会就这么算了。

婚礼层层把关、有条不紊地进行着，中间没出任何差错，唯一的差错也不是宫小乔引起的。

不过，犯错的人倒是和宫小乔有关系。

婚礼已经快要开始了，另一个伴娘冷静却迟迟没有来。

众人急着联系冷静，忙成一团，宫小乔看了眼冷透，只见冷透走到顾行深旁边说："抱歉，另外找人吧！"

"怎么回事？不是一早就安排好了，伴娘怎么会没来？"宫寒念开口道。

这边正闹着，突然又有人匆匆忙忙跑来："不好了，唐誉也不见了！"

冷透无奈地揉了揉眉心："知道了，我来解决。"

"解决？你怎么解决？婚礼还有半个小时就开始了，衣服也都是量身定做的，这个时候要去哪里临时找人来？"宫寒念气愤不已，在一旁替顾筱柔打抱不平。

"随便找两个朋友。"顾行深似乎有些心神不宁，神情有些不耐烦。

"终身大事怎么可以随便！"宫寒念蹙眉道。

"算了，我知道小静一直都对我有误会。"顾筱柔一副伤心却隐忍的表情。

宫小乔看了眼站在一旁悠闲看戏的沈乐天，以及他旁边置身事外的盛宇，开口建议道："让盛宇当伴郎！"

沈乐天立即举手表示同意："我觉得可以！"

紧接着，宫小乔又补充了一句，直接把沈乐天吓蒙了："沈乐天做伴娘！"

"噗，咔咔咔，开什么玩笑，小狐狸，你别玩我了！"沈乐天一脸惊恐。

宫寒念恼怒地看过去："宫小乔，你存的什么居心，是不是压根想婚礼变成闹剧？"

顾行深看了眼小乔，不仅没有生气，凝结成冰的眸子里似乎还有些融化，微微荡漾了起来。

"寒念姐，你别生气，小乔只是开个玩笑而已。"顾筱柔出来打圆场。

"伴郎不会跟伴娘私奔了吧？哈哈，需不需要我帮忙？"

标志性幸灾乐祸的调侃语气以及自以为幽默的冷场能力，未见其人，只闻其声，便能知道来者是谁。

宫小乔有些惊讶地看着金沐璘挽着白梨茉的手走了进来。

冷透居然认真思索了起来："男女身材和唐誉、小静都差不多，应该可以。"

于是，另一对伴郎伴娘就这么重新定下来了。

宫小乔一脸无奈，金沐璘居然跑来当秦尧和顾筱柔的伴郎，这都什么乱七八糟的！

这边正无奈着，金沐璘凑到了冷透旁边："这位兄弟，跟你商量一件事儿啊！"

"什么事？"冷透警惕地问，实在是因为他的神情不像是好人。

"我们换换成吗？"金沐璘说。

"换？"

"对啊！我要跟小乔站在一起！"

就知道他来了绝对不会安生的，宫小乔无奈地扶额。

"不换。"冷透毫无商量余地地拒绝。

金沐璘又不死心去找宫小乔商量了："小师妹乖啊！去跟梨茉换换。"

"干吗换来换去！你带着梨茉来的，怎么能不对人家负责任！安生点行不行？"宫小乔堵了回去。

金沐璘恨得咬牙切齿，直呼她没良心。

婚礼差不多要开始了，金沐璘和白梨茉进去换衣服，司仪站在台上开始念开场白，新人也开始做最后的准备。

秦尧的目光依旧若有若无地萦绕在宫小乔身上，却得不到丝毫回应。

还有十几分钟的时候，顾筱柔拉起身旁宫小乔的手："小乔，我有些紧张，陪我去下洗手间好吗？"

不等小乔点头，金沐璘一把扯回宫小乔的手："不许去。"

一时间气氛有些尴尬。

"我不去难道你要陪她去？"宫小乔轻笑，不动声色地挣开金沐璘的手，然后和顾筱柔一起离开。

"该死！"金沐璘低咒。

小乔到底在想什么？为什么要来参加什么婚礼？居然还甘愿当秦尧和顾筱柔的伴娘，简直是疯了！

"有什么话你就说吧！"一到洗手间，宫小乔便挥开顾筱柔的手。

顾筱柔打开水龙头洗手，从镜子里看着她问："宫小乔，你还不死心吗？"

"你哪只眼睛看到我还不死心？麻烦你不要自我感觉太良好了，你心里的宝贝，在别人眼里说不定只是渣滓呢！"宫小乔倚着墙壁，瞥她一眼，说得云淡风轻，丝毫看不出不甘心和嫉恨的样子。

顾筱柔轻叹一声，眸子里只有刺目的讥嘲，哪里还有柔弱的影子："小乔，我承认当年你确实对我很好，你是我最好的朋友。可是谁让你明明什么都不如我，却总是那么走运，不仅哥哥对你百般宠爱，就连我的暗恋对象眼里也只有你！别怪我，要怪就怪你自己没本事留住男人！"

"你知道因为那件事，我妈妈死了吗？"宫小乔合上眼睛，悠悠地问了一句。

顾筱柔微微握紧双拳："那是你自作自受，怪不了别人！只有秦尧才会那么傻，为此感到愧疚！你别以为可以利用这件事让秦尧回到你的身边，他根本不爱你！他要娶的只会是我！"

宫小乔深吸一口气，起身离开："谢了，感谢你跟我说这些！"

这样，她再也不需要有任何愧疚。

婚礼正式开始。

先是伴郎、伴娘入场。

宫小乔和冷透在庄严圣洁的音乐声中手挽手，并肩走过婚礼甬道。

冷透和金沐璘穿着深灰色西装，宫小乔和另一个伴娘穿着粉红色拖地长裙，手捧粉红色玫瑰。

冷透时不时瞥宫小乔几眼，而后者只是面无表情地随着音乐往前走着，没有丝毫异样。

戒童手捧红色托盘，上面放着戒指入场。

最后，新人入场。

两个花童手持装满花瓣的花篮，一路把花瓣撒在新娘将要经过的红地毯上。

到了婚礼台前，宫小乔和冷透站在一侧，金沐璘和白梨茉站在另一侧。

婚礼仪式正式开始。

证婚人致辞，主婚人致辞，父母致辞……

冗长的仪式让宫小乔觉得有些无聊，她悄悄扭过头去打了个哈欠，还好所有人的注意力都在新郎、新娘身上，不会注意到她。不过，这个小动作当然逃不过一旁冷透的眼睛。

冷透此刻已经放松了警惕，因为她似乎真的完全没有什么威胁。

就跟上次秦尧和顾筱柔回国的事情那样，大家也是那么大费周章地防着她，其实她根本就没有做什么。

或许，她早就想通了呢？冷透第一次开始有些质疑顾行深的决策。

“秦尧先生，你是否愿意娶顾筱柔女士为妻，无论贫富贵贱，不论贫穷与疾病，不论困难与挫折，都会陪在她的身旁，爱她，保护她？”

牧师庄严的声音在蔚蓝的天空下回荡着，所有人都在等着秦尧的回答。而这个时候，秦尧却沉默了，然后在那么多人的目光下做出了一个出格的举动。

他偏过头，看向一旁的伴娘，虽然只是很细微的动作，但是由于目光聚焦，还是显得很突兀。

见状，顾筱柔的脸色变得有些苍白。

“秦尧先生，你是否愿意娶顾筱柔女士为妻，无论贫富贵贱，不论贫穷与疾病，不论困难与挫折，都会陪在她的身旁，爱她，保护她？”牧师轻咳一声，又念了一遍。

冷透看着秦尧，摇头叹了叹，似乎余情未了的不是宫小乔，而是另有其人。

这时，一直毫无存在感的宫小乔突然抬起头，迎上秦尧的目光。

当秦尧彻底死心，准备说“我愿意”的时候，宫小乔极轻地说了一句：“秦尧，不要。”

秦尧浑身一颤，不可思议地看向宫小乔，眸子里惊愕、困惑、震撼、狂喜……轮番闪过。

“带我走。”宫小乔又开口。

秦尧迟迟没有回应牧师，下面宾客已经开始议论纷纷了。

而下一刻，更震撼的一幕发生了，他们竟然看到新郎突然拉起了一旁伴娘的手，无视所有的宾客，穿过红色的地毯，丢下一切，飞奔离去。

在所有人反应过来之前，两个人早已经消失在现场。

除了当时靠得比较近的顾筱柔和冷透，没有人知道宫小乔当时说了话，没有人知道那一刻到底发生了什么事。

冷透已经完全愣在了原地，难以置信地看着这毫无征兆、突然发生的一切。

这场惊变竟然就发生在离他这么近的地方，就发生在他眼皮子底下！

他怎么也没有料到一直那么安静的宫小乔居然会在这个时候动手。

他唯一一次怀疑顾行深，结果证明是他错了！

秦尧突然带着伴娘离开，顾筱柔当场晕倒，现场一片混乱。

“把他们抓回来，不惜一切代价。”

顾行深眸子深处隐匿和压抑了仿佛几个世纪的风暴，终于全面爆发。

不远处的角落里，宫寒念双臂环胸，好整以暇地看着眼前的一幕。

啧，本来自己还对宫小乔有些忌惮，没想到她作死，连这种事情都敢做。敢搅乱顾筱柔的婚礼，就算老爷子有再大的面子，顾行深这次都不可能放过她！

一旁的盛宇许久才回过神来："这比我想象中所有的可能加起来还要糟糕，想不到她居然敢这么做，更没想到她竟然能让秦尧在最后一刻放弃一切，带她在婚礼上明目张胆地私奔。"

"这哪儿是私奔，分明就是明奔了！"沈乐天还保持着瞠目结舌的神情，一脸崇拜地看着两人离开的方向。

"卧薪尝胆，韬光养晦，存精蓄锐，蒙骗过了所有人，直到今日，终极必杀技，最后一击秒杀！我对小狐狸的崇敬之情已经无法用言语表达。"

"我的天哪！他们居然……"白梨茉捂着嘴巴。

金沐璘特淡定地说了一句："我还以为她疯了，原来她挺正常的。"

什么都不做，就这么忍下去根本就不是他所认识的宫小乔会做的事，现在这样激烈的做法反而符合她的性子。

虽然解气，但金沐璘也非常生气！

不管是事先就已经计划好的，还是临时起意，她做出这么惊人的举动，他却一点都不知道！

更让他无法接受的是，她最后还是选择了秦尧这个事实。小师妹，你抢顾行深也不要抢秦尧那个渣啊！

生气的同时，金沐璘又开始替宫小乔担心起来。她居然敢在婚礼上拐走顾筱柔的老公，难以想象爱妹心切的顾行深会做出什么举动来！

短短几分钟里，顾行深已经封锁了A市所有的车站和机场通道，他们根本是插翅难飞。

那丫头太鲁莽了，也不知道事先做了安排没有，这样乱跑，绝对会被抓回来的！或许她早就料到了这个结果，却还是不顾一切后果地选择了这么做。

宫小乔和秦尧逃离婚宴现场之后，匆忙打的离开。

出租车上。

宫小乔喘息着说："有没有怪我这么久才做决定？"

秦尧紧紧拥着她："你最后还是答应跟我走，这就够了。"

"秦尧，你会后悔吗？"她仰着头问。

秦尧说："我这辈子只后悔过一次，就是放开了你的手。"

宫小乔淡淡地说："是吗？"

此刻满心激动的秦尧并没有留意到宫小乔眸底的冷漠，安慰道："顾行深一定会追过来的，但是你别怕，我已经安排好了一切。"

宫小乔有些惊讶地问："安排好了？"

"虽然你没有答应我，但我都有做准备，还好我所做的一切最终没有白费！"秦尧激动地看着她。

记忆里，不管发生什么事，他的神情总是淡淡的，从没有这样激烈地表达过自己的情绪。

"我们先去国外好不好？到了那里，我们立即结婚！就算他们找到了我们，也不能把我们怎样！等事情平静下来了，我就陪你去Z城，我们再也不分开。"秦尧憧憬地说着以后的打算和安排。

宫小乔一直沉默。

"小乔，怎么了？"秦尧不安地问。

宫小乔笑了笑："没事。"

嗬，走？他们怎么可能走得了。

秦尧说："别怕，我会保护你！"

宫小乔应道："嗯。"

秦尧不知道为什么，总觉得此刻的宫小乔让他很不安，明明她就在他身边、就在他眼前，却好像离他无比遥远。

秦尧带着宫小乔没有到车站也没有去机场，而是在一个空旷的建筑停下，类似私人停机场的地方。

“哟！我还以为你不会来了！”飞机上，早就已经有人在等着，见她和秦尧来了，利落地跳了下来。

走过来的是一个年轻男人，亚麻色头发，似乎是混血儿，额头上有一道很明显的刀疤，嘴里嚼着口香糖，肩上甚至还搭着一把枪，一副玩世不恭的模样。

总而言之，他看起来不像是好人。

“小乔，这是布伦，我朋友。”秦尧介绍道。

“你就是宫小乔？”男人毫不掩饰地上下打量着她，并且点评，“这长相配着这身材，确实是……难怪你会为了她……”

“布伦！”秦尧打断男人的话，“抓紧时间送我们走！”

“放心，这地方隐秘得很，那帮人不会这么快找来的，就算你们在这儿补个洞房花烛夜也来得及！”布伦一副痞痞的模样，嬉笑着揶揄道。

宫小乔略有些意外，秦尧什么时候交了这样的朋友？不是说人以群分吗？这两人性格未免相差太多了！

秦尧轻咳一声说：“抱歉，不要介意，他只是喜欢开玩笑。”

然后，秦尧不安地看了一眼宫小乔，握着她的手问：“小乔，你真的考虑好了吗？”

宫小乔神色轻松地点点头：“走吧！”

秦尧松了一口气，拥住她。

“喂喂，要亲热早说嘛！我都说了给你们时间洞房花烛，至少等我先走了！”布伦在一旁乱叫。

秦尧无奈地看了他一眼，说：“小乔，走吧！”

当三人正准备上飞机的时候，后面突然陆续闪过来六七辆黑色的汽车。这群车绕着三人转了几圈，然后将他们团团包围在里面。

嘈杂的汽车引擎声停止后，从车上下来十几个穿黑衣戴墨镜的男人。

没等布伦把枪抄起来，只听到“啪”的一声枪响，布伦的右臂中枪，接着几个黑衣人迅速冲上去踢飞了枪，将他制服。

宫小乔惊愕地看着这血腥的一幕，那鲜红的血液立即令她感觉到一阵天旋地转。

这时，顾行深从其中一辆车里走了出来，身旁跟着冷透。穿过凌乱的人影，他的目光夹杂着冷冽的风霜直直射向她。

然后，几个人制住了秦尧。接着，顾行深一步步朝她走来，一直走到她的面前，伸出温暖的手掌捂住了她的眼睛。

比她想象中的来得还要快。

当宫小乔被熟悉的冷冽气息铺天盖地地包裹的时候，虽然她对此刻发生的事情早就已经有所预料，但她心底还是因为感受到男人暴怒的气息而忍不住一阵发冷。

当顾行深的人准备将秦尧带走的时候，机场四周突然杀出来一群人，反将顾行深的人包围在了里面，似乎是早就埋伏好的。事情完全没有这么简单结束。

宫小乔虽然被捂住眼睛，但还是意识到似乎又来了一拨人，而且是站在秦尧这边的。

此刻，秦尧的神色没有任何变化，镇定自若地站在那里，只是原本温润的眸子里已经染上了血腥和暴力。

但是，这些宫小乔都没有看到。

顾行深一只手从身后搂着她的腰身，占有欲十足地将她搂在怀里，另一只手捂住她的眼睛，完全隔绝了外界的一切血腥。

宫小乔料到了顾行深会找来，但是没料到事情会闹得这么大，不仅打群架，居然还会动用到枪支。

秦尧这边的人似乎也不少，那些人又都是哪里来的?

接下来就是一场激烈的枪战。

宫小乔光听声音都能感觉到暴力和血腥的恐怖。

“要是怕就自己捂住耳朵。”顾行深熟悉的声音伴随着一阵温热的呼吸吞吐在她的耳边。

最后，秦尧被两个人反扭着肩膀制服住。

“带回去交给筱柔。”顾行深面无表情地对冷透说。

“是。”

“顾行深，你想怎样？”宫小乔挣扎着问。

“宝贝，我说过要乖一点，你为什么不听话？”

他附在她的耳边说，极其危险的语气，令她整个人陷入莫名的恐惧和黑暗中。

“小乔。”秦尧不顾身上有伤，剧烈地挣扎着，“顾行深，你放开她！这件事和她无关，为难一个女人算什么男人！”

顾行深依旧捂着宫小乔的眼睛，冷冷地瞥了秦尧一眼：“我们的事，也和你无关！”

宫小乔一双小手扒拉着顾行深的大掌，不安分地想要把他的手拿下来。

“怎么？想见血晕倒然后任我为所欲为？”顾行深在她耳边说。

宫小乔一愣，果然不敢再动一下了。该死，这浑蛋总是有本事秒杀她！

不知道是不是她的错觉，顾行深的反应跟她预想中的似乎有些不同，那是除了因为顾筱柔而暴怒之外的她始终看不透的东西。

顾行深说：“秦尧，我给过你机会，这次就算筱柔原谅你，我也不会让你再接近她。”

秦尧冷笑：“顾行深，你以为我想接近？当年如果不是……”

顾行深愣愣地说：“如果？如果你不愿意，能跟筱柔在一起四年？这个时候再说这种话，未免太无耻了。”

秦尧咬牙不语。

顾行深扫了眼一地的狼藉，说：“凭借这点势力就想带走我的人？做事之前动点脑子，不要太天真了！”

说完，顾行深带着宫小乔扬长而去，冷透带着手下收拾残局。

临走前，宫小乔偷偷伸手扯了扯他的衣服求救，冷透表示爱莫能助。

“顾行深，你放开我！你要带我去哪里？”

顾行深一言不发地开车，任她闹，车子一路开得相当惊险。

不管她怎么喊、怎么闹，他都是冷着脸不理她，她一气之下抱着他握方向盘的手就咬了下去。

看他眉头都不皱一下，于是她继续咬，然后……然后就咬见血了……紧接着她就被自己咬出的血吓晕了。

顾行深瞥了眼晕过去的宫小乔，用那只受伤的手把她扶起来靠在自己的肩上。

宫小乔迷迷糊糊醒来的时候，顾行深已经把她抱回了楼上。

这个地方是学校那边的公寓。他带她来这里做什么？

顾行深抱着她径直走进卧室，似乎是猜到她心中所想，他在她耳畔蛊惑地低声回答："你说呢？"

宫小乔惊得差点跳起来："顾行深！你疯了！"

顾行深将她扔到床上，解开自己的领带，又脱掉黑色的衬衫扔到地上，一字一句地逼近她："是！我疯了！当你跟着秦尧当着我的面一起离开的时候我就疯了！"

他可以忍受她对自己没有感情，可以忍受她的没心没肺……可是，她竟敢跟别的男人走，而且那个人还是秦尧！

"居然敢跟男人私奔，告诉我，谁给你的胆子？"他将她的双手锁在头顶，膝盖桎梏着她的双腿，眸子里满是暴戾。

宫小乔愤怒地踢打着他："顾行深，你松手！重点根本就不是我私奔，而是我跟谁私奔！因为他是你宝贝妹妹的男人！如果是其他无关紧要的人，你会这么激动吗？"

"该死！我告诉你，谁都不行！你再敢跟别的男人跑，我就打断你的腿！"顾行深一拳砸在床上，结果那张可怜的本来就不太结实的小床被他这么一砸，半边支架都塌了。

宫小乔尖叫一声，被他抱在怀里，两个人一起摔到了地上。

宫小乔又趁机要逃，一阵天旋地转，整个人被他扛到了肩上，头朝下，接着被他扛去了隔壁。

隔壁是顾行深的房间。顾行深扛着她，打开衣柜，随手拿出一打领带将她的手脚都绑起来。

“顾行深！你变态！”宫小乔激动地挣扎着，却完全无法移动，只能原地扭动。

当她扭得快掉到地上的时候，顾行深的身体压了上来：“告诉你，我受够了！我早就警告过你，不要试图挑战我的忍耐力！”

“顾行深！你放开我！”宫小乔的声音已经带着哭腔。

“不放！我绝对不会再放手！”

他这次不是跟她玩玩，也不是吓她。

他的声音是那么陌生，令她心惊胆战。

宫小乔害怕极了，声音沙哑地在他耳边喊着：“顾行深，我恨你，我会恨你的！”

顾行深的嘴角勾起一抹苦涩的冷笑：“那就恨我好了！”

“顾行深，不要，不要……”

“我不敢了，我再也不敢了！”

“都是我的错，我不会再欺负顾筱柔，我不会再跟她作对，不会找她麻烦，更不会跟她抢秦尧。我知道错了，求求你……”宫小乔急喘着哽咽。

他尝到她的眼泪，听到她的哭泣，失去的理智终于慢慢回来，脸上满是懊恼自责又愤怒的神情。

“为什么你就是不明白！我不是为了筱柔！只是为了你！”

“顾行深，放了我，放了我，求求你……”她吓坏了，根本不知道他在说什么，只是一味地颤抖着哭泣。

“宝贝，迟了。”她惊恐的神情狠狠刺痛了他的心，“你真有这么讨厌我吗？”

——可是，我已经无法停止，无法住手。

已经走到这一步，我再无退路。

因为退后就只有失去，所以只有爱你这一个选择。

即使两败俱伤，也无法忍受你的离开。

我一直在想自己能忍到哪一步，最后，还是败在你的手里。

宫小乔的身子一直在颤抖，不停地喃喃着：“我要回家，我要回家……”

“你要回哪里？这里就是你的家！”

“不是！顾行深，你放我走！”

“嘘！别闹！睡一会儿好不好？深哥哥给你讲故事。”顾行深哄着，想要缓解她的紧张。

“我不要，我不要听……”

“不听？那就继续！”顾行深恨恨地重新压住她。

“我听！我听！”宫小乔双手抵着他赤裸的胸口，忙不迭地点头。

顾行深抚摸着她的柔顺的头发：“还记不记得你九岁那年我出国留学？”

“唔。”

“你拉着我的衣袖不准我走，最后把我的袖扣都拽下来了。”

“可不可以换一个故事？”宫小乔怯怯地提议。

顾行深不予理会:“那时候你看着我的眼神好像在说‘你走吧！走了就一辈子不要回来！’”

宫小乔惊了惊，她当时跟他赌气，心里还真就这么想的！

看宫小乔的眼神，顾行深就知道自己说对了：“嗯，还记得我被你吓得回国的事吗？”

宫小乔脸一红：“不记得！不记得了！”

当年，顾行深离开之后，一开始的几个星期，宫小乔还陆续打过电话，后来就越来越少。而他在美国的生活愈渐忙碌，也没有主动联系过她。

只有忙碌的时候，他心里才会充实一些，而不会空荡荡的，脑海里满是一个小小可爱的影子。

等他熬不住想念主动联系她的时候，却都是她爷爷接电话，每次她都有各种各样的理由不接电话。

他苦笑着，似乎担心太多了，她总归还是孩子心性，伤心一段时间之后自然会忘掉的，就算曾经那么依恋。

直到有一天，他正在图书馆查资料准备论文设计，却突然接到她的电话。

她的声音有些变化，不再像从前那样清脆，而是有些沙哑，第一句话就让他魂飞魄散。她说："深哥哥，能不能见你最后一面，我就要死了。"

宫小乔的一句话，让顾行深整个人都蒙了。

过了好一会儿，他才恢复理智，心想如果她真的出了什么事，宫爷爷不会什么都不告诉他的。可是，万一宫爷爷也是担心影响自己的学业和工作瞒着自己呢？

顾行深越想越心惊，急忙问她："小乔，发生什么事了？慢慢说！"

"深哥哥，小乔好想你。"

"好想好想。"

"我知道，乖，深哥哥也想你。"

"不，深哥哥不知道！小乔知道，我不能跟深哥哥在一起，深哥哥是姐姐的，深哥哥和姐姐去了美国再也不会回来了！"

顾行深哭笑不得："谁告诉你我不会回来的？不是说了会回来吗？"

"才不是！你是骗小孩子的！我已经不是小孩子了！我什么都知道！"她在那头信誓旦旦。

顾行深一脸无奈，她到底知道什么。

"小乔，先告诉我到底发生了什么事好吗？为什么说自己要死了？这种话可不能随便乱说！"顾行深的语气有些严厉。

宫小乔一听立即哭了出来："对不起，对不起深哥哥，我不想打扰你的！"

“可是，我没有时间了。”

“我好想你，好想见你。”

“死了……就再也见不到了……”

“小乔，你是不是生病了？还是哪里不舒服？”她总是不直接说发生了什么事，顾行深焦急不已，但依旧耐心地试探着问她。

“我……”宫小乔犹豫着开口，“我生病了……很严重的病……好疼……我肯定就快死了……”

“怎么会呢？爷爷呢？让爷爷接电话！”

“不，不要！爷爷不知道！不要告诉爷爷！我不想让他担心。”

顾行深那边，和他一起合作论文设计的伙伴已经在催他快点，要跟他商量细节，他敷衍地应着。

宫小乔立即敏感地察觉到了，说：“深哥哥，你是不是很忙？对不起……”

“对不起……”她最后说完三个字，就这么挂断了电话，只剩下大洋彼岸魂不守舍的他。

后来，顾行深再打回去已经没人接了。

当时的顾行深急疯了，完全失去理智，连找人确定到底发生了什么事都来不及，立即抛下一切连夜坐飞机赶了回去。

顾行深找遍了每一个地方，宫小乔并不在宫家老爷子的院宅，也不在学校。

最后，顾行深终于在自家已经很久没人住的后花园里找到了她。她穿着红色的连衣裙，缩在树下，小小的一团，眼角还有未干的泪痕。

几年不见，她长大了，出落得亭亭玉立，哪里还有当年假小子的影子。可是，她眉宇间满是伤心的痕迹，如一株刚刚经历了风雨的花骨朵。

他唤她，她缓缓睁开眼睛，有些呆滞地看着他：“我要死了吗？他们说，人快要死的时候就会看到自己最爱的人。”

虽然他认为她才这么点大，根本不懂得什么是爱情，可是稚气的一句话，却如同锤子重重敲击在他的心上，给予他不小的震撼。

“傻丫头，是我啊！我回来了！”

“深哥哥。”

“嗯，是我。”

……

他抱着她，走进阔别已久的家。

宫小乔过了好半天才接受他真的回来了，真真实实地站在自己面前的事实，从刚才起就一直紧紧黏着他，一分一秒都不愿意松开。

等她心情平复了一些，他才开口问她：“告诉我，到底怎么了？”

“深哥哥，我好疼。”

“哪里疼？”顾行深紧张地问。

“肚子。”

难怪她从刚才起就一直捂着小腹，顾行深还不知道到底是怎么了，只能安慰道：“那大概只是受了凉而已，怎么会死呢？”

“可是……血……”她颤抖着唇说。

“血？”顾行深的心又提了起来。

“嗯……流了很多血……”宫小乔的眸子里满是惊慌和害怕，可是下一秒，她依偎进他的怀里，眼里便只有满足和解脱。

这样的眼神，看得顾行深一阵揪心：“怎么会流血呢？哪里流血了？给我看看。”

宫小乔开始支支吾吾：“不可以给深哥哥看。”

接下来，不管顾行深说什么，宫小乔都不愿意再开口。

她的反应让顾行深有些怀疑她是不是故意装病，可是她眼里的害怕确实是真的，根本骗不了人。

身上分明没有明显的伤口，那到底是怎么了？

饶是顾行深再聪明，此刻脑子也短路了！

床上。

“顾行深！你别再说了！”宫小乔揪起脑后的枕头砸到顾行深的脸

上，被他伸手截住。

顾行深低低地笑："还好我后来终于猜到了，你只是第一次生理期，不知道自己怎么了，所以吓坏了，还以为自己要死了！害得我也跟着吓得魂飞魄散……"

"顾行深！你再说我就咬舌自尽！"宫小乔火了，恼羞成怒地瞪他，大有他再多说一句话就咬死他的决心。

"我的傻丫头真的很可爱，对吗？"见成功转移了她的注意力，顾行深低笑着轻啄她的唇。

宫小乔捂住自己的脸："顾行深，你不许再说！"

"嗯，不说。"

傻丫头，如果不是这么傻，我也不会知道你对我有多重要。

顾行深拉开她的手，亲吻着她的眼睛、鼻子、脸颊，移到她的唇，耐心地吻着。

怎么回事？说着说着他又开始动手动脚动口了！

第十四章
还债

“你恨筱柔，恨她抢走了秦尧，我可以赔给你，把我自己赔给你。”

他用宫寒念挡去所有的阻碍，只为了等她长大。

“顾行深，我要起来！”宫小乔挣扎着要起身。

“嗯。”顾行深沉吟，“我想你今天恐怕是起不来了，还是明天起吧！”

听出他的话外之音，宫小乔顿时因为自己受到了欺骗而怒不可遏地奓毛：“顾行深，你怎么能说话不算话！”

宫小乔完全没想到顾行深居然还没放弃！

敢情刚才他都是哄着她玩的！原来都是缓兵之计！目的是等她放松警惕了，再一口吃掉！

听说动物在极度恐惧和痛苦的时候会释放毒素，导致肉质不鲜美！顾行深把她哄得心神荡漾没有戒心了再吃，肯定也是这个道理！

这只腹黑的老狐狸！她恨死他了啊！

“小乔，对不起……我等不了了……”

下一秒，顾行深满脸愕然，他从未想过，她跟秦尧已经交往到那一步，却没有把自己交出去。

宫小乔蓦然瞪大双眼，依旧无法接受自己居然跟顾行深做了这种事。明明……明明是当成哥哥一样的人，为什么要对她做这种事？

所有的一切都在预料之中，包括顾行深将会有的惩罚。可是，她唯独没有想到他给的惩罚居然会这么疼！

分明上一刻他还像一个无害的邻家大哥哥一样取笑她，一转身便化身成了残忍的恶魔掠夺她的一切！

他到底有多疼爱顾筱柔，才能狠心地让她这么疼？

身体撕裂的疼痛，远远比不上心里的疼，她连哭出声的力气都没有。

她的手臂覆着眼睛，只有眼泪无声地流淌。

顾行深的左手与她的手指交叉相握，另一只手拿开她遮着眼睛的手：“看着我。”

手被拿开，她依旧闭着双眼不愿看他一眼，不言不语，不喊痛。

顾行深的脸上满是愤怒，更多的是痛苦："为什么？你真的那么讨厌我？"

"知道吗？我最后悔的事情，就是让你有机会认识了秦尧，我恨你的变心，更恨自己的错过。"顾行深将脑袋埋在她的肩头。

"嘀，或许你根本就没有心，唯独对我没有心。"

"你的心全给了他。"

"你恨筱柔，恨她抢走了秦尧，我可以赔给你，把我自己赔给你。"

他用宫寒念挡去所有的阻碍，只为了等她长大。

他等了那么多年，等她长大，等她可以忘了秦尧。

直到他发现，再等下去，他会永远失去她。

宫小乔在身下毫无反应，冷漠地抗拒着他的碰触，他盯着她满是泪痕的脸问："宫小乔，你扪心自问，你真的对我一点感觉都没有吗？真的只是把我当成哥哥？"

宫小乔的脸上只有空洞和麻木："顾行深，早在你决定离开我的时候，你就已经是我的哥哥，一辈子都是！"

这句话让顾行深痛不欲生，而下一句话，直接将他打入地狱。

宫小乔突然笑了，笑得妖娆，却冰冷刺目："可是现在，你连我的哥哥都不再是！我恨你，跟恨那些欺负我、伤害我、背叛我的人一样，恨你一辈子。"

"如果可以，我这辈子都不想再见到你！"

顾行深的眸子里满是疯狂涌动的绝望和痛楚，身下的动作更重了："我不允许！"

如果不是当年她还小不懂事，以为自己到了生命的尽头，她一辈子都不会主动找他，不会对他说出那样的话。

对于完全不可能得到的东西，就算再重要、再依恋、再不舍，她也会毫不犹豫地尽早割舍掉，阻止它肆无忌惮地在自己的灵魂里蔓延滋长。

就像是伤口的脓，如果不尽早清理，等它从里到外都烂透了，到时候再想把脓一次清理完，那么自己可能就什么都剩不下了。

所以，就算他长在自己的心尖上，她也要忍痛连着心头的肉一起割掉！

而最后一旦割掉，她便再也不会回头、再也不会心存任何幻想、再也不会去回忆任何会令她软弱的过去。

第二天早上，顾行深醒得很早。

可是等他醒来的时候，宫小乔已经不见了踪影。

原以为她已经睡着了，所以他才放心地拥着她一起睡去，想不到她只是装睡，随时找时机逃跑而已。

一想到她先前说一辈子都不想再见到自己的话，顾行深就一阵心烦意乱。

该死！太大意了！

顾行深急得衣服都没穿好就往外跑，同时匆匆打电话命人去找她，生怕她会出什么事。

顾氏集团。

唐誉一边吃早餐，一边好奇地询问："听说昨天小乔居然把秦尧拐走了？到底是怎么回事啊？"

"一边玩去！没义气的家伙！眼里只有你老婆！一个人跑得连个影子都没有！害得我差点被小狐狸逼得去当伴娘！"沈乐天没好气地瞪他一眼。

唐誉一点都没生气，因为沈乐天说冷静是他老婆了，他听着很顺耳。

"我说，哥带着小狐狸消失了一天一夜到底干什么去了？"沈乐天又开始去缠着冷透，"二哥，昨天到底发生了什么事，你倒是说说啊！秦尧那小子怎么会伤成这样？貌似还火拼了？秦尧怎么可能有本事弄来那些人？"

"你的问题太多了。"冷透不耐烦地瞥了他一眼。

一个早上都在他耳边嘀嘀咕咕，他快被吵死了，这家伙真该去投胎做女人。

不知道那些女人如果知道风流沈少如此三八的本性，会不会还如此迷恋他！

“还不都怪你一个问题都不愿意回答！”沈乐天委屈地道。

“马上就会有人回答你了！”

冷透话音刚落，沈乐天的手机就响了起来。他立即兴奋地接通。

“喂，哥。”

“啊？啊！”

“哦。”

“小狐狸到底是闹哪样啊！动不动就闹失踪，忒不懂事了！哥，你别太惯着她了！”

“呃。”

见沈乐天一脸呆滞的模样，盛宇在一旁问：“怎样？”

沈乐天愣愣地挂了电话：“小狐狸又不见了，哥让我们立即去找！”

“你最后一个语气词‘呃’似乎别有深意。”冷透瞥了他一眼。

“哥他最后说了一句话，说让我叫嫂子是什么意思？”沈乐天的神情依旧沉浸在震惊中缓不过神来。

闻言，冷透挑眉，盛宇轻咳一声。

唐誉恍然大悟地“啊”了一声，然后摇头：“不明白！叫谁嫂子？”

沈乐天白了唐誉一眼，以他这智商不明白太正常了。

他也是反应了好半天才把“嫂子”这两个字和小狐狸联系在一起，于是华丽丽地震惊了！

那一天一夜发生了什么，显然不言而喻！小狐狸为什么失踪也有据可查了！

Boss居然把小狐狸吃了！简直是特大新闻啊！这个世界太疯狂了！

宫家老宅。

老人拿着鱼竿正准备出门，神情似乎有些抑郁不振。

一推开院门，老人就愣住了，看着待在墙根下的女孩子，有些浑浊的双瞳里立即闪现出几分惊喜。

“你这孩子，大清早的蹲在外面做什么？”

“爷爷。”女孩一惊。

“你在这儿蹲多久了？”宫爷爷伸手摸了摸她的脸颊，生气地拍了拍她的头，看着吓人，其实下手却轻得很，“小脸都冻得冰冷了！快进来！”

宫小乔嗫嚅着，有些不安，离开了公寓之后，她的脑海一片空白，只想着离那个地方远远的。

从凌晨四点多开始，她四处晃荡了三个多小时，却没有一个可以去的地方。

最后，她还是不知不觉走到了这里，看着熟悉到令她想要流泪的“家”，却不敢进门。

“你这丫头，那么久都不回来，好不容易到门口还傻待着不进门！是不是嫌弃我这老头子了？”宫爷爷生气地说。

“爷爷！才没有！”宫小乔抽抽鼻子跟着走进去。

“爷爷，你是要去钓鱼吗？”宫小乔见他刚才拿着工具，似乎准备出门。

宫爷爷把东西全放到了一边，爽朗地道：“我宝贝孙女回来了，还钓什么鱼，让那帮老家伙自己去玩！中午想吃什么？爷爷亲自下厨给你做！对了，早饭吃了没有？肯定还没吃！等着，爷爷给你去准备！”

“爷爷，不用！我……”宫小乔话还没说完，老人家已经开心地跑去厨房忙活了。

过了一会儿，保姆林妈走了出来，手里端着刚刚做好的鸡蛋饼：“哟！小乔回来了！难怪老爷子这么乐呵呢！快趁热吃，你爷爷亲自给你做的！我要动手他都不肯！”

“嗯。”宫小乔点点头，垂着眸子，眼泪“啪嗒”一声掉了下来。

“这……这是怎么了？好好的怎么哭了呢？谁欺负你了？”林妈看着

她，有些着急。

“嘘！林妈小声点！我没事，就是太久没回来高兴过头了！”宫小乔解释。

“你这孩子！”林妈松了一口气，摸摸她的脑袋，“我一看就知道，在外面受了委屈吧？”

“没有！林妈，你可别跟我爷爷乱说，他有高血压，不能受刺激！”宫小乔急忙叮嘱。

林妈无奈地叹气：“你这丫头就是太倔了！人家说什么你管他去说呢！只要你自己是真心喜欢爷爷，想对爷爷好不就成了？就因为避嫌，就因为要争口气，那么久都不回来一次！为了那些坏家伙，你犯得着吗？”

林妈越说越生气：“你知不知道你爷爷有多想你？老人家经常夜里睡不着，爬起来戴着老花镜看你的照片，白天稍微有点响动、听到小姑娘的声音就以为是你，兴冲冲地问我是不是他宝贝孙女回来了！”

宫小乔听得更加心酸。

“还有啊！听你爷爷说，他在顾小姐的婚礼上看到你了，本来老人家高兴地想去跟你说两句话，结果你呢，见着他就躲！老人家回来后，伤心得几顿饭没吃。这不，刚才我打电话求着几个他平时一起玩的朋友，好不容易才把他叫出去钓鱼散散心！”

林妈的话匣子一打开就停不住：“说起来，真想不到秦尧那坏小子居然在婚礼上跟别的女人跑了！听说那女人是跟他一起工作的一个小演员！哎，我跟你偷偷说啊，那顾筱柔啊，真是报应！”林妈悄悄地跟她八卦，还不知道乔十一就是她。

林妈平时很少看电视，也不关注娱乐圈的事情，不知道也正常。

不过，当时爷爷是在场的，他亲眼看着自己跟秦尧一起离开。

所以，即使她是那么累、那么伤心、那么急切地想要见到爷爷寻求安慰，这个时候却无法面对他，无法承受最亲的人给她的责备。

但是，没想到爷爷见了她居然一个字都没有提，还对她这么好，她不知道该说什么。

……

宫小乔吃完鸡蛋饼吃蒸饺，喝完白粥喝豆浆，把桌上的东西扫荡得差不多了以后，她深吸一口气。

与其在这里提心吊胆，不如她早点坦白从宽。

可是，看着对面和蔼的老人一脸满足地看着自己，宫小乔怎么也不忍心打破这样的温馨。

“吃饱了？”宫爷爷笑眯眯地问。

看着宝贝孙女胃口这么好，他比自己吃还高兴。

“嗯。”宫小乔点头，“还是爷爷做的饭最好吃！”

“跟你深哥哥比呢？”宫爷爷有些幼稚地问。

宫小乔的脸色僵了僵，但很快便恢复原样，信誓旦旦地道：“当然是爷爷做的饭更好吃！”

宫爷爷立即喜笑颜开，像一个老顽童。

宫小乔终于还是鼓起勇气说：“爷爷，对不起。”

宫爷爷叹了一声，说：“丫头，不用对爷爷说对不起，你的路还是要自己走，不用管别人怎么想。爷爷只能引导你，不能替你做决定！今天爷爷只问你一句话。”

“爷爷你问。”

宫爷爷神情严肃地问：“你是不是还放不下秦家那小子？跟爷爷说实话。”

“早就放下了。”宫小乔丝毫没有犹豫地回答。

宫爷爷这才满意地点点头：“嗯，不愧是爷爷的好孙女，没让爷爷失望。”

“可是爷爷，你不问我婚礼上的事吗？”宫小乔嗫嚅道。

宫爷爷摆摆手：“既然你不是因为还喜欢他、放不下他才跟他走，那爷爷还能猜不到你心里想的是什么吗？”

宫小乔低着头说：“爷爷，对不起，我又给您闯祸了吧！”

宫爷爷爽朗地笑了两声：“哈哈，爷爷老了，可不管你们年轻人的事，他们要找也不会找我的麻烦，你啊！可不是给我闯祸！”

宫爷爷的言外之意已经很明显，宫小乔抿了抿嘴不说话。

“怎么了？顾家那小子为难你了？爷爷去帮你出气！虽然他是你的长辈，可爷爷还是他的长辈呢！爷爷打他，他绝对不敢还手！”宫爷爷信誓旦旦地说。

宫小乔扑哧一声笑了出来，哪有以大欺小、抢着要帮她去打架的爷爷。

宫爷爷满意了：“我家丫头还是笑起来好看！”

“唉！你这倔丫头，怎么也不肯接受宫家的帮助，爷爷也不知道能为你做什么。”

宫小乔摇头：“爷爷为我做的已经够多的了！是我太不懂事、不孝顺！为什么我不去在意我最亲爱的人，反而去在乎那些无关紧要的人说的话呢？”

宫小乔自敲脑门：“爷爷，我真笨！这么简单的道理我居然都没想明白！爷爷，我以后一定会经常回来看您，再也不会在意那些人说的话！”

宫爷爷的眸子有些湿润：“好！好！只要你想明白了就回来，爷爷护着你呢！咱们谁都不怕！”

“嗯，爷爷，我要好好工作，我要让所有的人提到我的时候都会说，她是乔十一，而不是说‘原来她就是宫家那个见不得人的私生女’！我想用自己的努力摆脱宫家罩在我头上的阴影！”

“嗯，好，有志气！爷爷支持你！”

宫小乔感动地抱住爷爷的脖子：“爷爷，小乔好爱好爱你！最喜欢爷爷了！有时候我真的很恨妈妈把我一个人丢在宫家，可是如果不是这样，我也不会遇到这么好的爷爷！”

“你这丫头，嘴还是这么甜！”宫爷爷被她哄得开怀大笑。

林妈看着客厅里温馨的画面，不由得感触地抹了一把泪。

林妈看着小乔长大，知道她受了多少委屈、吃了多少苦。尤其是顾少爷离开之后，大小姐人都出国了，还不忘撺掇着宫家那些个亲戚为难她、欺负她。

在学校的时候，小丫头经常会带伤回家，还偷偷藏着掖着不敢让爷爷发现，怕他担心。被她撞见了还骗她是自己摔的，懂事得让人心疼！

一开始，小丫头还天天想念她的深哥哥，巴巴盼着他放假回来。

直到有一天，大小姐宫寒念突然回国办事，临走的时候来了这里，把小乔找过去，不知道跟她说了些什么。

从那时候起，小乔就开始变得沉默寡言，也不会再像以前一样总是趴在家里痴痴地等她深哥哥的电话。

她担忧地问小乔发生了什么事，可小丫头每次都只是摇头，什么也不肯说。

就这么平静地过了些日子，老爷子将她送去山上学艺之后，她身上的伤也开始渐渐少了。

再后来，小丫头的身边多了一个俊俏的少年，经常会送她回家，两人赫然一对甜蜜的小情侣。

那少年的模样，远远看去竟和当年的顾家少爷有几分相似。

自从认识那个少年，丫头脸上的笑容也慢慢多了起来。

日子一天天过去，直到顾少爷和大小姐回来。

顾少爷似乎很不喜欢那个少年，不过小乔喜欢，他也拿她没办法！

她从小乔三岁送来宫家开始就被请来做保姆，照顾老爷子，更多的是照顾她。

因为自己没有儿女，所以她更是把这丫头当成了亲闺女疼爱，那时候，她庆幸着还好这可怜的丫头身边还有个好孩子陪着。

谁知道，最后居然会发生那样的事情！

那么小的孩子，却要一下子同时承受男朋友和好姐妹的背叛以及妈妈的去世，她这个旁观的人看着都心疼不已，却只能在一旁干着急，帮不上忙！

终归还是小乔的心思太单纯了，傻乎乎地对别人好，丝毫没有戒心，哪里知道人家会在背后捅刀子。

那个顾少爷对他们小乔倒是真的很好，也多亏了他，小乔才能撑过来。

可惜，他终究还是一个外人，最后还是会护着自家人。

林妈正在那边想着过去的事情，听到宫小乔在客厅里喊："林妈！你别忙了，过来休息一会儿吧！中午的饭我来做。"

"哎！来了！"林妈应了一声，脱了围裙走过去。

顾氏集团。

"四哥，你给力一点啊！再找不到小乔，我估计哥就快疯了！"唐誉的左边眼睛上有个大大的黑眼圈，这会儿偷偷瞄了一眼办公室里的顾行深，觉得此情此景真是似曾相识。

这些天，顾行深像发疯一样到处找人，从早到晚没有一刻消停！

顾行深整整三天就吃了一顿饭，这顿饭还是唐誉冒死骗他说小乔已经找到了，不过要他先吃饭才告诉他人在哪里。

结果可想而知！顾行深是吃饭了，骗人的唐誉却被暴揍了一顿！

出馊主意的冷透和把损差事推给唐誉的沈乐天在一旁像没事人一样，一点都不帮忙拉着！说这是给唐誉在婚礼上临阵脱逃的惩罚！

沈乐天精疲力竭地仰面靠在椅子上："你饶了我吧！我怀疑小狐狸是人间蒸发了！我都快把A市翻过来了，愣是找不到人！"

沈乐天话音刚落，立即左右看了看："哥不在吧？没听到我叫小乔小狐狸吧？"

"冷静那边有线索吗？"盛宇问。

冷透回答："不知道。"

唐誉回答："没有！小静也正着急呢！"

沈乐天瞥了两人一眼："二哥，你可真不关心你妹妹！"

冷透说："她向来让我很省心。"

沈乐天点点头："也是！事实证明，有个省心的妹妹真的很重要！"

"对了，刚刚宫寒念来了。"盛宇说。

“以哥现在的状态，为了她的人身安全，这个时候还是拦住她吧！”沈乐天叹道。

这时候，“吱呀”一声，顾行深办公室的门开了，四人一齐看过去。

天哪！这还是他们犀利的顾Boss吗？

神情萎靡，胡子拉碴，衣服皱巴巴地耷拉在身上，也不知道几天没换了。

“喀，那个，哥，你多休息一会儿啊！小……小嫂子那边我们去找就行了！”沈乐天结结巴巴地说。

盛宇急忙点头表示同意，他担心的是顾行深这个样子出去，又会让公司员工以及扫厕所的大妈产生不好的联想，以至于民心大乱，公司股价直线下跌。

决堤千里始于蚁穴，要防微杜渐啊！

冷透用手指敲击着桌面，沉吟道：“老大，老宅那边问过了吗？”

顾行深揉了揉眉心，说：“问过。”

唐誉也答道：“小静也问过了，老爷子说没见着人，还说小乔不是跟秦尧走了吗？问她是不是出了什么事，吓得小静急忙安抚老人家说没事，也不敢再打电话去问了！”

“是吗？”冷透也纳闷了。

“要不再打一个试试？说不定她没地方去就回去了呢！好好的人还能飞得没影了？”沈乐天建议。

盛宇却摇头，觉得可能性不大：“以小乔跟宫家的关系，她肯定不会回去那里的！你又不是不知道她都多久没回家了！”

听着四人的讨论，顾行深心烦意乱地拨通老宅的电话。

此时，宫爷爷正在楼下研究今天中午做什么菜给宝贝孙女吃。

宫小乔在楼上睡着还没醒。这丫头最近似乎累坏了，回来之后大部分时间都在睡觉，他也由着她睡，不忍心吵醒她。

清脆的电话铃声响了起来，宫爷爷急忙去接，生怕吵醒了宫小乔。

“喂，宫爷爷，小乔有没有去你那里？”顾行深的声音相当疲惫。

“臭小子，我好好的孙女交给你，你却把人给我弄丢了，现在还好意思找我老头子来要人！”宫爷爷语气很冲，两边胡子一翘一翘的。

“宫爷爷——”

顾行深话未说完，那端宫爷爷就说：“别问了，就算我知道她在哪里也不会告诉你！”然后挂断了电话。

宫爷爷说完还不放心，气呼呼地把电话线拔了。

顾行深：“……”

宫爷爷的嗓门很大，连那四个人都听到电话里他说了什么。

顾行深挂了电话之后，二话不说匆匆往外走。

“老大，老大，你去哪儿啊？”沈乐天在后面喊。

“别喊了，肯定是去老宅了。”冷透说。

“老宅？老爷子不是说人不在吗？”沈乐天不解。

“老爷子最后那句话的语气根本就是不打自招。”冷透解释道。

盛宇也点头附和：“想想也是，老爷子那么疼小乔，要不是因为他早就知道小乔在哪里，怎么可能现在还可以中气十足地骂人！”

宫家老宅。

宫小乔终于睡饱了，精神十足地跑下楼去帮林妈一起做饭。

回到这里的三天，是她最快乐的时光，在这里，她可以忘记一切，完全放松自己。

如果可以，她真的不想离开，可是她知道，她还有很长的路要走，为了自己和妈妈的梦想，不管多困难都要走下去。

那件事做完之后，不是终止，而是新的开始！

她来这里之后，跟风司夏打过一通电话，透露了让他换人的意思。可是他告诉她，婚礼那天的事情顾行深全面压下来了，除了那天在场的人，很少有人知道，所以对她影响不大。

并且，风司夏还承诺了不会把她给他打电话的事透露给别人，说不管多久都会等她回来，如果换女主，这部剧他宁愿不拍。

风司夏的理解和支持让宫小乔很感动，也让她有了坚持下去的决心。

于是，宫小乔承诺一个星期后就会恢复最佳状态回去继续拍戏，如果到时候他还要她这个不称职的女主角的话。

她知道时间很宝贵，也想能早点回去不耽误大家的进程，可是那几场戏需要骑马，还有打斗场景！而因为顾行深，她这几天根本不能做剧烈运动！

已经调整了整整三天，她心里还是无比郁结。

该做的事情已经做完了，再等拍完这部戏，报答了风司夏的知遇之恩，她就准备离开天艺娱乐。

她还记得那天在魅色酒吧找上的她的DG经纪人，果然无论什么情况下，给自己多留一条后路总是正确的。

宫小乔今天准备做寿司。

将紫菜放在竹帘上，在紫菜的表面涂上一层麻油，然后将煮好的糯米饭平铺在紫菜上，放一点苹果醋。

“鸡蛋、胡萝卜、黄瓜、火腿肠……林妈，你喜欢吃什么馅儿的？我加进去！”宫小乔问。

“放点虾仁、肉松、黄瓜……”

“林妈，我是问你呢，你怎么都说我喜欢吃的东西啊！”宫小乔无奈。

两人正说着，外面门铃声响了起来。

“我去开门。”宫小乔擦了擦手。

林妈急忙拦住她：“你做你的！我去开门！”

“哦。”

林妈临走前还把厨房门关上了：“我帮你把门关上了啊，要不油烟会飘进来！”

“哦。”

不是有抽油烟机吗？林妈的旧思想还真难转变。宫小乔心里想着。

林妈急忙跑去院外看是谁，往院门口一站，立即被吓了一跳：

“你……你……顾少爷？”

“林妈，方便进来吗？”

林妈悄悄看了眼屋里，然后打开门：“进来吧！顾少爷，您这是怎么了？”

“没事。宫爷爷在吗？”顾行深问。

“在呢，他在屋里看报纸！”林妈回答。

“小乔在不在？”顾行深又问。

“不在不在！老爷子这些天也着急到处找她呢！”林妈急忙回答，目光却不敢正视他。

“是吗？”顾行深低喃。

顾少爷啊！不是我有意要骗你，而是老爷子交代了绝对不许告诉任何人，尤其是你。

看小乔回来的时候那副样子，她就知道那丫头肯定受了很大的委屈。可是那孩子一直在她和爷爷面前开心地笑着，一点都不显露出来，她也配合着不问。

虽然小丫头回来的时候一直遮掩着，这两天也都是穿高领的衣服，可是身上那些隐约露出来的痕迹，她活了这么大把岁数了，怎么可能还看不出来发生了什么事？

她看着心疼，又一点都不敢问宫小乔，不过，她琢磨着这些天老爷子对顾行深的恶劣态度，就猜想那个男人八成是顾行深没错了。

于是，她这一次果断地站在了老爷子这边！

“老爷，顾少爷来了。”林妈把顾行深带到了客厅。

宫爷爷见他来了，看都不看他一眼，也不说话，兀自坐在那儿看报纸。

“宫爷爷。”顾行深站在他跟前。

“嗯，你来找我老头子有事儿？”

“宫爷爷，请您让我见小乔一面。”顾行深一脸恳切地看着他。

宫爷爷皱了皱眉头，这小子是什么时候开窍的？难道自己哪句话说漏了嘴，让他听出了破绽？他分明没说小乔在这里啊。难道这小子是诈他的？

不过，姜还是老的辣，宫爷爷也没那么快妥协。

“坐。”宫爷爷摘下眼镜，把报纸也放了下来。

顾行深捺着性子坐了下来。

“你很久没来了，陪爷爷下盘棋吧！”

林妈见状，急忙去把象棋拿了过来。

顾行深急着想知道宫小乔的消息，可是又不能拂了老人家的意思，只能一声不吭地坐在那里陪他下棋。

顾行深心不在焉，很快就溃不成军。

“将军。”宫爷爷摸了摸好不容易蓄起来的白花花的胡子。

宫小乔小时候最喜欢的就是扯爷爷的胡子玩，宫爷爷为了小孙女开心，不但没剪，还特意留了很长。

后来小丫头长大了，这个习惯却一直保持了下来。

棋也下完了，顾行深开始有些沉不住气：“宫爷爷，小乔她……”

“小子，我问你一句话！”宫爷爷打断他的话。

“您问。”

宫爷爷严肃地看着他：“我家丫头，你动了没有？”

顾行深神情一怔，薄唇紧抿，双颊竟慢慢浮现出淡淡的红晕。

半晌后，他开口：“动了。”

宫爷爷唰地站起来，一把拿起墙上挂着的枪。

纪念AKEI－47的限量版型号，虽然是作为纪念用的装饰品，但也是真枪实弹。

顾行深一动不动地站在原地，任由黑洞洞的枪口对准自己。

“爷爷。”突然一声惊呼从身后的厨房传来。

令他魂牵梦萦的人影飞快地蹿了出来，挡在他的面前。

“小乔。”顾行深的声音有些激动。

宫小乔慌忙去把宫爷爷手上的枪抢下来：“爷爷，您这是干吗呀！把他打死了您还要坐牢，多不划算！快把枪放下来！”

“小乔，你出来干什么！进去！”宫爷爷生气地看着她，吹胡子瞪眼，丝毫不听劝。

“我能不出来吗？爷爷，您都这么大把年纪了，别做这么危险的事成吗？真让人操心！”宫小乔抱怨着，把枪抢过来牢牢抱在怀里，然后跑到客厅角落里扔得远远的。

顾行深的目光一路追随着她，显然已经站不住要追过去了。

宫爷爷把桌子一拍，顾行深急忙又转过头去，做神情凝重严肃状。

“小子，我问你，你准备怎么办？”宫爷爷负手而立，怒气冲冲地瞪着他。

顾行深毫不犹豫地开口：“我会负责。”

“负责？你要怎么负责？你在我家两个孙女之间挑来挑去，你当是挑西瓜吗？这边摸摸还没熟，所以先吃那个将就着，见这个熟了立马又要来摘这个！”

宫小乔一脸无语，爷爷您的比喻能不能不要这么雷人啊！

顾行深嘴角微抽，显然也和她一样被雷得不轻，但依旧坚强地坚持着：“宫爷爷，我喜欢的人是小乔，要娶的也只有她。”

“那寒念呢？”

“我跟宫小姐没有任何超出范围以外的关系，所有的事情我也都会处理好，请爷爷相信我。”顾行深尊尊敬敬地跟老人家解释着，表明清白，生怕哪句话说不好，又刺激得老人家暴跳如雷。

宫爷爷看他态度不错，摸了摸胡子，神色缓和了一些：“那你准备什么时候娶小乔？”

他从不插手小辈们的事情，但现在已经是不得不管。

“不，”一直沉默的宫小乔突然出声，“我不要！爷爷，我不会嫁给他的！”

“小乔啊，可是你们已经……”

“我不在乎！”宫小乔咬着唇，“也不需要他负责！他爱对谁负责就对谁负责，跟我没有任何关系！”

一句“不在乎”，让顾行深心如刀绞，本来就很憔悴的脸色变得更加苍白。

“小乔，你好好想清楚！”宫爷爷有些为难地劝着。

从小到大，这丫头的心思，他怎么会不明白！

这次他也是有意撮合两个人，以免到最后一场错误的婚姻同时毁了两个孙女，可这小孙女脾气实在太倔了，真是拿她没办法。

他老人家能做的也只有这么多，接下来只能让顾家那小子自求多福了！

“我已经想得很清楚了！”宫小乔毫不犹豫地回答。

“小乔。”顾行深握紧双拳。

“林妈送客！”

宫小乔转过身，然后突然听到身后传来一阵巨响，伴随着林妈惊慌的喊叫声：“哎呀！顾少爷！顾少爷！你醒醒啊！小乔啊，小乔不好了！顾少爷晕过去了！快过来帮忙扶一下！”

宫爷爷咳了一声，不满地斥责道：“乱喊什么，直接丢出去就是了！省得我们小乔看着心烦！”

“啊？这……这……”林妈左右为难。

“林妈，你打这个电话叫人来把他接走。”宫小乔把沈乐天的手机号码给了林妈。

“哦。”林妈看了眼躺在地板上的顾行深。

摔倒的时候，他的额头砸到了茶几，已经一片红肿，整个人又憔悴又狼狈，看着真是挺可怜的。

那端，沈乐天接到电话之后，急忙把话筒一捂，对另外三只说：“老宅的林妈说老大晕倒了，让我赶紧去把老大接走！”

冷透和盛宇对视一眼，异口同声道：“无视。”

沈乐天点点头：“嗯，其实我也这么觉得。”

唐誉凑了过来：“我们不去，要是小乔打112怎么办？”

盛宇沉吟："这是一个问题。"

沈乐天惊道："啧，唐誉，你什么时候开窍了？"

冷透回答："大概是唐誉和小乔某些本质相同，思维相通的缘故！"

他这是拐弯抹角骂两人都很二呢！

第十五章

喜欢你

顾行深勾了勾唇角：“小乔，你心疼我吗？”

宫小乔无语地睨了他一眼：“顾行深，你别自作多情了！”

“小乔，你喜欢我。”顾行深的话悠悠然响在她的耳边，仿佛催眠一般侵入她的思想。

宫小乔让林妈连续打了那四只的电话，都没人过来。

沈乐天回答在泡女人，盛宇、唐誉和冷透直接是“您所拨打的电话暂时无人接听，请稍候再拨”。

至于“112”，出车正忙碌。

于是，实在没办法，宫小乔和林妈一起把顾行深搬到了客房里。

所谓客房，其实就等于是顾行深的房间。

小时候，顾行深经常来这边玩，宫爷爷特意给他准备了一个房间，他经常在这边过夜。

宫小乔拜托了林妈去照顾顾行深，然后蹲在阳台上发呆。

“哎哟！”

过了一会儿，林妈一脸惊恐地从屋里跑出来，宫小乔急忙走过去问：“林妈，怎么了？”

“小乔，我可不管了！我根本就近不了他的身！刚要给他擦药，他就突然死死抓着我的手，你看把我这手抓的！”林妈无语地看着自己被捏得快断掉的手腕。

“林妈，我帮你擦点药吧！”

“不用不用，我自己擦就好！小乔啊，别闹别扭了，把他弄醒过来再赶回去不就成了！还是，你心里根本就不是那么想的，所以才不敢面对他，怕自己又动摇？”林妈问。

她现在的情形就跟小时候强忍着不给顾行深打电话，他打过来也不理会的情形一模一样。

宫小乔一向嘴犟，可这次却没有激动地反驳，只是自言自语地叹道：“也许吧。”

既然是自己惹来的，自然不好意思再麻烦别人。宫小乔只好自己去解决。

她还是第一次看到顾行深这副不修边幅的模样，刚才乍一看的时候还挺震惊的。

还好他不是晕倒，而是毫无知觉地睡着了，也不知道几天没有休息好了。

宫小乔先帮他把额头上的伤擦了药酒，然后从衣柜里拿出干净的衬衫帮他简单擦洗了一下换上。

一番折腾之后，床上躺着的原来邋里邋遢的家伙终于有点人样了。

宫小乔揉揉发酸的胳膊，拍拍他的脸，有点不理解林妈的大惊小怪："这不是挺乖的吗？"

……

宫小乔趴在床沿不知不觉地睡着了，忽然觉得脸颊很痒，接着唇舌变得有些麻，于是挥舞着手臂想赶走打扰她的东西，然后就听到一声闷哼。

宫小乔惊醒了，第一反应是一觉醒来窗外天都黑了，第二反应是眼前的男人正痛苦地捂着伤处。

"你怎么了？"宫小乔板着一张脸，态度不冷不热地问他。

"你睡觉乱打人。"顾行深瞅着她控诉。

"胡说！我什么时候乱打人了？"宫小乔反驳。

"刚刚。"

"好好的，我怎么可能打你？"

"我怎么知道！"

宫小乔无语地看着他，看他的神情明显有猫腻。

"既然醒了就自己走。"宫小乔一边赶人，一边抱怨，"你那些都是什么兄弟？关键时刻没一个靠得住的！"

顾行深勾了勾唇角："小乔，你心疼我吗？"

宫小乔无语地睨了他一眼："顾行深你别自作多情了！"

"小乔，你喜欢我。"顾行深的话悠悠然响在她的耳边，仿佛催眠一般侵入她的思想。

宫小乔心里咯噔一下，嘴硬道："你还能再自恋一点！"

这家伙居然好意思用肯定的语气，宫小乔简直抓狂。

顾行深看着她，语气缓慢却含着无限压迫：“小乔，你是不是无论如何都不会嫁给我？”

“是。”宫小乔回答得依旧很干脆。

顾行深眸子里的伤感一闪而过，随即是肆虐的森冷和疯狂，一字一句仿佛一道道锁链将她牢牢桎梏住：“那你最好做好一辈子嫁不出去的准备！”

宫小乔的火气顿时冒上来了：“顾行深你凭什么？我明天就嫁出去给你看！”

这浑蛋什么意思？真的要逼她遁入空门？天下男人那么多，她还就不信没人要她了！

顾行深也被她激怒了，冷冷地威胁：“你可以试试！”

顾行深越是这个嘚瑟的态度，宫小乔就越是奓毛地忤逆他：“试就试！你以为我不敢？你是谁啊，凭什么管我？我就要嫁人，你能把我怎么样？我现在立刻马上就嫁出去！”

顾行深长臂一伸，揽住她的腰身猛地压向自己的胸口，然后利落地翻身将她压到身下，咬牙切齿地看着她，眸子里满是邪肆。

他的目光不紧不慢地从她的嘴唇、脖子、胸口，一点点下移……

“你要是敢，我就把你抓回去绑在床上！”

宫小乔顿时所有的血液都冲到了脸上，满脸涨红，膝盖猛地往上一提：“顾行深，你变态！”

顾行深险险格挡住，胳膊被震得发麻，这下要是撞在重要部位，估计他真的要ED了！这丫头真是越来越狠了！

这时，楼下突然传来一阵喧闹声，好像是宫寒念，还有顾筱柔。

“宫小乔，你这个不要脸的贱人，你给我出来！”

林妈在楼梯处拦着：“大小姐，顾小姐！我们二小姐她真的不在啊！”

“少骗我！她会不在？顾行深进了这里就没出来过！”宫寒念怒道。

“大小姐，您小声点，老爷子正在睡觉!”林妈小心翼翼地看了眼宫爷爷卧室的方向，生怕吵醒老人家。

“我看不是老爷子在睡觉，是他们……”

宫寒念话音未落，宫爷爷就从卧室里走了出来，一脸不悦地看着几个人：“吵吵嚷嚷的像什么样子！”

一直跟在宫寒念后面沉默的顾筱柔适时出声道：“宫爷爷，对不起，我这就离开！寒念姐，你别闹了，我们先回去吧！小乔和哥哥可能真的不在这里呢！”

宫寒念见老爷子出来，态度立即收敛了些，但依旧不肯死心：“爷爷，那个小贱人不仅当众勾搭男人私奔，还引诱自己的姐夫，你怎么可以还这么包庇她！我才是你的亲孙女！”

顾筱柔的婚礼之后，她以为宫小乔这次死定了，满心等着看好戏，体贴地陪在顾筱柔身边安慰她，刷好感度，同时找机会想要让顾叔叔和顾阿姨提她跟顾行深的婚事。

谁知道却突然毫无征兆地被顾叔叔还有顾阿姨告知，顾行深不久前直接跟他们摊牌了，说他喜欢的人是宫小乔！